Annamari Arrakoski (Hg.)

Die spannendsten Weihnachtsgeschichten aus Skandinavien

Annamari Arrakoski (Hg.)

Die spannendsten Weihnachtsgeschichten aus Skandinavien

Deutsch von Wolfgang Butt, Coletta Bürling,
Susanne Dahmann, Gabriele Haefs und Angela Plöger

Wunderlich

1. Auflage September 2004
Copyright © 2004 by Rowohlt Verlag GmbH,
Reinbek bei Hamburg
Alle deutschen Rechte vorbehalten
Satz Fairfield PostScript InDesign bei
Pinkuin Satz und Datentechnik, Berlin
Druck und Bindung Clausen & Bosse, Leck
Printed in Germany
ISBN 3 8052 0788 3

Inhalt

Arne Dahl

Das dritte Auge

«Die Zeit», schreibt er und lässt seinen Stift sinken.

Dann lacht er ein gurgelndes Greisenlachen und schließt das von feuchten Flecken übersäte Notizbuch.

Die Zeit ist etwas anderes.

Behutsam streicht er über das große umgekehrte L, das in den Umschlag eingestanzt ist.

Notizbuch Γ

Wieder lacht er. Er schlägt das Notizbuch auf. In zittrigen, müden Buchstaben schreibt er:

Eine schwere Abgasglocke hatte sich an diesem Vormittag im Dezember über Ciudad de México gestülpt.

Dann stockt der Stift. Und der Mann versinkt in Gedanken.

Eine schwere Abgasglocke hatte sich an diesem Vormittag im Dezember über Ciudad de México gestülpt.

Soeben hatte die Weihnachtswoche begonnen. Der 12. Dezember – mit der Wallfahrt zur Basilica de Guadaloupe und der Heiligen Jungfrau *La Virgen Morena, la Morenita* – war relativ ruhig verlaufen, trotz des Ansturms Tausender und

Abertausender von Pilgern. Diese Wallfahrt gab den Startschuss für die mexikanische Weihnachtswoche, und Ciudad de México, dieses gewaltige Durcheinander von Stadt, feierte seine täglichen *Fiestas,* die neun *Posadas,* die die neun Schwangerschaftsmonate der Jungfrau Maria symbolisieren.

Es war eine muntere Zeit in der Stadt. Doch jetzt hatte die schwere Abgasglocke sich über alles gesenkt und die Stimmung gedämpft. Auf den Straßen waren weniger Menschen als sonst zu sehen. Die Klugen blieben im Haus. Und die Reichen blieben in ihren Autos.

Für das eigentliche Ereignis gab es nur fünf Zeugen.

Manuel Morales, dreiundfünfzig Jahre alt und Beamter im niederen Dienst in einer dem Landwirtschaftsministerium angeschlossenen Behörde, hatte soeben einen großen schwarzen Fleck auf einer Banane entdeckt und wollte den Straßenhändler auf diesen Makel aufmerksam machen, als er dicht hinter sich hörte, wie ein Auto heftig Gas gab. Als gewiefter Innenstadtbewohner dieses chaotischen Gewimmels, das Ciudad de México ausmachte, drehte er sich eher gelassen als geschockt zur Straße um, sah vor einem Wagen einen Mantel flattern, hörte den unangenehmen und unverkennbaren Aufprall und sah, wie das Auto um die nächstgelegene Straßenecke verschwand. Auf der Straße lag eine gekrümmte Gestalt, in ihren riesigen, schmutzig grauen Mantel gehüllt wie in ein Leichentuch, und aus den gebrochenen Händen kullerte ein kleiner Gegenstand. Obwohl Morales in nächster Nähe gestanden hatte, erreichte er das Unfallopfer erst als Vierter. Die Obstreste, die später im rechten Nasenloch des Toten gefunden wurden, ließen sich auf die halb verfaulte Banane zurückführen, die Manuel Morales in der Hand gehalten hatte und die ihm dann auf das Gesicht der Leiche gefallen war.

Morales' Zeugenaussage wurde ziemlich rasch abgehakt. Er konnte nicht einmal die Automarke nennen.

Ebenfalls in nächster Nähe, wenn auch nicht ganz so dicht wie Morales, hatte sich Rodrigo Lara aufgehalten, achtzehn Jahre alt, Zeitungsbote, der mit seinem Moped drei Blocks entlang dicht hinter dem Auto gefahren war, ehe dieses geradezu irrwitzig Gas gegeben hatte. Er hatte den Überfahrenen erst wahrgenommen, als der zu ebendiesem geworden war, denn das Auto hatte sein gesamtes Blickfeld verdeckt (worauf Kommissar Reyes säuerlich, aber gleichgültig gefragt hatte, wie dicht er eigentlich aufgefahren war). Rodrigo glaubte, sich an das unangenehme Geräusch des Aufpralls erinnern zu können, und fast hätte er den Toten ein zweites Mal überfahren. Er hatte sich als Erster über den Mann gebeugt, allerdings nicht tief, da er noch immer auf seinem Moped gesessen hatte. Rodrigo Lara war der, der das Auto am sichersten identifizieren konnte, sowohl was die Marke als auch was die Farbe anging – es war ein hellblauer Ford Sierra –, aber die Autonummer hatte er sich nicht merken können. Hätte Rodrigo nicht geglaubt, zwei Menschen im Auto gesehen zu haben, dann wäre sicher auch seine Aussage ziemlich rasch abgehakt worden.

Die Dritte in Tatortnähe war Mercedes Pola, eine Krankenschwester, die schon im Alter von vierunddreißig zur Stationsleiterin in der größten Klinik für Brandverletzungen avanciert war, die es in der Stadt überhaupt gab. Sie hatte auf derselben Straßenseite gestanden wie Manuel Morales, hatte aber nicht frische Bananen auf Makel hin untersucht, sondern sich in die Auslagen eines Schuhgeschäftes vertieft. Zwischen den Schuhen hatte sie auf der anderen Straßenseite einen Mann gesehen, weißhaarig und weißbärtig, mit einem flatternden grauen Mantel. Seltsamerweise hatte sie das Gefühl gehabt, dass er sie ansah. Sie erstarrte angesichts dieses Blickes. Er war erfüllt von lauterem Entsetzen, sie hatte diesen Blick bei ihrer Arbeit schon oft gesehen. Der Mann hatte über die Straße hinweggestarrt. Mercedes Pola hatte sich gerade noch rechtzeitig umgedreht, um zu sehen, wie der Greis auf die Straße gestürzt war, sie hatte das plötzliche Beschleunigen des Autos gehört und den Unfall sozusagen von einem Logenplatz aus miterlebt. Sie hatte den Toten als Zweite erreicht. Sein unförmiger Leib war von dem grauen Mantel ganz und gar bedeckt gewesen. Mercedes hob ihn ein Stück hoch und warf einen prüfenden Blick auf das Gesicht des alten Mannes. Sein Unterkiefer war zerschmettert, sein Blick war jedoch noch immer der, den sie im Schaufenster gesehen hatte, ein Blick des puren Entsetzens.

«Es war so, als sei gar nichts passiert, wenn Sie verstehen, was ich meine.»

Kommissar Alberto Reyes musterte schweigend die schöne Frau auf der anderen Seite des Tisches und riss mit den Zähnen ein Stück lockerer Nagelhaut von seinem Finger, sodass es anfing zu bluten. Das versteckte er vor der Krankenschwester.

«Ist das eine fachliche Betrachtung?», fragte er und presste den Daumen auf den Ringfingernagel. Mercedes Pola schnitt eine kleine Grimasse und drehte den Spieß um.

«Ist es üblich, dass ein Kommissar sich um einen einfachen Fall von Fahrerflucht kümmert?»

Er lächelte und stellte weiter seine Standardfragen, auf die sie mit Standardantworten reagierte. Als sie ging, kramte sie in ihrer Handtasche herum und reichte ihm schweigend ein Pflaster. Verwirrt wickelte er es um seinen blutenden Ringfinger.

Auf derselben Straßenseite wie das Opfer hatte der Straßenkehrer Roberto Rodriguez gestanden. Er hatte soeben den Teil der Straße gefegt, auf dem der Greis dann aufgetaucht war, barfuß unter seinem viel zu großen Mantel.

«Der Weihnachtsmann als Exhibitionist», lachte Rodriguez.

«Sie haben nicht gesehen, woher er gekommen ist?», fragte Reyes.

«Vielleicht aus dem Laden, ich weiß es nicht. Plötzlich stand er einfach da. Dann entdeckte er etwas auf der anderen Straßenseite und stürzte los. Aber das Auto hätte anhalten können, verstehen Sie? Es war genug Platz zum Bremsen, und einer von den Leuten im Auto hat auf ihn gezeigt, da bin ich mir sicher, und zwar der, der auf dem Beifahrersitz saß.»

«Gezeigt? Um den Fahrer zu warnen?»

«Weiß nicht. Ich hab nur den Zeigefinger gesehen.»

«Und dann ist also das hier passiert», Reyes las schweigend das vor ihm auf dem Tisch liegende Protokoll. «Dieses ‹Seltsame›, ‹extraordinário›, wie Sie es den Kollegen gegenüber beschrieben haben?»

«Ich kann das nicht erklären. Ich hatte das Gefühl, dass er sah, was passieren würde. Dass er es vor seinem inneren Auge sah. Ich kann das nicht anders ausdrücken. Er schaute nicht das Auto an, sondern geradeaus, auf die andere Straßenseite, und doch … ja, vielleicht bilde ich mir das alles ja nur ein.»

Reyes überlegte eine Weile. Dann sagte er:

«Was liegt denn da für ein Laden?»

«Auf der anderen Straßenseite?»

«Nein, ich dachte an dieselbe Seite, die, wo der Alte aufgetaucht ist. Aber das ist eine gute Idee, was für Läden liegen denn auf der gegenüberliegenden Seite?»

«Auf der Seite, von der er kam, liegt ein Fischladen, und auf der anderen, glaube ich, eine Bäckerei, zuerst ein Gemüse- und Obststand, dann die Bäckerei und dann ein Schuh-geschäft, ja, so ist das. Aber vielleicht liegt noch ein anderes dazwischen …»

Am weitesten von der Unfallstätte entfernt, jedenfalls, was die fünf zuverlässigen Zeuginnen und Zeugen anging, hatte Señora Mediana Régules sich aufgehalten. Sie war mit ihrem Auto in die Gegenrichtung gefahren. Ihr war zuerst der Wagen aufgefallen, auch wenn der noch ziemlich weit entfernt gewesen war, da dahinter der halbe Kopf des Mopedfahrers hervorlugte.

«Jetzt nicht überholen, dachte ich, bloß kein wahnsinniges Überholmanöver!»

Reyes schaute in seinen Unterlagen nach.

«Sie, Sie haben ja offenbar von früher her Erfahrungen mit Mopeds, Señora …»

«Sicher. Ja. Deshalb ist das Auto mir ja aufgefallen. Zwei Männer saßen vorn. Ein Straßenkehrer wirbelte auf der an-deren Straßenseite eine kleine Staubwolke auf, und daraus schien der alte Mann aufzutauchen, auch wenn er noch ein Stück weiter entfernt war. Ich konnte sehen, wie er auf die Straße hinausging, und ich dachte, dass ich jetzt vorsichtig sein müsste. Moped und Opa auf einmal. Ich nehme also an, dass ich mich ziemlich konzentriert habe.»

«Und?»

«Zuerst kommt der Alte barfuß auf die Straße gewankt, dann ist da der Mann neben dem Fahrer, der auf ihn zeigt, dann gibt der Fahrer Gas. Und dann habe ich gesehen, wie er gefallen ist.»

«Wurde er also überfahren?»

«Danach.»

«Danach?»

«Zuerst stürzte er, dann wurde er überfahren. Aber es fehlte nur wenig, nur ungeheuer wenig. Vielleicht könnte man sagen, dass er in dem Moment fiel, in dem er überfahren wurde.»

«Könnten Sie das genauer erklären?»

Mediana Régules zuckte mit den Schultern.

«Er hatte wohl das Auto gehört und wollte sich beeilen, was weiß ich.»

«Er stürzte also, als der Wagen ihn überfahren hat?»

«Ja, das glaube ich. Dann bin ich an den Straßenrand gefahren und zu ihm gelaufen. Der Mopedfahrer beugte sich schon über ihn, und die Krankenschwester legte ihm das Ohr auf die Brust und schüttelte den Kopf. Es war schrecklich, ich muss immer daran denken. Seine Augen … die starrten … als wären sie noch am Leben. Ich glaube, dass es der Krankenschwester auch so ging, denn sie legte ganz schnell den Mantel zurück über sein Gesicht.»

«Sofort?»

«Ja. Ich konnte nur ganz kurz hinsehen.»

«Sie waren also die, Moment, die dritte Person, die dazukam?»

«Ja. Aber dann kam der Alte, einfach so, auch er muss die Augen gesehen haben, denn ihm fiel ein Stück Banane ins Gesicht des Toten.»

«Ein Stück Banane?»

«Ja, und dann hat die Krankenschwester das Gesicht wieder mit dem Mantel zugedeckt. Und dann kam der Straßenkehrer, genau, und sagte, er habe die Polizei verständigt. Und das war alles.»

«Und Sie können sich also nicht an den Wagen oder die Männer im Wagen erinnern?»

Inzwischen war es Nachmittag geworden. Alberto Reyes starrte träge aus dem Fenster des Wolkenkratzers und sah, dass die Abgasglocke noch immer über der größten und hoffnungslosesten Stadt der Welt hing. Tagsüber waren an die fünfzig Fälle von Fahrerflucht gemeldet worden, darunter bisher zwölf mit tödlichem Ausgang. Er war einer der verdientesten Polizisten der Truppe, und er musste in Gedanken einfach Mercedes Polas Frage wiederholen: «Ist es üblich, dass ein Kommissar sich um einen einfachen Fall von Fahrerflucht kümmert?»

Fünf Stunden waren seit dem Unfall vergangen. Ein alter Penner, der vermutlich jeden Moment hätte sterben können, war von ein paar Trotteln überfahren worden. Und das in einer Stadt, wo die Leute geradezu Schlange zu stehen schienen, um sich ermorden zu lassen, und wo die Kinder nicht zur Schule gehen durften, weil die Luft zu stark verschmutzt war. War es wirklich vertretbar, dass er seine Zeit mit diesem Fall vergeudete? Und das nur aufgrund einer überaus vagen Ahnung?

Aber er hatte immer schon von seinen Ahnungen gelebt.

Er wählte die Nummer des Pathologen.

«Federico», sagte Reyes, als er den Gerichtsmediziner an der Strippe hatte. «Wie geht's?»

«Du und deine Ahnungen!»

«Soll heißen …»

«Richtig, da hat etwas nicht gestimmt. Die Todesursache.»

«Er war also schon tot?»

«Ja. Das Herz.»

«Weitersuchen. Irgendwas stimmt da nicht.»

«Noch immer nicht.»

«Such einfach weiter. Ich melde mich in ein paar Minuten noch mal.»

«Wie du willst.»

Reyes erhob sich mit den Zeugenaussagen in der Hand. Er trat ans Aussichtsfenster und starrte hinaus auf die Stadt.

Die Dunstglocke hatte sich nicht verschoben. Er glaubte fast, sie unter dem klaren blauen Himmel zittern zu sehen. Er schüttelte den Kopf und überflog seine Papiere. Falsch, falsch, falsch. Und zugleich unproblematisch, selbstverständlich. Auch wenn sie ihn absichtlich umgenietet hatten, dann war es doch nur ein Mord unter vielen anderen. Zu Tode erschrocken. Das galt zweifellos auch als Mord. Nichts änderte sich dadurch. Doch der Kommissar suchte in einer anderen Richtung. Er runzelte die Stirn. Er wählte noch einmal die Nummer des Pathologen.

«Hier ist Alberto», sagte er.

«Drei Minuten und zwölf Sekunden», erwiderte der Obduzent. «Ich habe in seiner Nase Bananenreste gefunden. Halb verfault.»

«Konzentrier dich lieber auf die Augen.»

«Die Augen?»

«Nein, tu lieber gar nichts. Ich komm gleich runter.»

Federico hob sein Messer. Ein kleines Skalpell.

«Warum liegt die Pathologie immer im Keller?», fragte Kommissar Alberto Reyes eher sich selbst als den Mediziner.

«Mit Ausnahme der Henker sind wir wohl der Teil der Öffentlichkeit, der am wenigsten öffentlich ist», sagte Federico und fuhr mit seinem Chirurgenhandschuh über den weißen Bart des Alten. Der zerschmetterte Unterkiefer war befestigt worden und sah fast unversehrt aus. Den restlichen Körper bedeckte ein grünes Laken. Nur der Kopf ragte heraus, ein runzliges, gewissermaßen zerknautschtes Gesicht, umgeben von üppigen weißen Haaren und einem gelbweißen Rauschebart. Der Weihnachtsmann als Exhibitionist. Reyes lächelte, und Federico sah, dass er lächelte.

«Ja, wirklich komisch», sagte er wütend.

Sie musterten die Leiche eine Zeit lang. Es gab nichts mehr, was den Eingriff gerechtfertigt hätte. Die Augen waren geschlossen. Ein schnöder Penner. Der übliche Gestank.

«Ich hoffe, du weißt, was du tust», sagte der Obduzent.

«Lies die Abschnitte noch mal vor.»

Reyes blätterte in seinen Unterlagen.

«Zuerst hat die Krankenschwester gesagt: ‹Er schien mich anzustarren, durch das Schaufenster›, und dann ‹ein Blick erfüllt von Entsetzen›. Mal sehen. Dann kam Rodriguez, der Straßenkehrer: ‹Er schien zu sehen, was passieren würde. Er schien es vor seinem inneren Auge zu sehen.› Und dann Señora Régules: ‹Es war schrecklich, ich muss immer daran denken. Seine Augen … die starrten … als wären sie noch am Leben.›»

Federico zuckte mit den Schultern.

«Reicht ja wohl kaum für einen solchen Eingriff …»

«Mach schon. Im Zweifelsfall kostet das mich den Kopf, nicht dich.»

Der Gerichtsmediziner senkte das Obduktionsskalpell über das tote Gesicht.

«Ich stelle mir vor, dass ich das einmal im Kino gesehen habe», sagte er und hob das Augenlid. Eine tiefschwarze Iris schien sie anzusehen. Federico zuckte kurz zusammen, dann führte er einen Querschnitt durch. Er erweiterte den Einschnitt. Ein wenig klare Flüssigkeit sickerte heraus.

«Hier ist nichts», sagte er gelassen.

«Versuch's beim anderen», sagte Reyes, ebenso gelassen.

Der Obduzent führte beim anderen Auge einen ähnlichen Schnitt durch. Dann machte er ein verdutztes Gesicht und legte das Skalpell weg.

«Große Linse», sagte er und griff nach einer Pinzette. Vorsichtig zog er etwas aus dem Augapfel, legte es in eine kleine Metallschale und spülte es mit Kochsalzlösung ab.

«Dios mío», rief er und fuhr zurück.

Reyes trat näher und musterte das Objekt, das ihn musterte.

Ein kleineres Auge. In dem anderen.

Er hob es und starrte in die schwarze Iris.

Wie ein Vogelauge.

Er atmete schwer. Federico trat wieder neben ihn. Auch Federico atmete schwer.

«Infierno», stöhnte er.

«Vermutlich», sagte Reyes. «Leg es für mich in eine Flasche.»

«Ich glaube nicht, dass du wichtiges Beweismaterial entfernen solltest ...»

«Mit Flüssigkeit, bitte.»

Reyes fuhr mit dem Bus zum Tatort. Das machte er immer, wenn er nachdenken musste. Für einen kurzen Moment, wie ein Auge unmittelbar, ehe der Blick sich fixiert, streiften seine Gedanken die Feiern in der Stadt. Weihnachten in Ciudad de México. Eine unerhört christliche Zeit, mit Wallfahrten zur Basilica de Guadaloupe und zur Heiligen Jungfrau *la Morenita*, mit diesen ewigen *Fiestas*, mit den neun *Posadas* zwischen dem 16. und dem 24. Dezember zur Erinnerung an die neun Monate der Schwangerschaft Mariens. Reyes dachte an den Unterschied zu Allerseelen etwa sechs Wochen zuvor, dem *Día de los Muertos,* diesem heidnischen Tag, der sich unter der christlichen Oberfläche verbarg. Diesem paradoxen Feiertag, an dem die Lebenskraft sich in Knochenresten und Schädeln der Toten sammelte.

Diese paradoxe Stadt, dachte er, ehe er seine Gedanken sammeln konnte.

In seiner Aktentasche, der er nun die Zeugenaussagen entnahm, lag auch die Flasche mit dem kleinen Auge. Flüchtig sah er zu, wie es darin herumschwappte.

Ahnungen, Ahnungen. Noch immer gab es etwas, das er übersehen hatte. Und eine andere Ahnung, die ihm sagte, dass die Zeit drängte. Er ging die Zeugenaussagen der Reihe nach durch. Erst die von Manuel Morales, die er fast sofort verworfen hatte. Gab es dort doch etwas zu holen? Er las sie aufmerksam, überaus aufmerksam. Halb verfaulte Banane, wild flatternder Mantel. Dann kam dem Kommissar eine kleine Eingebung, und er wechselte über auf Señora Régules' Worte: «Und dann kam der Straßenkehrer, genau, und sagte, er habe die Polizei verständigt.» So schnell? Und was war dann passiert? Er musste noch einmal mit Roberto Rodriguez sprechen. Er überprüfte Manuel Morales' Aussage bis ins Detail. Der Mantel flatterte vor dem Auto. Unangenehmer Aufprall. Aufprall … abermals ließ Reyes Morales' Bericht sinken und widmete sich nun der Aussage von Rodrigo Lara. Der Aufprall. «Ein überaus unangenehmer Aufprall.» Unangenehm, dachte Reyes, desagradable. Gab es im heutigen Ciudad de México achtzehnjährige Zeitungsboten, die sich so ausdrückten? Er wandte sich wieder Morales' Wortwahl zu. «Ein wirklich unangenehmer Aufprall.» Genauso. Identisch. Der Moped fahrende Analphabet drückte sich genauso aus wie der wortgewandte Beamte. Hätten beide *ut nihil non iisdem verbis redderetur auditum* geäußert, dann wäre das zwar noch erstaunlicher gewesen, dachte Reyes, aber identische Formulierungen kommen seltener vor, als man annehmen sollte, sogar ganz einfache. Hatte Lara Morales einfach sagen hören, «ein wirklich unangenehmer Aufprall», oder war es doch ein Zufall, oder war hier abermals eine Ahnung angesagt?

Eine von Reyes' berühmten Ahnungen.

Sollte er sicherheitshalber auf die Wache zurückgehen? Aber was könnte ihm an der Unfallstätte schon passieren?

Er ließ die Ahnung bis auf weiteres ruhen und machte sich wieder an Morales' Aussage. «Ich sah einen Mantel vor oder neben dem schneller fahrenden Auto aufflattern. In diesem Moment hörte ich den Aufprall und sah den Wagen um die nächste Straßenecke verschwinden. Ein wirklich unangenehmer Aufprall. Auf der Straße lag ein völlig verkrümmter Körper, eine Gestalt, die in ihre eigene riesige, schmutzige Kleidung wie in ein Leichentuch gehüllt war.» Reyes schüttelte den Kopf. Zwar hatte er einen überaus beredten kleinen Herrn in Erinnerung, aber die Perle, «ein völlig verdrehter Sack aus Gewebe, ein Geschöpf, das sozusagen bereits in seine eigene riesige, schmutzige Kleidung eingehüllt», war ihm im vormittäglichen Chaos auf der Wache entgangen. Eine Miniaturgroteske nicht ohne Schönheitswert. In der Tat.

Eine neue Eingebung, ein neuer Abstecher. Vielleicht war es die Schönheit, der Gedanke an Schönheit oder einfach das Wort Schönheit, das ihn zur Krankenschwester brachte. Er betrachtete die dunklen Fäden, die sich bereits aus dem Pflaster um seinen Ringfinger lösten. Schönheit. Es war etwas, das sie gesagt hatte, schien ihm, und er blätterte in seinen Unterlagen. Der Blick des toten alten Mannes. Hier. «Aber sein Blick war genau derselbe, den ich im Schaufenster gesehen hatte, dasselbe reine, lautere Entsetzen. Es war, als sei nichts passiert, wenn Sie verstehen, was ich meine.» Er hatte das Gefühl, dass er ständig abschweifte. Er ließ seinen Blick schweifen.

Es war, als sei nichts passiert.

Er wandte sich abermals Morales zu. Es müsste doch möglich sein, von Anfang bis Ende zu lesen, ohne sich dauernd selbst zu unterbrechen. Aber Reyes wusste sehr gut, dass hier nicht die Rede von Unterbrechungen sein konnte. Im Gegenteil. Er wiederholte einige Worte, um die letzte Informationssequenz der Aussage zu erreichen, wie er das nannte: «... in ihren eigenen riesigen, schmutzigen Mantel gehüllt wie in ein Leichentuch, und aus einer der gebrochenen Hände kullerte ein kleiner Gegenstand.» Abermals schüttelte Reyes den Kopf. Keine weiteren Fragen. Er konnte nicht glauben, dass es stimmte. Nicht genug, dass ihm Morales' eigentümlicher Sprachgebrauch entgangen war, was wohl an sich von geringerer Bedeutung war, und außerdem Laras identische Wiederholung von Morales' Worten: Zu allem Überfluss hatte er die weiteren Fragen nach diesem kullernden Gegenstand nicht gestellt. Jetzt saß er im Bus und verfluchte seine verhörsmäßige Unzulänglichkeit. Reine Inkompetenz. Er kochte. Aber dann kam ihm ein anderer Gedanke.

Es musste noch einen Zeugen geben. Und dieser Zeuge hatte zweifellos die beste Position von allen gehabt.

Er kehrte zum Beginn von Morales' Aussage zurück. Die Banane. Der Obstverkäufer. O Herrgott, was für ein Tag. Spitzenleistung.

Er sah den Bericht durch, den die Streife über den Tatort verfasst hatte. Nicht ein Wort über einen gefundenen Gegenstand, und kein Wort über den Obstverkäufer. Und, das ging ihm in derselben Sekunde auf, das Auto von Señora Régules war auch nicht untersucht worden.

In diesem Moment bog der Bus in die fragliche Straße ein. Reyes sah weit vorne rechts den Obststand. Er konnte noch immer warten, abwarten, sich in sein Büro setzen und nachdenken und danach mit einem ganzen Stab von Ermittlern zurückkehren. Die Ahnungen ließen ihn zwischen Vorsicht und Neugier schwanken. Einige Sekunden lang kämpften beide Möglichkeiten miteinander.

Er stieg aus dem Bus. Der Obststand war verlassen. Er würde später wiederkommen müssen. In der Straße herrschte jetzt lebhafter Verkehr. Es war Stoßzeit. Er stand vor dem Obststand, ungefähr dort, wo Manuel Morales gestanden haben musste, und schaute zur anderen Straßenseite hinüber. Er fixierte die Stelle, an der der alte Mann überfahren worden war. Nicht eine Spur war noch von dem Unfall zu sehen. Es war eine normale, stark befahrene Querstraße. Er gelangte unversehrt auf die andere Seite. Er ging über den Bürgersteig, zuerst in die eine Richtung, dann in die andere, ohne Ergebnis. Vor einem Laden mit heruntergelassenem Holzrollo gab es einen mit einem Gitter versehenen Gully. Er schaute hinein. Dunkel. Vor dem Laden stand ein Besen, und er stemmte das Gitter mit dem Stiel auf. Die Vorüberkommenden musterten ihn müde, und er zeigte seinen Dienstausweis, um sich mögliche Fragen zu ersparen.

Zwei Meter tief im Gully war der Boden. Er zwängte sich durch das Loch und hoffte, ohne Gegenmaßnahmen ergreifen zu können, dass ihm der Besuch von unvorsichtigen Fußgängern mit Beinbruch erspart bleiben würde. Unten war alles trocken. Der Dezember war ein trockener Monat, es hatte lange nicht mehr geregnet. Ein leerer kleiner Absatz über leeren Abwässerkanälen. Er zog seine Taschenlampe aus der Brusttasche und ließ den kleinen Lichtstrahl sorgfältig über den Absatz wandern. Nichts. Absolut leer. Dann sah er ein kleines fleischiges Etwas, das zur Hälfte eingetrocknet und mit dem Zementboden verwachsen war. Er hob es auf und roch daran. Dann kniete er sich hin und beschnupperte den Boden. Ein schwacher, aber deutlicher Geruch.

Er zog sich nicht ohne Mühe aus dem Gully und legte das Gitter wieder auf seinen Platz. Neben dem Besen, den er vor dem scheinbar geschlossenen Laden wieder an die Wand gelehnt hatte, stand eine kleine Leiter. Er griff nach der Klinke der Ladentür. Offen. Er ging hinein und wurde umfangen von heißem, schwerem, betäubendem Fischgestank. Der Laden war winzig klein, voll gestopft mit Kisten und Kartons und mit Fisch, Fisch, Fisch. Hinter dem Tresen tauchte ein alter Mann auf.

«Wir haben heute schöne Austern», sagte er heiser. «Und der Thunfisch ist ganz frisch.»

Ein riesiger Thunfisch lag in schmelzendem Eis hinter dem Glastresen. Die Austern lagen in einer Holzkiste, hinter dem Alten waren noch weitere Holzkisten aufgestapelt.

«Bewahren Sie die Austern über Nacht im Gully auf?», fragte Reyes und zeigte seinen Dienstausweis. Der Alte wich zurück. Reyes fügte gelassen hinzu:

«Keine Sorge, mir geht es nicht um Ihre Lagerorte, egal, wie ungesetzlich die sein mögen.»

«Der wird jetzt doch nicht benutzt», sagte der Alte ängstlich. «Und ich störe ja niemanden. Wenn der Regen kommt, kann ich ihn sowieso nicht mehr benutzen.»

«Wann haben Sie heute die Kisten herausgenommen?»

«Ich hole sie immer gegen Mittag.»

«Sind es die da hinter Ihnen?»

«Ja.»

«Und die hier hinter dem Tresen? Sind das alle?»

«Ja, abends gehen die Geschäfte hier am besten.»

«Ich muss sie mir mal ansehen.»

In dem kleinen Laden gab es keinen weiteren Raum, und deshalb musste Reyes mitten auf dem Boden stehen und die fünfzehn Kästen mit den nicht ganz taufrischen Austern durchsehen. Die Frauen des Viertels tauchten eine nach der anderen auf und musterten ihn mit immer übellaunigeren Blicken. Nach einer guten Stunde Scheißarbeit glaubte er, fast schon zur Attraktion geworden zu sein. Die ersten elf Kisten erbrachten kein Ergebnis. Jetzt war er mit der zwölften beschäftigt. Zuerst sah er die Kiste durch, dann die Austern selbst, auch wenn das vielleicht unnötig war, aber er durfte jetzt nichts dem Zufall überlassen. Er öffnete eine Auster nach der anderen. Er schob das Messer zwischen die bisweilen ganz und bisweilen halb geschlossenen Schalenhälften. In der zwölften Kiste waren jetzt noch fünf, und seine Hoffnungslosigkeit wuchs. Er schob das Messer in eine halb offene Auster, hob das glibberige Fleisch heraus und schaute hinein.

Wie eine Perle, dachte er.

Wie eine Perle lag es da, grausig und sandig, aber unversehrt.

Wie eine Perle lag das kleine, kleine Auge mitten in der Auster und starrte ihn an.

Zuerst sah es aus wie das eines kleinen Vogels, aber bei genauerem Hinsehen kam es ihm vor wie eine Miniaturversion eines Menschenauges, kleiner als das, das sie aus dem Auge des weißbärtigen alten Mannes gefischt hatten, aber mit der gleichen fast schwarzen Iris.

Er spülte das Auge ab, nahm die Flasche aus der Aktentasche und ließ das kleine Auge neben das große gleiten. Er bedankte sich beim Fischhändler und ging wieder hinaus auf die Straße. Der Obststand war jetzt geöffnet. Eine junge Frau stand auf der rechten Seite. Er überquerte die Straße und sah sich die Bananen an.

«Waren Sie auch heute Morgen hier?», fragte er die junge Frau. «Als das Unglück passiert ist?»

«Nein, das war der Besitzer.»

«Hat er davon erzählt?»

«Ich habe ihn noch nicht gesehen. Er ist nachmittags nie hier.»

«Wo ist er denn dann?»

«Dann beschäftigt er sich mit seinem eigentlichen Beruf. Aber davon kann er wohl nicht leben.»

«Ist er Dichter?»

«Tätowierer.»

«Und wo ist er jetzt?»

«Nur ein paar Schritte weiter. In dem Laden zwischen Bäckerei und Schuhgeschäft. Von der Straße her ist er fast nicht zu sehen.»

Reyes bedankte sich und ging die Straße entlang. Aus der Bäckerei quoll der Duft von frischem Gebäck, und gleich darauf war sein Blickfeld von Damenschuhen erfüllt. Er trat zwei Schritte zurück und sah eine kleine unscheinbare Tür zwischen Bäckerei und Schuhgeschäft. Er ging hinein. Das Ladenlokal war in Dunkelheit gehüllt.

Hinter dem winzigen Tresen stand ein Mann, um dessen Arme sich Tätowierungen wanden. Er musterte Reyes, ohne eine Miene zu verziehen.

«Sie wünschen?», fragte er.

Reyes folgte einer Eingebung.

«Eine Tätowierung», sagte er und ging zur linken Wand, wo das Angebot zu sehen war. Die Wand war tapeziert mit Bildern von allerlei Vorlagen. Schlangen wanden sich um behaarte Herzen, Quetzalcoatl verlor in wildem Tanz mit Quaholom Federn, Einhörner bohrten ihr Horn in zerfetzte Minotauren, Sterne barsten und wurden in schwarze Löcher gesogen. Batman kopulierte mit der Jungfrau Maria, Kruzifixe durchstachen das Himmelsgewölbe und stießen dabei Raketenstufen ab, Orpheus stieg singend aus Dantes Hölle. Nebelwesen wurden geboren und starben, Hunde öffneten ihre Brust, Ahasver tastete sich an den Wänden entlang, Walrösser spielten neben Senkminen, Huitzilopochtli wurde voll bewaffnet aus

Coatlicues Bauch geboren, Athena trat in voller Montur aus dem gespaltenen Schädel des Zeus hervor, Herzen kollidierten und platzten. Mythologie und Sagen vermischten sich, Volkskultur mit Hochkultur, Katholisches mit Indianischem, Kriegerisches mit Friedlichem, Leben mit Tod.

Überrascht betrachtete Reyes dieses reiche Gewimmel. Der magere Mann trat neben ihn und fragte:

«Woran hatten Sie denn gedacht?»

Reyes gab keine Antwort, und der Mann steckte seinen überreich tätowierten Arm aus und zeigte auf ein sitzendes Skelett, das die Knie angezogen hatte und die Arme darum schlang. Auf dem Kopf trug diese Gestalt eine Art Mitra. Und ihre Augen waren wie große Halbkugeln, die versuchten, sich aus dem Totengesicht hinauszudrängen.

«Das hier vielleicht», sagte der Magere. «Mictlantecuhtli, der Totengott der Tolteken. Er herrschte über das Reich der Toten, und zu Beginn aller Zeiten gab er Quetzalcoatl die magischen Knochen, aus denen die Menschen erschaffen wurden. Bei den Tolteken hat der Totengott die Menschen erschaffen. Könnte das etwas sein?»

Reyes begegnete dem Blick des Tätowierten und dachte, dass er noch Zeit hätte, um mit der gesamten Truppe zurückzukehren. Vorsicht kämpfte eine Zeit lang gegen die übermächtige Neugier, zog den Kürzeren, und Reyes sagte:

«Ich will ein Auge.»

Der Mann musterte ihn eine Zeit lang.

«Haben Sie eine Vorlage bei sich?»

«Ja», sagte Reyes und holte tief Luft.

«Wie viele?», fragte der Mann ganz und gar ausdruckslos.

«Zwei.»

Der Mann ließ seinen Blick einige Sekunden lang über den Kommissar wandern, dann sagte er:

«Sind Sie Reyes?»

Das Netz der Ahnungen senkte sich über Reyes. Die allerletzte Chance. Nein. Nein, ich bin nicht Reyes. Ich möchte mich nur tätowieren lassen. Ich gehe jetzt. Ich komme später wieder.

«Ja. Ich bin Reyes.»

Was nutzt eine Ahnung, wenn sie nicht zugleich in einer Handlung resultiert?

Der Mann zeigte einladend auf einen Perlenvorhang hinter dem Tresen.

«Bitte sehr», sagte er.

Reyes durchquerte den Vorhang. Die Perlen klirrten gegeneinander.

Er verschwand in einer pulsierenden Flutwelle aus Sternen.

Er kehrte in derselben Flutwelle zurück, nur umgekehrt, wie bei einem rückwärts ablaufenden Film. Er lag auf einem Tisch. Seine Hände waren am Tisch festgebunden. Auf einem kleinen Tablett vor seinen Augen stand seine mit Flüssigkeit gefüllte Flasche mit den beiden kleinen Augäpfeln, einer kleiner als der andere, beide kleiner als normal. Sie musterten ihn mit asymmetrischem Blick.

Um den Tisch herum standen sechs Personen. Ganz hinten der Mann mit den Tätowierungen. Er schwieg. Der Mann neben ihm ergriff als Erster das Wort.

«Dass Sie das wirklich selber wollten», sagte Manuel Morales. «Das hätte ich nicht von Ihnen erwartet. So viel Phantasie schienen Sie heute Morgen gar nicht zu haben.»

«Eigentlich brauchten wir Sie nur, um das dritte Auge ausfindig zu machen», sagte Rodrigo Lara. «Den besten Polizisten der Stadt.»

«Ihre andere Funktion haben Sie selbst entwickelt», sagte

Mercedes Pola. «Sie haben sie selbst gesucht und selbst gefunden. Wir brauchten nur so lange zu warten.»

«Sie sind begabter, als wir das jemals ahnen konnten», sagte Roberto Rodriguez. «Sie sind direkt hergekommen. Wie bestellt, das zweite Auge, das dritte und dann Sie. In einem Paket.»

«Er war einfach zu alt geworden», sagte Mediana Régules. «Als er endlich auftauchte und beschlossen hatte, den Schritt zu wagen, den zweiten Schritt, war er schon zu alt. Aber jetzt können wir eine jüngere Versuchsperson beobachten.»

Der Mann mit den Tätowierungen wies kurz auf ihren Kreis.

«Also», sagte er überaus gelassen. «Haben Sie etwas dagegen, wenn wir jetzt anfangen? Es ist schon spät.»

Er griff nach einer kleinen Tasche, öffnete sie und glitt am Tisch entlang zu Reyes' Kopf weiter. Als er ihn erreicht hatte, zog er ein kleines Präzisionsskalpell hervor und hielt es ins bleiche Licht.

«Warten!», schrie Reyes. «Die Polizei ist unterwegs. Sie werden jeden Moment hier sein.»

Alle am Tisch lächelten belustigt.

«Aber Herr Kommissar», sagte Mercedes Pola dann, «Sie wissen doch, dass wir Sie wegen Ihrer Ahnungen ausgesucht haben und weil Sie immer allein arbeiten.»

Reyes gab auf. Es war zu Ende. Er kämpfte nicht mehr gegen das Netz seiner Ahnungen. Er war in die Falle gegangen.

«Lassen Sie mich nur noch die Fäden zusammenknüpfen», sagte er. «Es gab keinen hellblauen Ford Sierra, keinen zeigenden und keinen Gas gebenden Mann?»

Der Tätowierte hob das Skalpell und sagte ruhig:

«Wie Sie sehr gut wissen, Herr Kommissar, liegt Ihre eigentliche Frage auf einem ganz anderen Niveau.»

Er beugte sich über Reyes, seine Augen quollen aus seinem mageren Gesicht, wie Halbkugeln, die aus ihren Höhlen herauswollten.

An einem frühen Morgen im Dezember, als eine schwere Abgasglocke sich über Ciudad de México gestülpt hatte, wurde der Leichnam von Kommissar Alberto Reyes in einer Gasse in den südlichen Vororten gefunden. Die Todesursache konnte ziemlich schnell festgestellt werden. Er war an einem Herzinfarkt gestorben.

Da keinerlei Anzeichen für ein Verbrechen vorlagen, wurde auch keine Ermittlung eingeleitet. Unter seinen Hinterlassenschaften, die aus Mangel an Erben sodann vernichtet wurden, befanden sich zwei Notizbücher. Niemand las darin mehr als die letzten Sätze.

Das erste Notizbuch, das mit einem A gekennzeichnet war, endete mit den Worten: Seine Augen quollen aus seinem mageren Gesicht, wie Halbkugeln, die aus ihren Höhlen herauswollten.

Das zweite Notizbuch, das mit einem B versehen war, endete mit den Worten: Er hatte sein Leben wohl in ihrem Sinne beendet. Seltsamerweise hatte Reyes diese Eintragungen mit Daten versehen, die auf den Tag folgten, an dem er gefunden worden war. Man nahm an, er habe in einem Zustand geistiger Umnachtung geschrieben und wie Hölderlin oder Nietzsche absichtlich ein falsches Datum angegeben. Man nahm außerdem an, dass er sein Leben in deren Sinne beendet hatte.

Anna Jansson

Single zu Weihnachten

Es war eine kalte Luzianacht. Am Morgen würden die Nachrichten der schwedischen Bevölkerung von Prügeleien, betrunkenen Jugendlichen und erfrorenen Obdachlosen berichten. Die Zahlen wurden jedes Jahr aktualisiert, die Geschehnisse dagegen blieben traditionsgemäß dieselben.

Das Mondlicht fiel durch das Fenster ins Zimmer. Eva Lindgren saß vor ihrem Fernseher und sah zu, wie die schwedische Luzia mit brennenden Kerzen gekrönt wurde. Der Chorgesang ließ sie wehmütig werden, weckte Erinnerungen an andere und glücklichere Weihnachtsfeste. Sie wärmte ihre Hände an einer Tasse voll heißem Punsch. Die Kälte in ihrem Körper kam von innen und wurzelte in einem starken Gefühl der Einsamkeit. Und doch hatte sie selbst Lars den Vorschlag gemacht, eine Zeit lang getrennt zu leben, um ihrer Beziehung eine neue Perspektive zu geben. Eine Scheidung sei nicht notwendig, nicht ohne längere Bedenkzeit jedenfalls. Neunzehn gemeinsame Jahre in guten und in schlechten Zeiten sind auch eine Leistung. Sie selbst hatte gesagt, sie brauchten eine Auszeit. Er hatte nicht protestiert, hatte sie nicht umarmt, er hatte sie auch nicht gebeten zu bleiben. Vielleicht hatte sie geglaubt, nachdem Emilie in eine Wohngemeinschaft gezogen war, würden sie einander näher kommen, würden zu neuer Lust finden. Die Jahre des Kampfes um ein erträgliches Leben für ihre autistische Tochter hatten ihre Beziehung zweifellos stark beeinträchtigt. Lars hatte sich in seine Arbeit geflüchtet. Je belastender der Alltag zu Hause wurde, desto mehr arbeitete er. Eine ganz natürliche männliche Reaktion, hatte der Therapeut gesagt. Der Mann unterstütze seine Familie, indem er für ihren Unterhalt sorge. Ist dieser gefährdet, arbeite er noch härter. Auf diese Weise zeige der Mann, dass seine Familie ihm wichtig sei. Es führe oft zu bitteren Enttäuschungen, wenn man dieses Phänomen nicht verstehe und nicht darüber sprechen könne.

Eva biss in ein Pfefferkuchenherz und kniff die Augen zusammen. O ja, sie war enttäuscht. Sie allein hatte darum gekämpft, dass die Krankheit ihrer Tochter diagnostiziert und ihr durch persönliche Betreuung die Chance auf ein sinnvolles Leben gegeben worden war. Sie hatte gegen die verbreitete Meinung angekämpft, dass die Behinderung der Tochter auf die Gefühlskälte der Mutter zurückzuführen sei. Ein Vorurteil, das sich verbissen hielt, ganz ohne wissenschaftliche Verankerung, aber dennoch ungeheuer kränkend. Ihre eigene Arbeit als Diätassistentin hatte an zweite Stelle treten müssen, während ihr Mann Karriere gemacht, eine Firma gegründet hatte und immer seltener zu Hause war. Ob er mit ihr zweite Flitterwochen machen möchte, hatte sie ihn gleich am ersten Abend nach Emilies Auszug gefragt. Eine Antwort war ausgeblieben. Als es dann Zeit zum Schlafengehen gewesen war, hatte er im Wohnzimmer herumgetrödelt. Hatte ein Glas und dann noch eins getrunken und war schließlich auf dem Sofa eingeschlafen. Sie hatte sich so töricht gefühlt in ihrem neuen schwarzen Spitzennachthemd, so abgewiesen, als sie ins Bett geschlüpft war und auf jemanden gewartet hatte, der gar nicht mehr kommen würde. War da eine andere? Das hatte er abgestritten, aber sie hatte verschiedene Anzeichen dafür entdeckt. Ein fremder Duft an seiner Kleidung. Telefongespräche, die er im Nebenzimmer führen wollte. Und er achtete seit neuestem so sehr auf sein Äußeres, ihr Lars. Eva wünschte, sie hätte ihrem Aussehen ähnlich viel Zeit widmen können. Bei einem Treffen mit ihrer Nachbarin hatte sie nur zwei Gläser Wein gebraucht, um sich alle Sorgen vom Leib zu reden.

«Vielleicht ist er impotent», hatte Sabine gesagt. «Rauchende Männer über fünfzig haben oft Potenzprobleme, das hab ich gelesen. Er sollte sich das Rauchen abgewöhnen.»

«Das finde ich ja schon lange, aber ich glaube, das ist nicht das Problem. Er findet mich alt und hässlich. Verbraucht. Verfallsdatum schon längst überschritten.»

Nachdem sie das Problem aus allen möglichen Blickwinkeln beleuchtet hatten, kam Sabine mit einem originellen Vorschlag.

«Mach es wie ich, schaff dir übers Internet einen Liebhaber an.» Über Evas verblüfften Gesichtsausdruck hatte Sabine herzhaft lachen müssen.

«Hast du einen Internetliebhaber?» Eva hatte das gegen ihren Willen fast ein wenig spannend gefunden.

«Mehrere. Im Moment sind es fünf. Wenn ich Lust habe, treffe ich mich manchmal mit einem. Wenn er langweilig, ungeschickt oder schlecht gelaunt ist, wird er ausgetauscht. Wer Bilder von sich paarenden Hamstern schickt, wird sofort abgesägt. Im Internet ist die Chance, einen netten Typen zu finden, viel größer als in einer Kneipe. Da wirst du doch vor allem nach deinem Aussehen beurteilt. Im Netz hingegen kannst du deinen ganzen Charme aufwenden, all deine Phantasie und Intelligenz. In der Kneipe kann man nicht mal ein sinnvolles Gespräch führen. Die Musik ist zu laut, und das ganze Stimmengewirr führt dazu, dass man sich nur in abgehackten

Sätzen unterhält. Und wer will schon auf sein Aussehen und auf unverständliche Halbsätze reduziert werden? Außerdem besteht immer das Risiko, dass man einen tollen Mann mit nach Hause nimmt, der sich dann als Volltrottel entpuppt. Beim Chatten bleiben uns solche Hasardspiele erspart.»

«Und was ist, wenn er lügt?», hatte Eva eingeworfen.

«Das ist ja gerade das Spannende! Man weiß nie genau, woran man ist. Vor allem darf man das Ganze nicht zu ernst nehmen. Ich persönlich sage immer die Wahrheit. Hat man sich zu sehr in Lügen verstrickt, kann es schwierig werden, wenn man sich wirklich trifft.» Sabine hatte ihr gezeigt, wie so ein Chat funktionierte. Es war ein inspirierender Abend gewesen.

Eva stand vom Sofa auf und zündete den Adventsleuchter auf der Fensterbank an. Hier saß sie nun in ihrer tristen kleinen Einzimmerwohnung. Weihnachten stand vor der Tür. Die Einsamkeit hallte förmlich zwischen den Wänden wider. Sie wählte Lars' Telefonnummer. Wie schon am Vorabend war er nicht zu Hause. Eva schaltete den Computer ein. Es wäre schön, mit jemandem reden zu können. Sabine war auch nicht zu Hause, als Eva bei ihr anrief. Warum sollte sie also nicht für ein Weilchen mit einer unbekannten Person chatten, die wie sie selbst nachts keinen Schlaf fand? Sie konnte ja schließlich anonym bleiben.

«Was machst du denn so?», fragte der Screenname Bruno.

«Ich bin Diätassistentin», antwortete Eva wahrheitsgemäß.

«Mein Mann hat mich satt gehabt, nachdem er zwanzig Jahre lang Diätnahrung vorkosten musste. Eine Woche Diät für Nierenkranke, in der nächsten für Leute mit Laktoseintoleranz, eine Woche glutenfrei und zwei Wochen ohne Salz. Am Ende wurde Lars allergisch gegen alles, vor allem gegen mich.»

«Warum hast du diesen Beruf gewählt? Die damit ver-

bundenen Risiken hättest du doch vorausahnen können :-)»,
schrieb Bruno.

«Das hat bestimmt mit Nabelschau zu tun, wie so vieles
andere. Ich bin allergisch gegen Fische, Krustentiere, Jod,
Nüsse, Erdbeeren und grüne Äpfel. Als ich zuletzt eine Erdnuss gegessen habe, dachte ich wirklich, mein letztes Stünd-
lein hätte geschlagen. Ich wurde mit dem Notarztwagen ins
Krankenhaus geschafft. Der Arzt hat mir Cortisontabletten
und Adrenalinspritzen verschrieben, die ich immer dabeiha-
be. Das nächste Mal kann es nicht mehr so schlimm werden.»
Als sie einander eine gute Nacht wünschten und Eva den
Wecker stellen wollte, fiel ihr zu ihrer Verblüffung auf, dass
sie gerade mehrere Stunden miteinander gesprochen hatten.
Meldest du dich morgen, hatte er gefragt, und sie hatte ohne
nachzudenken mit Ja geantwortet.

Die Nacht war so warm, dass Eva nicht einschlafen konnte. Sie hatte schon lange nicht mehr so vertraut mit einem
Mann gesprochen. Irgendwie hatte ihr die Anonymität der
Situation ganz neuen Mut gegeben. Ein Thema hatte zum
anderen geführt. Im Nachhinein konnte sie nur darüber stau-
nen, wie sie ihm von den zweiten Flitterwochen erzählt hatte,
zu denen es nicht mehr gekommen war. Weshalb fährst du
nicht ohne ihn, wenn dich die winterliche Dunkelheit depri-
miert, hatte er gefragt. Und sie hatte wahrheitsgemäß und ein
wenig unbedacht geantwortet, dass sie am kommenden Freitag mit einer Freundin nach Las Palmas fliegen würde. Was
spielt es schon für eine Rolle, ob ich ihm das erzähle, hatte
sie sich gesagt. Er kannte ja nicht einmal ihren richtigen Namen. Außerdem hatte er ganz normal auf sie gewirkt. Er war
seit einem Jahr Witwer, Oboist bei einem Kammerorchester
und arbeitete seit zwanzig Jahren bei der Polizei. Das klang
irgendwie beruhigend.

Den Tag der Abreise begannen sie mit einem Frühstück im Radisson Hotel am Flughafen Arlanda. Von der Terrasse aus beobachteten sie das Schneegestöber. In wenigen Stunden würden sie in ihrer Wohnung in Las Palmas sitzen und unter strahlender Sonne an ihrem Martini Bianco nippen. Da sie das Frühstück im Hotel selbst bezahlen mussten, steckte Eva sich zehn winzige Kaviartuben und einen Apfel in die Jackentasche, als sie das Restaurant verließen. Sparst du was, hast du was, pflegte sie zu sagen.

«Was bist du für eine fürsorgliche Ernährerin», höhnte Sabine. Beim Einchecken standen sie hinter einem dunkelhaarigen Mann im Trenchcoat. Eva musste sich beherrschen, ihn nicht unentwegt anzustarren. Er sah aus, als käme er gerade vom Filmset, war durchtrainiert, selbstsicher, exklusiv angezogen und wirkte ungeheuer männlich. Sabine war unterdessen mit einem bärtigen Mann mit Kameraausrüstung ins Gespräch gekommen. Sie luden ihre Taschen auf das Transportband, zeigten ihre Pässe vor. Mit leichtem Unbehagen ging Eva durch den Metalldetektor. Das Alarmgeheul ließ die Beamten mit strengem Gesichtsausdruck an sie herantreten. Evas stockte der Atem.

«Haben Sie irgendetwas aus Metall bei sich?»

«Ich glaube nicht.» Der Metalldetektor peilte die rechte Jackentasche an, und Eva schoss die Röte ins Gesicht. Sie legte zuerst zwei Kaviartuben auf das Transportband, dann zwei weitere und schließlich die übrigen sechs. Der Beamte blickte sie misstrauisch an. Blitzlicht flammte auf, kurz darauf zog das Gesicht des bärtigen Fotografen in einem unwirklichen Nebel an ihr vorbei. Der Mann im Trenchcoat drehte sich um. Sah, was er sehen musste. Sabine konnte sich kaum noch aufrecht halten vor Lachen, während Eva vor Scham im Boden versank. Schnell sah sie zu, dass sie zum Ausgang kam.

Im Flugzeug saßen sie peinlicherweise genau neben dem Mann im Trenchcoat. Er stellte sich vor als Mikael Ström, Unternehmensberater, und lud die Damen zu einem Whisky ein.

«Der Wein, den sie hier an Bord servieren, ist ungenießbar. Der Weißwein ist purer Essig und der Rotwein eiskalt.»

«Ich wärme ihn immer zwischen meinen Schenkeln an», erklärte Sabine ohne einen Funken Scham, und Eva hätte am liebsten so getan, als sei diese Frau ihr ganz und gar unbekannt. Sie lehnte den Whisky ab, zog ein Buch hervor und begann zu lesen, aber sie hatte Schwierigkeiten, sich zu konzentrieren. Mikaels körperliche Nähe und der aufregende Duft seines Rasierwassers machten sie auf eine angenehme Weise nervös. Nach den vielen Jahren in einer alles verzehrenden Mutterrolle war es ungewohnt, sich plötzlich zu einem Mann hingezogen zu fühlen. Wie sollte sie mit diesen jugendlichen Gefühlen umgehen, wo sie doch den Körper einer Frau mittleren Alters wie eine Fußfessel mit sich herumschleppte? Eva kam sich vor wie eine runzlige, verschrumpelte Saatkartoffel, die, nachdem sie Leben gegeben hat, völlig unnütz geworden ist. Mit Würde zu altern bedeutet, über solche Albernheiten wie Attraktivität und Verliebtheit erhaben zu sein, beschloss sie. Mikael versuchte, mit ihr ins Gespräch zu kommen, aber Eva antwortete einsilbig und schroff. Als endlich das Essen serviert wurde, rutschte ihr das Tablett, das sie ihm reichen sollte, aus den Händen, und das gesamte Mahl ergoss sich über Mikaels helle Hose.

«Das tut mir schrecklich Leid. Ich ...» Sie griff zur Serviette, um die Soße abzuwischen, hielt dann aber inne, errötete und reichte sie ihm. «Ich kann Ihnen die Reinigung bezahlen ... oder eine neue Hose. Es ist mir furchtbar unangenehm.»

«Das macht doch gar nichts. Aber wenn Sie mich wirklich

unbedingt auf irgendeine Weise entschädigen wollen, dann wünsche ich mir heute ein Abendessen in Ihrer Gesellschaft.» Sie sagte zu, biss sich auf die Lippen und bereute ihre übereilte Antwort.

«Ich wollte wirklich nicht mit ihm zum Abendessen», verteidigte Eva sich, als Sabine sich leicht beleidigt die Haare hinter die Ohren strich und an ihrem Martini nippte. Die Aussicht vom Balkon über das Meer war unbeschreiblich schön. Der Abend war jung. Der Fotograf hob die Hand zum Gruß, er las auf dem Nachbarbalkon ein Buch über die Geschichte der Fotokunst. «Es ist doch selbstverständlich, Sabine, dass du heute Abend mitkommst. Er hat doch gesagt, dass du auch willkommen bist.»

«Als fünftes Rad am Wagen? Nein, danke. Ich bleibe auf dem Zimmer und packe so lange meinen Koffer aus. Ich kann doch ein Brot mit Kaviar essen. Davon haben wir ja schließlich genug.»

«Jetzt komm schon. Ich weiß doch gar nicht, worüber ich mit ihm reden soll. Wir brauchen ja nicht so lange zu bleiben.» Eva merkte, dass sie gereizter klang als geplant. In dieser Situation waren sie nicht zum ersten Mal. Sabine fuhr so leicht die Stacheln aus, wenn sie sich ausgeschlossen fühlte. Eva konnte niemals mehrere Bekannte gleichzeitig einladen, sie konnte Sabine auch nicht erzählen, was sie mit anderen Freundinnen unternommen hatte, ohne dass Sabine beleidigt war. Eva hatte versucht, ihre Eifersucht einfach zu ignorieren, aber oft führten solche Situationen zu einem Streit, nach dem sie sich meist für längere Zeit aus dem Weg gingen. Erst wenn Eva sich mehrmals entschuldigt hatte, vergab Sabine ihr. «Ich gehe jetzt.»

Der Spaziergang am Strand tat ihr gut. Die sanfte Dämmerung, die zärtlich den Sand liebkosenden Wellen, die Musik und die lockenden Lichter der Restaurants bewirkten, dass sie sich endlich doch auf das Essen mit Mikael freute. In der Luft lag etwas Sinnliches, ein Gefühl von Sehnsucht. Er hätte nicht um ihre Gesellschaft bitten müssen, wenn er sie nicht wirklich wiedersehen wollte. Woher kam ihre plötzliche Verlegenheit? Warum konnte sie nicht einfach mal dankend annehmen, was das Leben ihr bot? Sie wurde ja normalerweise nicht gerade mit Komplimenten überschüttet, mit Sorgen dafür umso mehr. Nach zwei Gläsern Martini war ihre Verlegenheit verflogen, geblieben war die Sehnsucht danach, zu begehren und begehrt zu werden.

In einer engen Gasse sah sie kurz, wie der Fotograf wild gestikulierend versuchte, zwei Männern in Uniform, vermutlich Polizisten, etwas zu erklären. Wahrscheinlich hatte er verbotenerweise etwas fotografiert, war angetrunken oder hatte sich störend verhalten. Sie hoffte jedenfalls, dass die Polizei den Bärtigen und seine Fotografiererei sorgsam überwachte.

Mikael stand schon vor dem Restaurant und studierte die Speisekarte. Sein weißes Hemd leuchtete im Schein der Laterne. Seine dunklen Haare waren an den Schläfen grau meliert. Aus der Nähe konnte sie feststellen, dass er zwei kleine Narben im Gesicht hatte, eine unter dem Auge, die andere auf der Wange. Sie schaute ihm tief in die Augen und ließ sich von der Situation berauschen. Zur Begrüßung umarmte er sie und küsste sie auf südländische Art auf beide Wangen. Sie wurden zu einem Tisch geführt, dicht am Wasser. Er bestellte Tapas, Grillspieße und Rotwein, nachdem er ihr Einverständnis eingeholt hatte. Ihr Gespräch floss dahin, völlig ungezwungen. Er erzählte von seiner Arbeit, von seiner Schulzeit in einem französischen Internat und seinen Zukunftsplänen. Seit seine Frau bei einem Autounfall ums Leben gekommen war, hatte er nur noch für seine Arbeit gelebt, jetzt aber fühlte er sich einsam. Eva mahnte sich, die Situation nüchtern zu beurteilen. Dass er eine Frau suchte, mit der er sein Leben teilen könnte, war ja nicht unbedingt als Einladung an sie zu verstehen.

«Eine wie du», sagte er und legte seine Hand auf ihre, vorsichtig, fast ohne ihre Finger zu berühren. Sie ließ es geschehen. Wie sehr hatte sich ihre Haut nach einer solchen Berührung gesehnt! Langsam streichelte er ihre Finger, während er weitersprach. Seine Hand wanderte behutsam an ihrem Arm hoch und auf der Innenseite langsam wieder herunter. Eva spürte, wie ein wunderbarer Schauder ihren Körper durchfuhr. Er legte ihr die Finger unter das Kinn, und als er ihr von seinen Reisen und von der Musik, die er liebte, erzählte, ließ sie sich ganz von seinem von fernen Ländern sprechenden Blick gefangen nehmen. Sein Mund näherte sich vorsichtig ihrer Wange, und er sprach so leise, dass sie sich vorbeugen musste, um hören zu können, was er sagte. Seine Lippen streiften ihr Ohrläppchen. Meinte er wirklich sie?

Plötzlich wurde ihre Stimmung von einem lauten Geräusch am Nachbartisch gestört: Der Fotograf hatte sich dort niedergelassen und bestellte laut und in schlechtem Englisch ein Gericht, das offensichtlich nicht auf der Speisekarte stand. Leicht benommen ging Eva zur Toilette. Da das Schloss nicht richtig funktionierte, hielt sie die Tür von innen zu. Was für ein seltsamer Mensch dieser Fotograf doch war! Als er mit der Polizei gesprochen hatte, hatte sein Spanisch sich zumindest in ihren Ohren einwandfrei angehört, während er hier im Restaurant auf Englisch radebrechte. Musik und Stimmengewirr im Restaurant waren lauter geworden. Eva fühlte sich leicht beschwipst, als sie auf ihren hochhackigen Schuhen zu Mikael zurückging. An ihrem Tisch saßen nun auch der Fotograf und Sabine, aber Mikael beteiligte sich nicht an ihrer Unterhaltung. Er hatte sich dem Meer zugewandt und schien ganz in Gedanken versunken zu sein.

Ein Blick auf ihren Teller verriet Eva, dass sie den Grillspieß und die Kartoffeln in der pikanten Soße kaum angerührt hatte. Mikael zwinkerte ihr verstohlen zu, und sie spürte, wie eine wohlige Wärme ihren Körper durchströmte. Sie lächelte ihn viel sagend an. Sie nahm einen Bissen von ihrem Grillteller und spürte ein prickelndes Gefühl am Gaumen und auf der Zungenspitze. Hilfe suchend schaute sie zu Sabine, doch die hatte sich abgewandt. Als ihre Lippen anschwollen, stieß sie einen verzweifelten Schrei aus. Sabines Gesicht war jetzt dicht an ihrem.

«Meine Medikamente! Du musst meine Medikamente holen! Im Nécessaire im Badezimmer!»

Eva spülte sich den Mund mit Wein aus und spuckte ein kleines Stück von einer Erdnuss in die Serviette. Das war es also gewesen. Sie versuchte, ruhig zu bleiben, aber das Atmen fiel ihr immer schwerer. Sie brauchte dringend einen Arzt, aber niemand achtete auf sie. Es dauerte eine Ewigkeit, bis Sabine endlich zurück war.

«Ich war oben in der Wohnung. Deine Medikamente sind nirgendwo zu finden. Ich habe dein ganzes Gepäck durchsucht. Bist du sicher, dass du sie eingepackt hast?» Sabines Stimme klang schrill.

«Ja», hauchte Eva schwach. Sie fühlte sich so elend, dass sie keinen klaren Gedanken mehr fassen konnte. Das Licht verschwand vor ihren Augen und kehrte nur sporadisch zurück, während ihre Kehle sich langsam und unerbittlich zusammenschnürte. Der Druck auf ihrer Brust ließ sie keuchend die Tischkante umklammern, bis sie auf den harten Boden fiel und die Finsternis sie einhüllte. Dann wurde alles ruhig und hell. Die Stimmen, die sie zurückholen wollten, empfand sie als Störung. Sie wollte nur noch von dem weißen Licht umgeben sein.

Ein Rauschen legte sich wie eine Schutzhaut über ihr Bewusstsein, ein ruhiger konstanter Laut, bis sie langsam wieder sehen konnte und die undeutlichen Gesichter wahrnahm, die über ihrem Kopf schwebten. Ihr Herz schlug unregelmäßig, ihr Puls raste, und der Druck gegen ihre Schläfen wurde fast unerträglich. Sabines Stimme.

«Eva, Eva, kannst du mich hören?»

Später an diesem Abend, nachdem sie sich von den anderen getrennt hatten, saß Sabine in eine Decke gehüllt an Evas Bett.

«Wie geht es dir jetzt?» Ihre Stimme klang sanft und schuldbewusst.

«Ist schon okay.» Eva stützte sich auf einen Ellbogen und schaute sich nachdenklich um.

«Ich bin sicher, dass ich meine Medikamente mitgenommen habe. Ganz sicher.»

«Wenn der Wirt nicht selbst Allergiker gewesen wäre und dir seine Medizin gebracht hätte, hätte es böse enden können.» Sabine fuhr Eva zitternd über die Haare.

«Ich muss mich noch bei ihm bedanken», sagte Eva.

«Jetzt musst du dich erst mal ausruhen. Ich kümmere mich schon um dich. Du und ich gegen den Rest der Welt. Eigentlich brauchtest du einen Vorkoster, damit du nicht noch eines Tages vergiftet wirst. Traust du dir morgen den Ausflug zum Markt zu, was meinst du?»

Auch Mikael saß im Bus nach Las Palmas. Seine braunen Augen suchten ihren Blick. Eva merkte, dass es ihr schwer fiel, bei helllichtem Tag seine Aufmerksamkeit zu ertragen. Die Spuren an ihren Kleidern hatten gezeigt, dass sie sich gestern Abend erbrochen hatte, ehe sie ohnmächtig geworden war. Wie peinlich ihr das war! Sabine saß auf der Kante ihres Sitzes und bemühte sich um ein Gespräch mit dem Fotografen, der durch die Fensterscheibe vorbeiziehende Zitronen- und Olivenhaine ablichtete.

«Ist es nicht schwer, auf diese Weise gute Bilder zu bekommen? Welche Belichtungszeit wählst du?», fragte sie. Er antwortete erst, als sie ihre Frage wiederholt hatte.

«Nicht mit der richtigen Lichtempfindlichkeit. Ich habe am Zoom einen Vibrationseliminator, mit dem ich die Belichtungszeit um zwanzig Prozent reduzieren kann.»

«Vibrationseliminator? Willst du mich auf den Arm nehmen?»

«Könnte schon sein.» Der Rest des Gesprächs wurde von den Ermahnungen der Reiseleitung, auf Brieftaschen und Handtaschen aufzupassen, übertönt.

Der Markt war ein Erlebnis aus Düften und Farben. Obststände mit Orangen und Zitronen, Melonen und Trauben reihten sich an Tische mit Schuhen und Taschen. Von Gemüse bis hin zu Spitzenunterröcken war hier für jeden etwas dabei. Die Marktschreier priesen lauthals ihre Ware an. In dem Getümmel von Frauen mit langen schwarzen Kleidern und Kopftüchern, Bettlern und ausgelassenen Kindern schlenderten Eva und Sabine von Stand zu Stand. Tüten wurden gefüllt und wechselten dann den Besitzer. Mikael und Tobias Eriksson, der Fotograf, blieben in ihrer Nähe und kommentierten die Einkäufe. Eva hob ein Herrenhemd hoch. Vielleicht war es eine Sache der Gewohnheit. Wenn man im Urlaub viel für sich selbst gekauft hat, war es strategisch sinnvoll, dem Partner als Erstes ein Mitbringsel zu präsentieren: «Schau mal, Liebling, was ich für dich gekauft habe.» Reine Gewohnheit.

«Hast du an Lars gedacht?» Eva drehte sich um. Mikael musterte sie mit ernster Miene. An Lars? Am Vorabend war sie zwar beschwipst gewesen, aber sie wusste dennoch ganz genau, dass sie den Namen ihres Mannes nicht erwähnt hatte. In einer so prekären Situation hätte sie ihn niemals über die Lippen gebracht. ‹Mein Mann›, hatte sie gesagt, ‹er›, aber niemals ‹Lars›. Bei ihrem nächsten Gedanken wurde ihr fast schwindlig. Bruno? Konnte er das sein? Er hatte von einer verstorbenen Ehefrau erzählt. Vielleicht war das mit der Polizei gelogen gewesen, vielleicht hatte er sich ein wenig älter gemacht. Plötzlich musste sie lachen. Sabine blickte Eva fordernd an.

«Was ist los? Nun erzähl schon, was ist so komisch?» Eva aber schüttelte den Kopf. Das hier wollte sie für sich behalten.

Als sie in Las Palmas auf den Bus warteten, drückte Mikael ihr einen Zettel in die Hand. «Komm um Mitternacht an den Strand. Ich warte sehnsüchtig auf dich.» Wie langsam die Zeit doch vergehen kann, wenn man auf eine Umarmung wartet, auf körperliche Nähe, die man so viele Jahre vermisst hatte. Sabine ärgerte sich beim Abendessen darüber, dass Eva ihr nicht richtig zuhörte. Nach zwei offensichtlichen Patzern verbrachten sie den Rest des Essens schweigend. Beim Kaffee wurden sie wieder gesprächiger, und Sabine ließ sich über den Fotografen aus. «Männer können mit ihren dicken Bäuchen ungeniert in der Sonne liegen, während wir unser Geld dafür ausgeben, um Fettröllchen und andere Peinlichkeiten zu tarnen, ist das vielleicht gerecht?»

Doch Eva war mit ihren Gedanken schon längst wieder bei der bevorstehenden Nacht und nahm Sabines Meckern nur als Gebrabbel im Hintergrund wahr.

«Du hörst mir ja überhaupt nicht zu. Ich finde dein Verhalten in diesem Urlaub egoistisch. Ich war immer für dich da, wenn du traurig und verzweifelt warst. Ich hab die ganze Nacht bei dir gesessen, als du weinen musstest, weil Lars trotz Emilies Krankheit nicht nach Hause kam. Ich habe dir stundenlang zugehört, als der Mann vom Sozialamt dich mit seinem hobbypsychologischen Gebrabbel beleidigt hatte. Gestern hab ich deine Kotze weggewischt. Existiere ich für dich überhaupt?» Sabines Augen glichen schwarzen Flammen. «Dann geh doch zu ihm! Mach das, aber mit mir brauchst du nicht mehr zu rechnen.»

Was sollte Eva nun noch sagen? Sie wusste, was sie Sabine zu verdanken hatte, aber sie war nicht ihr Eigentum.

Noch immer aufgewühlt von Sabines Ausbruch, setzte Eva sich auf eine Mauer am Straßenrand, ließ die Füße baumeln und schaute auf das weite Meer hinaus. Die Sache mit ihren Medikamenten ließ ihr keine Ruhe. Sie waren das Letzte, was sie überprüft hatte, ehe sie ihr Handgepäck geschlossen hatte. Sie hatte sie sogar im Flugzeug in ihrer Tasche gesehen, als sie ihr Buch herausgeholt hatte. Auf einmal kam ihr ein böser Verdacht, den sie am liebsten sofort wieder verdrängt hätte. Sabine? War es möglich, dass Sabine und Lars ein Verhältnis hatten? Mehr als einmal waren beide nicht zu Hause gewesen, als Eva versucht hatte, sie anzurufen. Lars' Firma lief nicht besonders gut, in der letzten Zeit hatte er von mangelnder Liquidität gesprochen, eine Million aus der Lebensversicherung könne seine Probleme lösen. Jetzt, wo Emilie in ihrer Wohngemeinschaft gut untergebracht war, brauchte er doch keine lebendige Ehefrau mehr. Eva schlug die Hand vor den Mund, um nicht laut aufzuschreien. Der Duft einer anderen Frau. Unbekannt, aber doch nicht ungewohnt. Und außerdem: Wer außer Sabine wusste, dass sie gegen Erdnüsse allergisch war?

Mikael kam ihr entgegen, und auf einmal fühlte sie sich völlig sicher. Solange er in der Nähe war, konnte ihr nichts passieren. Jede Bewegung seines Körpers strahlte Geborgenheit und Stärke aus. Er zog sie an sich und küsste sie vorsichtig. Sie gingen zum Strand hinunter, legten ihre Kleider ab und wateten hinaus ins Meer, nackt wie Kinder. Eva schämte sich ihres Körpers nicht, als er silbrig glänzend durch das Wasser glitt. Zusammen schwammen sie in der vom Mondlicht gezeichneten Straße, er führte sie küssend in die Weite des Meeres, bis ihre Füße den Grund nicht mehr erreichten. Plötzlich verstärkte sich sein Griff um ihren Nacken, tauchte sie so heftig unter Wasser, dass sie nicht um Hilfe rufen konnte. Das war doch wohl ein Scherz! Er sollte sofort aufhören! Aber Mikael drückte ihren Kopf mit eisernem Griff nur noch tiefer, bis sie keine Luft mehr bekam und Wasser schluckte. Sie zappelte und strampelte mit aller Gewalt. Gegen die Kraft seiner Hände kam sie nicht an. Ein scharfes Geräusch füllte ihren Kopf. Ihre Lunge schrie nach Sauerstoff. Seltsame Bilder jagten durch ihr Gehirn, während das Blut ihre Ohren zu sprengen drohte, die Augen aus ihrem Kopf pressen wollte. Luft! Sie brauchte Luft! Plötzlich lockerte sein Griff sich. Ein starker Arm zog sie aus dem Wasser. Vor ihr tauchte ein Gesicht mit eng aneinander stehenden Augen und triefnassem Bart auf. Ein Mund, der Dinge sagte, die sie zunächst kaum verstehen konnte. Der Fotograf? Und ein Stück weiter bewaffnete Polizisten, die Mikael fest im Griff hielten.

Als Eva später in einem fremden Zimmer unter einer Decke kauernd erwachte, erfasste sie erst das Ausmaß ihrer Lage. Tobias Eriksson reichte ihr einen Becher starken Kaffee und ein trockenes Handtuch.

«Mikael Ström, wie er sich im Moment nennt, ist ein bezahlter Killer. Er war als Söldner im ehemaligen Jugoslawien tätig, weiß genau, wie er vorzugehen hat, und handelt völlig gefühlskalt. Auch in Zeiten des Friedens gibt es Menschen, die bereit sind, ihn gut für seine Dienste zu bezahlen. Wir haben ihn schon seit längerer Zeit im Auge. Dein Mann hat ihm vor vierzehn Tagen einen Vorschuss bezahlt, damit er dich aus dem Weg schafft. Im Flugzeug hat er dir die Medikamente aus der Tasche gestohlen. Lars hatte ihm diesen Tipp gegeben. Ich habe ihre Verhandlungen im Internet verfolgen können. Sicherheitshalber habe ich dann auch dich im Auge behalten. Ein Anruf von der Polizei bei der Telefongesellschaft genügt, um einen Code zu knacken. Single zu Weihnachten, kommt dir das bekannt vor? Meine Aufgabe ist es, mich im Internet über kriminelle Aktivitäten zu informieren. Du kannst mich Bruno nennen.»

Åke Edwardson

Eiszeit

Jetzt konnte nichts Schlimmeres mehr kommen. Unwillkürlich musste ich denken, dass alles, was danach käme, nur besser sein konnte. Nicht besser, nein ... vielleicht heller? Nein, auch das nicht. Mir fiel das passende Wort nicht ein. Es gab einfach keines. Es war, als wolle man die verschiedenen Vorstufen der Hölle graduell unterscheiden.

Die Frau lag im Graben hinter dem Müllcontainer, der am südlichen Ende des Parkplatzes stand. Wir konnten nicht sagen, ob die Tat auch dort verübt worden war oder ob sie hierher gebracht worden war, nachdem man sie ermordet hatte.

Ihren Kopf fanden wir nicht.

Es waren auch noch ein paar andere Dinge ... mit ihrem Körper gemacht worden.

Sie trug keine Kleider. Neben der Leiche lag eine Handtasche. Ich kam als Erster dort an. Als ich mich über die Tasche beugte, verspürte ich einen Geruch, den ich nicht einordnen konnte. Kam er mir bekannt vor? Vielleicht. Doch er währte nur eine Zehntelsekunde, dann war er fort und kehrte nicht zurück. Ich sah mich um, konnte aber nichts entdecken, was die Quelle für diesen Geruch sein mochte. Und da hatte ich den Geruch auch schon vergessen.

Die Frau war seit zwei bis drei Stunden tot. Unser Gerichtsmediziner war sich da sicher, und wir glaubten ihm. Sie sei um die dreißig, sagte er. Vielleicht etwas jünger.

«Was meinen Sie, Berger?», meinte Kommissar Munter, mein Chef, auf der Rückfahrt.

Ich versuchte, bei der Eisglätte so vorsichtig wie möglich zu fahren. Es war der achte Januar. Es war Schnee gefallen, der durch die Kälte gefroren war, und die Räumfahrzeuge hatten ihn nicht in den Griff bekommen, was jedoch absolut normal war. In Schweden war man auf Schneefall einfach nicht eingerichtet. Der Schnee hätte ebenso gut über Südspanien niederrieseln können. Die Verwunderung wäre dieselbe gewesen: Schnee? Hier?

«Scheußlich», antwortete ich.

«Es wird nicht leicht werden, irgendwelche Reifenspuren auszumachen», meinte Munter. Er saß, die Mütze tief ins Gesicht gezogen, neben mir und sah wieder einmal wie der absolute Widerspruch zu seinem Namen aus. Im Mund hatte er eine nicht angezündete Zigarette, an der er ziehen würde, bis sie durchfeuchtet war. Dann würde er sie wegwerfen und sich eine neue zwischen die Lippen stecken. Das war seine Methode, mit dem Rauchen aufzuhören. So ging das nun schon seit lange vor Weihnachten. Auf diese Weise verbrauchte er genauso viele Zigaretten wie vorher, aber immerhin rauchte er nicht.

«Der Schnee ist einfach zu fest gefroren», fuhr er fort. «Wie eine Eisbahn.»

Auf der Gegenfahrbahn war ein gigantischer Sattelschlepper in den Graben gerutscht. Ein Teil der Zugmaschine stand noch auf der Straße, dahinter hatte sich eine kilometerlange Schlange gebildet. Es war Sonntagabend, und die Leute wollten nach dem Hockeyspiel nach Hause, doch jetzt kamen sie nicht weit.

«Das war jetzt wirklich das Furchtbarste, was ich jemals gesehen habe, und dabei dachte ich doch, ich hätte schon alles gesehen», meinte Munter. Damit meinte er die ermordete Frau.

«Das habe ich auch gedacht», erwiderte ich.

«Einen Dreck haben Sie gesehen, Berger», sagte Munter. Seine feuchte und kalte Zigarette wippte im Mund. Im Auto roch es nach nassem Tabak. An den Geruch hatte ich mich schon gewöhnt.

«Ich meine, es war das Schlimmste, was ich je gesehen habe. Bisher.»

Er brummte etwas Unverständliches. In der Stadt brüllten die Räumfahrzeuge wie verrückt gewordene Kühe und schienen völlig orientierungslos herumzufahren. Seit Dreikönig hatte es geschneit, und erst gestern hatte es aufgehört. Natürlich war das eine Herausforderung, aber die Räumarbeiten hätten eigentlich schon weiter fortgeschritten sein müssen.

«Annie Lundberg», sagte mein Chef und bewegte sich auf seinem Sitz. Sein Profil wurde von den Straßenlaternen beleuchtet. «Wir haben ihren Führerschein, der sauber und ordentlich in ihrer unberührten Brieftasche in ihrer geschlossenen Handtasche steckte. Wir haben ein Foto von einem hübschen Mädchen, das am 8.1.1975 geboren ist, aber wir können die Leiche trotzdem nicht identifizieren.»

«Das ist ja heute», sagte ich.

«Was?»

«Sie hat heute Geburtstag», wiederholte ich.

«Hm.»

«Sechsundzwanzig Jahre», fuhr ich fort.

«Da könnte ein Zusammenhang bestehen», sagte Munter. «Wie steht es, Inspektor Berger, glauben Sie, dass da ein Zusammenhang besteht?»

«Ich glaube gar nichts», erwiderte ich.

«Gut so.»

Im Polizeihauptquartier kontrollierten wir als Erstes, ob unser Computerfachmann es geschafft hatte, die Vermisstenmeldungen der letzten Tage durchzugehen. Wir hatten ihn schon vom Fundort aus angerufen.

Das Ergebnis schien fast zu gut, um für die Ermittlungen von Nutzen zu sein: Die sechsundzwanzigjährige Annie Lundberg war offenbar wenige Stunden zuvor von ihrem Freund als vermisst gemeldet worden. Die Daten schienen auf die Tote zu passen, wenngleich wir natürlich nichts über die Haarfarbe sagen konnten.

Alles, was wir jetzt tun mussten, war, den Freund ins Leichenschauhaus kommen zu lassen, um die Leiche zu identifizieren.

«Selbst wenn sie keinen Kopf mehr hat, müsste er doch seine Freundin wiedererkennen können», meinte Munter.

«Da möchte ich aber nicht mit ihm tauschen», sagte ich.

«Sie legen irgendwas an die Stelle, wo der Kopf sein müsste, und decken es ab», sagte Munter.

«Wir müssen aber vorher etwas dazu sagen», gab ich zu bedenken.

«Ja, das müssen wir wohl», stimmte Munter mir zu. «Sonst fragt er sich womöglich, warum ihr Kopf sich plötzlich in einen Fußball verwandelt hat.»

Der Freund entpuppte sich als Freundin. Sogar Munter wirkte erstaunt, obwohl er doch wissen sollte, dass das heutzutage nichts Ungewöhnliches ist. Sie stellte sich als Birgitta Sonesson vor, war ungefähr dreißig Jahre alt, vielleicht etwas jünger, und trug eine dicke blonde Haarmähne.

«Hier entlang bitte», sagte der Gerichtsmediziner.

Sie sah die Leiche an, ich hatte ihr schon vorher von dem Kopf erzählt.

«Das ist nicht Annie», sagte sie fast augenblicklich. «Das ist sie nicht.»

«Sind Sie ganz sicher?», fragte Munter.

«Annie hatte eine Tätowierung … auf dem Bauch», sagte Birgitta Sonesson und wies auf den nackten Körper auf der Stahlpritsche. «Genau da, direkt unter dem Nabel.»

Sie schaute wieder Munter an, dann mich. «Mir gefiel das nicht. Dass sie sich hat tätowieren lassen. Ich habe sie gebeten, es nicht zu tun. Aber sie hat es trotzdem gemacht.» Birgitta Sonesson begann heftig zu weinen, Munter machte eine Kopfbewegung, und der Gerichtsmediziner ging mit ihr hinaus. Sie weint, als läge hier wirklich ihre Geliebte, dachte ich.

«Was stellte die Tätowierung denn dar?», fragte Munter draußen.

«Einen kleinen Vogel», antwortete sie. «Ich glaube, eine Schwalbe.»

Wir saßen in Munters Zimmer. Die Zigarette in seinem Mund wippte auf und ab, als er redete.

«Wir haben eine Vermisste, deren Papiere bei einer Ermordeten abgelegt wurden», sagte Munter. «Und wir haben eine Ermordete ohne Identität.»

Natürlich hatten wir Birgitta Sonessons Angaben überprüft.

«Verdammt», fluchte Munter, «und die Zähne helfen uns auch nicht gerade weiter.»

In der Regel versuchten wir unbekannte Tote über das Gebiss zu identifizieren.

«Also müssen wir alle Vermisstenmeldungen noch einmal durchgehen», sagte Munter.

Wir gingen sie alle durch, einschließlich der neuen, die eben erst reingekommen waren. Zwei oder drei stimmten in etwa mit der Leiche überein, und wieder gingen wir mit vor Angst bebenden Angehörigen ins Leichenschauhaus, doch jedes Mal konnten sie es erleichtert verlassen.

«Irgendeinen Sport muss sie getrieben haben», sagte der Gerichtsmediziner. «Die Muskelmasse vor allem in den Beinen weist darauf hin, dass sie hart trainiert hat, und zwar erst kürzlich.»

«Was hat sie denn trainiert?», fragte Munter.

«Ich würde auf eine leichtathletische Disziplin tippen», meinte der Arzt. «Vielleicht Laufen. Oder Weitsprung. Ich weiß nicht. Vielleicht sollten wir mal mit einem Physiologen reden.»

«Sie haben gesagt, sie hätte kürzlich noch trainiert», bemerkte ich. «Wie kurz vor ihrem Tod?»

«Na ja, es könnte sein, dass sie ab und zu mal eine Trainingsrunde eingelegt hat, aber ich wage zu behaupten, dass sie ihre aktive Karriere bereits hinter sich hatte.»

«Wie lange schon?», fragte Munter. «Kann man so etwas messen?»

«Ja», antwortete der Arzt.

«Dann würden wir vielleicht herausfinden, welchen Sport sie ausgeübt hat», meinte Munter.»

Während wir auf die Ergebnisse der Untersuchungen in der Gerichtsmedizin warteten, nahmen wir mit allen Sportverbänden im ganzen Land Kontakt auf, und zwar nicht nur mit denen für Leichtathletik. Wir baten um die Verzeichnisse aller Aktiven der vergangenen zehn Jahre, was entsetzlich viel Papier ergab. Es gab einfach furchtbar viele Sportarten. Von manchen hatte ich noch nie gehört. Wir sahen ein, dass das zu viel Arbeit war.

«Ich hoffe bei Gott, dass es Leichtathletik ist», meinte Munter. «Das ist ein Sport, der im Rückgang begriffen ist. Da gibt es nicht mehr so viele Aktive.»

«Wenn es überhaupt solch eine Sportart ist», gab ich zu bedenken. «Sie könnte ja auch ganz einfach nur trainiert haben. Krafttraining.»

«Wir sind doch in allen Fitness-Studios der Stadt gewesen», entgegnete Munter.

«Sie könnte doch auch für sich allein trainiert haben», meinte ich. «Vielleicht hat sie das schon immer getan.»

Ein weiteres Problem, das sich uns stellte, war, dass der Körper, der unter dem kalten blauen Licht des Leichenschauhauses lag, besondere Kennzeichen vermissen ließ. Es war ein normaler, gut trainierter Körper. Und ich musste immer wieder denken, wie fürchterlich nichts sagend ein Menschenkörper ohne Kopf war.

Mit einer großen und schrecklichen Ausnahme: Der Mörder hatte ein Stück Haut aus der linken Wade der Frau geschnitten.

«Das war sicher eine Tätowierung», sagte Munter und sah mich an.

«Vielleicht», meinte ich.

Munter hatte seine Zigarette ausgewechselt und die verbrauchte in eine Nierenschale gelegt, die er mit hereingebracht hatte.

«Und wo zum Teufel ist jetzt Annie Lundberg?», fragte er und ließ die nächste Zigarette aus dem Mund direkt in das Schälchen fallen.

Es war einfach nicht zu begreifen, warum Annie Lundbergs Tasche neben der Toten gelegen hatte. Das hatte der Mörder offenbar bezweckt. Warum? Wollte er uns etwas sagen? Etwas über Annie Lundberg? Oder etwas über die unidentifizierte Tote?

Würde Annie Lundberg das nächste Opfer werden?

War sie es bereits?

Wir waren Annies ganzes Leben und ihren ganzen Bekanntenkreis durchgegangen, aber immer noch keinem Sportler begegnet. Außerdem gab es noch frühere Kommilitonen von der Hochschule, die wir aufsuchen mussten. Und dann wussten wir noch gar nichts über Freunde oder ... Freundinnen. Birgitta Sonesson hatte gesagt, Annie Lundberg sei bisexuell. Vielleicht hatte sie ja mehrere Partner gehabt. Oder war das ein Vorurteil?

Ihren Eltern war die Bisexualität ihrer Tochter offenbar etwas ganz Neues. Das sagten sie zumindest, als wir gezwungen waren, sie zu fragen.

«Hat das etwas mit ihrem Verschwinden zu tun?» hatte ihr Vater gefragt. Eine sehr gute Frage. Hatte das etwas mit dem Mord an der unbekannten Frau zu tun?

Wir versuchten, in unterschiedliche Richtungen zu denken. Hin und wieder musste ich über den besonderen Charakter dieser Ermittlungen nachgrübeln: Um eine vermisste Person zu finden, musste man ein vermisstes Gesicht finden. Wir hatten einen Namen und hatten doch keinen. Wir hatten einen Namen ohne Körper und einen Körper ohne Namen.

Dann konzentrierten wir uns auf den Inhalt der Tasche, die Annie Lundberg gehört hatte. Birgitta Sonesson hatte sie identifiziert.

In der Tasche hatte ein kleines Adressbuch gelegen, das

auf der Innenseite des Deckels Annie Lundbergs Namen trug. Das Büchlein hatten wir Birgitta Sonesson noch nicht gezeigt und ihr auch noch nichts davon erzählt.

Eine unserer Hypothesen lautete, dass die ermordete Frau unter den Bekannten von Annie Lundberg zu finden sein musste. Gleichzeitig war ich natürlich sehr misstrauisch, weil Annies Tasche am Tatort gelegen hatten. Wies das nicht in eine völlig andere Richtung? Wie dachte der Mörder? Wenn ich das tue, dann denken sie dies, oder denken sie es eher, wenn ich dies tue – ungefähr wie wenn ein Fußballspieler beim Elfmeter einem Torwart gegenübersteht, der weiß, dass der Spieler normalerweise immer in die linke Ecke schießt, und der deshalb davon ausgeht, dass auch der Torwart weiß, dass er, der Spieler, annimmt, dass der Torwart weiß, wie es normalerweise läuft, und sich deshalb auf die rechte Ecke des Tores konzentriert, aber weil er weiß, dass der Torwart weiß, dass er das weiß, landet der Ball vielleicht doch wieder in derselben Ecke, vielleicht aber auch nicht …

Das war wahrscheinlich viel zu kompliziert gedacht. Vermutlich hatten wir es «nur» mit einem geisteskranken Mörder zu tun, der sich seiner Taten nicht einmal bewusst war.

Und ich konnte nicht sagen, welche der Möglichkeiten die erschreckendere war.

Die Untersuchungen gingen nur schleppend voran.

«Was zum Teufel hat er nur mit ihrem Kopf vor?», hatte Munter mehr als einmal ausgerufen.

Oder mit ihrem Gesicht, hatte ich gedacht. Ging es vielleicht mehr um ihr Gesicht? Bedeutete es dem Mörder etwas? Ist es das, was er nicht … loslassen will? Ging es darum, eine Identität zu verbergen? Wessen Identität?

Nachts träumte ich schwer. Von Gesichtern, die über weiße und kalte Felder hinwegflogen. Köpfe rollten wie Fußbälle, schwarz und weiß. Es waren keine schönen Träume.

Die Tage vergingen. Es war immer noch kalt, aber es schneite nicht mehr. Am Sonntag machte ich mich auf zum Freizeitgelände am Rande der Stadt, um eine Runde Langlaufen zu gehen. Ich spürte, wie untrainiert mein Körper war, und musste an den muskulösen, aber entstellten Körper auf der Stahlpritsche denken. Dann fuhr ich noch eine Runde und verspürte eine Mischung aus Übelkeit und Blutgeschmack, als ich die Ziellinie erreichte, die ich mir gesteckt hatte.

Dann saß ich lange in der Sauna und dachte über Paarbeziehungen nach. Ich hatte selbst bis vor kurzem mit jemandem zusammengelebt. Doch es hatte nicht funktioniert, zumindest nicht bei mir und der Frau, die ich jetzt zu vergessen suchte. Das Skifahren hatte ein wenig dabei geholfen, nicht aber die Sauna. Da saß man einfach zu still.

Als ich über den Parkplatz zum Auto ging, hörte ich ein Pfeifen und Rufe, die wie Zeitangaben klangen.

Es waren tatsächlich Zeitangaben. Ich ging nach rechts über einen kleinen Hügel und sah jenseits des Walls, der von dem vielen aufgehäuften Schnee noch höher geworden war, die Eislaufbahn liegen, wo die Schlittschuhläufer in ihrer charakteristischen geduckten Haltung ihre Kreise zogen.

Dort unten stand ein Mann mit einer Trillerpfeife und rief Zeiten aus. Fünf Läufer drehten ihre Runden, scheinbar ohne das Tempo zu steigern oder zu vermindern. Es war kein Wettkampf, und auf den niedrigen Holzbänken saßen demnach auch keine Zuschauer. Die Läufer blieben manchmal stehen und besprachen sich mit dem Trainer, ehe sie weiterliefen.

Ich ging näher heran. Eisschnellläufer in ihren Anzügen

hatten für mich eine besondere Faszination, diese vom Trikot quasi bloßgelegte Muskelkraft, vor allem in den Beinen, und das heftige Abstoßen …

Mein Blick blieb an einem der Läufer hängen, der für eine Sekunde angehalten hatte, aber nun weiterfuhr. Bei genauerem Hinsehen erkannte ich, dass im Anzug ein weiblicher Körper steckte.

Ich dachte an die muskulösen Oberschenkel der ermordeten Frau. Ihr Körper, den sie so hart trainiert hatte. Ihre kräftigen Oberschenkelmuskeln. Ich sah die Eisschnellläuferin in großen, kräftigen Bewegungen über das Eis gleiten. Der Trainer rief etwas Unverständliches. Als die Frau das nächste Mal vorbeikam, gab sie ein Zeichen, und der Mann rief wieder etwas. Das Mal danach blieb sie mit kleinen abgehackten Bewegungen auf den grotesk langen Schlittschuhen stehen. Sie führte die Hand zur Kapuze des Anzugs und zog sie ab. Dickes blondes Haar quoll heraus. Sie drehte sich um und sagte wieder etwas zum Trainer. Es war Birgitta Sonesson.

«Hat sie Sie gesehen?», fragte Munter. Wir saßen in meinem Zimmer. Er hatte eigens seinen freien Sonntag unterbrochen, was aber nicht weiter schlimm sei, wie er meinte, denn er habe ohnehin gerade keinen guten Roman zum Lesen. Dann hatte er ein seltsam freudloses Lachen von sich gegeben. Munter hatte als Erwachsener noch nie Belletristik gelesen.

«Ich weiß nicht. Vielleicht. Aber ich glaube nicht, dass sie mich mit der Mütze erkannt hat.»

«Nein», meinte Munter, «nicht einmal ich erkenne Sie.»

«Und was sagen Sie dazu?»

«Eisschnelllauf? Das klingt perfekt. Und als Sportart noch mehr im Rückgang begriffen als Leichtathletik.»

«Perfekt», sagte der Gerichtsmediziner. «Stimmt exakt mit den Muskelgruppen überein.»

«Dann ist es ja gut, dass wir Ihnen das jetzt gesagt haben», frotzelte Munter.

«Wir waren fast so weit», entgegnete der Arzt säuerlich. «Und wir arbeiten schließlich nicht mit Zufällen.»

«Hätten wir auf Sie gewartet, dann hätten wir erst Bescheid bekommen, wenn Schweden das nächste Mal olympisches Gold im Eisschnelllauf holt, mit anderen Worten, nie. Gut dass Berger so aufmerksam war.»

«Deshalb müssen Sie noch lange nicht unverschämt werden, Munter.»

«Jetzt hören Sie mal auf», ermahnte ich die beiden. «Wir benötigen jeden Hinweis, um diesen Fall zu lösen.»

«Und wie geht es jetzt weiter, Inspektor Berger?», fragte Munter, als wir wieder in seinem Zimmer saßen. «Können wir von der Hypothese ausgehen, dass die ermordete Frau Mitglied im Eislaufclub war oder ist?»

«Noch nicht», sagte ich.

«Gut. Und es ist gut, dass wir noch nicht dazu gekommen sind, dort anzufragen.» Munter tauschte seine Zigarette und besah sich gedankenverloren die neue. «Hätten wir es überhaupt je geschafft, uns bis zu einem kleinen beschissenen Eislaufclub am äußersten Rand der Sportwelt durchzuarbeiten?»

«Wir müssen uns fragen, ob Birgitta Sonesson etwas vor uns verbirgt», meinte ich.

«Ja.»

«Wir haben sie bisher nur nach ihrer Freundin gefragt», sagte ich. «Nach der Geliebten, Annie.» Ich sah zu Munter, der die Augen schloss. «Wir haben sie nicht nach möglichen

Verbindungen zwischen Annie und der Ermordeten gefragt, weil es einfach nichts gab, wonach man hätte fragen können.»

«Abgesehen vom Sport», gab Munter zu bedenken.

«Und damit werden wir morgen gleich anfangen», entgegnete ich, «in der zweiten Runde.»

Ehe wir uns wieder bei Birgitta Sonesson meldeten, wollten wir die Namen und Adressen in Annie Lundbergs Adressbuch überprüfen. Doch dabei hatte sich nichts Neues ergeben.

«Also los», meinte Munter, «auf zur zweiten Runde.»

«Nein, Schlittschuhfahren war nichts für Annie», sagte Birgitta Sonesson. «Ich glaube, sie war nicht ein Mal bei einem Training dabei. Das war nicht ihr Sport.»

«Was war denn ihr Sport?», fragte ich.

«Sie ist viel gelaufen», antwortete Birgitta Sonesson. «Und dann hat sie ab und zu Krafttraining gemacht.»

Ich merkte, dass Birgitta Sonesson über Annie in der Vergangenheit sprach, als sei jede Hoffnung vergebens. Ich sah zu Munter, doch er zeigte keine Regung.

«Sie versuchen ja ganz schön, sich in Form zu halten», sagte er stattdessen, «Sie und Ihre Freundin.»

«Natürlich», erwiderte sie.

«Hatte sie Umgang mit Leuten, die dort trainierten?», wollte Munter wissen.

Wir saßen in der gemeinsamen Wohnung von Birgitta Sonesson und Annie Lundberg. Ich sah mich nach weiteren Fotos von Annie um, konnte aber keine entdecken. Vielleicht war der Schmerz für Birgitta Sonesson zu groß. Sie war vielleicht schon überzeugt davon, dass Annie tot war.

Das Wohnzimmer war gemütlich, ich saß auf einem schönen Sofa. Von dort aus konnte ich den Schnee auf den Ästen der Bäume sehen. Es war schon bald Februar, und man hatte den Eindruck, als habe die Kälte noch angezogen. Eine Umdrehung weiter und dann noch eine. Ich sah Birgitta Sonesson vor mir, wie sie Runde um Runde im selben Tempo drehte. Sehr viel Eiszeit. Der Vorteil eines so kleinen Clubs musste sein, dass alle Läufer viele Eiszeiten zur Verfügung hatten und man sich nicht um die Trainingseinheiten streiten musste.

«Hatte sie Umgang mit irgendwelchen Leuten aus dem Club?», fragte Munter erneut.

«Nein», antwortete Birgitta Sonesson.

«Sie kannte also keinen von ihnen?»

«Nicht dass ich wüsste.»

«Seit wann sind Sie denn in dem Club?»

«Seit … seit vier Jahren. Oder vielleicht fünf.»

«Eisschnelllauf ist ja ein etwas ungewöhnlicher Sport», meinte Munter.

«Für mich nicht», erwiderte sie.

«Wir müssen uns einen Überblick über alle Mitglieder des Clubs verschaffen», sagte Munter. «Können Sie uns dabei helfen?»

«Natürlich.» Ich bemerkte, dass sie zögerte. «Darf ich fragen, warum?»

«Haben Sie bemerkt, dass sie von ihrer Freundin in der Vergangenheit gesprochen hat?», fragte ich hinterher.

«Ja», antwortete Munter, «anscheinend hat sie die Hoffnung aufgegeben.»

«Aber zum Training geht sie trotzdem», sagte ich. «So verzweifelt ist sie dann wohl doch nicht.»

«Vielleicht ist es das Einzige, was sie noch aufrecht erhält», sagte Munter. «Für solche Leute ist Training wie eine Droge.

Die Endorphine, wissen Sie? Ohne Training geht alles den Bach runter. Training hat ja mit Trauer nichts zu tun.» Er sah auf. «Ein Heroinabhängiger hört ja auch nicht mit dem Spritzen auf, nur weil seine Tante Emma gestorben ist, oder?»

«Allerdings ist Annie Lundberg für Birgitta Sonesson wohl kaum eine Tante Emma», warf ich ein.

«Sie wissen doch, was ich meine, Berger.»

Ich war mir da nicht so sicher, aber ich ließ das Thema ruhen und wandte mich wieder den Listen zu. Birgitta Sonesson hatte uns ein Verzeichnis aller Clubmitglieder zur Verfügung gestellt.

Es war ein kleiner Club, und wir hatten schon bald alle Aktiven durch. Soweit wir feststellen konnten, hatten sie alle noch ihren Kopf auf den Schultern. Dann arbeiteten wir uns durch die Liste der passiven Mitglieder und stellten fest, dass sie alle noch lebten.

Schließlich suchten wir nach früheren Mitgliedern. Wir mussten viele Telefongespräche führen und hatten sogar einige zusätzliche Leute zur Unterstützung bekommen.

Doch uns begegnete keine Frau, die einmal Mitglied in diesem Club gewesen war und jetzt verschwunden war. Es fehlte niemand.

Langsam hatte ich das Gefühl, als seien wir auf der falschen Fährte, und zwar auf der völlig falschen Fährte. Und als hätte ich uns in gewisser Weise in diese Sackgasse hineinmanövriert, indem ich Birgitta Sonesson beim Schlittschuhlaufen zugesehen hatte. Ich hätte niemals auf dieses verdammte Pfeifen hören sollen, als ich mit meinen Skiern auf der Schulter aus der Trainingsanlage kam.

Wir hatten keinen Mörder, und jetzt fing auch noch das Opfer an, uns zu entweichen. Manchmal war es, als hätte die ermordete Frau niemals existiert, aber ich musste nur in das kalte und einsame Leichenschauhaus gehen, um einen physischen Beweis dafür zu erhalten, dass es sie gab. Es gab ihren Körper. Doch wo war ihr Kopf?

Und noch einmal: Wo war Annie Lundberg?

Wir saßen in meinem Zimmer und sahen aus dem Fenster: Die Kälte kroch über Bäume und Büsche, die Temperatur war noch weiter gesunken. Heute morgen hatte ich kaum das Auto in Gang bekommen.

«Bald ist es wie in Sibirien», meinte Munter. «Wenn man durch so kalte Luft geht, hinterlässt man Abdrücke.»

«Ob die Trainingseinheiten wohl gefilmt werden?», fragte ich.

«Wie?»

«Werden die Trainingseinheiten auf Video aufgenommen?», wiederholte ich. «Gehört das zu den modernen Trainingsmethoden?»

«Keine Ahnung», sagte Munter.

«Ich werde mit dem Geschäftsführer des Clubs sprechen», meinte ich.

«Aber es gibt doch niemanden, nach dem wir suchen könnten», sagte Munter. «Wir sind schließlich alle denkbaren Kandidaten durchgegangen.»

«Trotzdem», sagte ich.

Ich fuhr zur Eislaufanlage hinaus. Es war, als führe man durch Eis, ein kristallklarer Widerstand lag in der Luft. Ich hielt im Rückspiegel nach einem Abdruck meines Autos in der Luft Ausschau.

Mit dem Geschäftsführer des Clubs hatte ich schon gesprochen. Er war ein seriöser Mann, der trotz allem an die Zukunft glaubte.

«Irgendwas müssten wir eigentlich haben», antwortete er auf meine Frage. «Aus dem vergangenen Jahr, glaube ich.»

«Wo sind die Filme?»

«Die habe ich zu Hause», sagte er. «An einem geheimen Ort, wie man so schön sagt. Ich nehme es mit dem Eigentum des Clubs sehr genau. Hier im Büro gab es kürzlich einen Einbruch, und jemand hat herumgewühlt. Ich werde das Gefühl nicht los, als seien die Leute auf der Suche nach den Filmrollen gewesen, ganz seltsam.» Er sah ein wenig empört aus. «Irgendwie muss ich vorher gespürt haben, dass hier jemand einbrechen würde. Gut, dass ich die Filme mit nach Hause genommen hatte.»

Auf meine Anfrage hin arrangierte er sogleich eine Privatvorführung bei sich zu Hause. Die Filmsequenzen von Eisschnellläufern, die immer im Kreis fuhren, waren gut zu erkennen. Unter normalen Umständen wäre das ungefähr so interessant gewesen, wie der Farbe auf einer Wand beim Trocknen zuzusehen, doch ich versuchte Gesichtszüge auszumachen und vor allem die Physiognomie der Körper in den anonymen Anzügen.

Plötzlich sah man ein Gesicht von nahem, ein Lächeln. Das Gesicht sagte etwas zu dem Fotografen, was man aber nicht verstehen konnte.

«Wer hat den Film aufgenommen?», fragte ich.

«Das war unser Trainer.»

Das Gesicht auf dem Bild gehörte einer Frau zwischen fünfundzwanzig und dreißig Jahren, und ich kannte sie nicht. Ich stand auf und merkte, wie mir eine Gänsehaut über den Rücken lief.

«Wer ist das?», fragte ich.

«Das ist Birgitta Sonesson», erwiderte er.

«Wie bitte?»

«Birgitta Sonesson.»

«Birgitta Sonesson?», fragte ich. «Das ist doch nicht Birgitta Sonesson!»

Er sah mich mit einem eigentümlichen Blick an.

«Das kann sie nicht sein», sagte ich. «Ich weiß doch, wer Birgitta Sonesson ist.»

«Ich auch», beharrte er und zeigte auf die Frau.

«Ich habe sie auf dem Eis gesehen», sagte ich. «Und ich habe sie auch vorher schon gesehen.» Jetzt sah ich in das Gesicht der fremden Frau, und dann wieder zu dem Geschäftsführer. Ich erzählte ihm von meinem ersten Besuch, als ich Skilaufen gewesen war.

«An dem Tag war ich nicht hier», sagte er.

«Wenn das hier Birgitta Sonesson ist», sagte ich zögernd und nickte dem Frauengesicht zu, das in die Kamera lächelte, «wer ist dann die Frau, die sich Birgitta Sonesson nennt?»

«Annie Lundberg», sagte Munter.

«Wir haben sie nie den Eltern gegenübergestellt.»

«Mein Gott.»

«Jetzt aber schnell!»

«Warten Sie, Berger! Sie wird nirgendwohin fahren. Und wenn sie es tut, dann werden wir sie finden.» Er wies mit der Zigarette im Mund auf mich. «Sie müssen mir erst Ihre Theorie erklären.»

«Theorie? Reicht nicht das, was auf der Hand liegt?»

«Jetzt lassen Sie mal hören», sagte Munter und ließ die Zigarette zur Abwechslung im Mund kreisen. Das sah ziemlich bescheuert aus, aber für Menschen, die mit dem Rauchen aufhören, ist nichts unnormal oder wird von anderen als unnormal betrachtet.

«Also, sie hat die Freundin und vielleicht auch Geliebte

ermordet», sagte ich. «Das Motiv ist vorerst egal, ebenso wie die Frage, ob sie die Tat allein verübt hat und wie die Sache überhaupt vonstatten ging. Wir gehen mal von dem Mord aus, okay? Annie Lundberg will Birgitta Sonesson ermorden und tut es auch. Dann zerstört sie alle Möglichkeiten zur Identifikation und lässt uns in dem Glauben, dass wahrscheinlich auch irgendjemand Annie Lundberg ermordet hat! Oder wenigstens entführt.»

«Mhm», nickte Munter.

«Annie Lundberg verschwindet von der Erdoberfläche. Jetzt gibt es nur noch Birgitta Sonesson. Die eigentlich ermordet worden ist. Die eigentlich Annie Lundberg ist.» Ich sah zu Munter. «Verstehen Sie?»

«Ich weiß nicht recht», antwortete er.

«Annie Lundberg hat behauptet, sie sei Birgitta Sonesson und hat ausgesagt, bei der Leiche würde es sich nicht um Annie Lundberg handeln», sagte ich. «Das war verdammt geschickt.»

«Wäre es nicht besser gewesen, wenn sie gesagt hätte, dass es Annie sei?», fragte Munter. «So bekloppt, wie wir ihr vorkommen müssen, wären wir darauf wahrscheinlich reingefallen.»

«Wir waren nicht bekloppt», sagte ich. «Wir haben nur nicht klar gesehen. Alles war vollkommen logisch. Ein weiterer Schritt zur Glaubwürdigkeit war, sie nicht als Annie zu identifizieren.»

«Die Tätowierung», sagte Munter.

«Sehen Sie? Sehr geschickt. Und wenn wir sie jetzt hierher zitieren, dann werden wir die Tätowierung auf ihrem eigenen Bauch finden.»

Plötzlich dachte ich daran, wie wir mit Annie Lundberg vor der Leiche von Birgitta Sonesson gestanden hatten. Wir hatten geglaubt, sie stünde vor einem fremden Körper, und doch hatte ich den Eindruck gehabt, dass sie weinte, als würde ihre Geliebte dort liegen.

Und so war es auch gewesen.

«Aber hat sie das allein bewerkstelligt?», fragte Munter.

Ich sah ihn an.

«Ich habe Ihnen etwas vorenthalten», sagte ich. «Und mir selbst auch.»

Er fragte nicht, sondern wartete.

«Als wir die Leiche fanden», sagte ich. «Ich war zuerst dort, und als ich mich vorbeugte, verspürte ich einen bestimmten Geruch. Es währte nur einen ganz kurzen Augenblick, dann war er verschwunden. Nur eine Zehntelsekunde.»

«Und?»

«Heute habe ich ihn wieder gerochen. Draußen bei der Eislaufanlage. Im Auto des Trainers.»

«Des Trainers?»

«Als wir den Trainer neulich verhört haben, hat er nicht viel gesagt, und das haben wir auch akzeptiert, nicht wahr? Es gab ja nicht unbedingt viel zu sagen. Neulich. Aber nachdem ich mir zu Hause bei dem Geschäftsführer die Videos angesehen hatte, bin ich noch einmal zur Anlage zurückgefahren, und gerade als ich hineinging, kam der Trainer heraus. Und als ich wieder herauskam, war er immer noch da. Ich sagte, mein Auto würde nicht anspringen und ob ich vielleicht mit in die Stadt fahren könne.»

«In die Stadt», echote Munter.

«Ich habe den Geruch wiedererkannt», sagte ich.

«Es war wirklich derselbe Geruch?», fragte Munter.

«Ja. Der muss sich in der Leiche festgesetzt haben, während sie in seinem Auto lag. Da gibt es gar keinen Zweifel, Kommissar. Das ist der Geruch.»

«Das hält nicht als Beweis», meinte Munter.

«Das weiß ich. Aber ich bin ganz sicher.»

«Haben Sie etwas zu ihm gesagt?»

«Nein, natürlich nicht. Er ließ mich raus und sagte, er würde noch weiter fahren. Und raten Sie mal, wohin.»

«Zu Annie Lundberg. Die wir als Birgitta Sonesson kennen», sagte Munter.

«Genau.»

«Was war das denn für ein Geruch?», fragte er.

«Von einem Wunderbaum», erwiderte ich. «Diese kleinen grünen Pappbäumchen, die man am Rückspiegel befestigen kann und die dann im ganzen Wagen einen Wohlgeruch verbreiten.»

«Mein Gott», sagte Munter.

«Und dieser Geruch ist anhaltend», sagte ich.

Wir nahmen die Eisschnellläuferin und ihren Trainer sechs mal sechs Stunden ins Verhör, und natürlich lachten sie uns nur ins Gesicht.

Ich begriff, dass das Ganze eine Eifersuchtsgeschichte gewesen war, die furchtbar schiefgegangen war.

In Annie Lundbergs Wohnung entdeckten wir Beweise dafür, dass sie Vorbereitungen dafür getroffen hatte, sich ins Ausland abzusetzen, offenbar für immer und offenbar zusammen mit dem Herrn Trainer.

Den Kopf fanden wir, nachdem wir das Eis der Trainingsanlage aufgehackt hatten. Wir hätten auch warten können, bis es taute, doch ich hatte den Verdacht, dass es einen langen und kalten Winter geben würde.

Jørn Riel

Die Weihnachtsgans

An manchen Tagen fühlt man sich dem Dasein einfach nicht mehr gewachsen. Dann ist das Leben dermaßen prall gefüllt mit Ereignissen und Eindrücken, dass man sich eine Weile aus dem Verkehr ziehen muss, um davon nicht gesprengt zu werden.

Solche Tage erlebte ich während meiner ersten Jahre in Nordostgrönland. Nicht, dass etwas Besonderes passiert wäre, nur folgten die Ereignisse so rasch aufeinander, dass ich eine Art geistige Atemnot erlitt und beinahe fluchtartig das Expeditionshaus verließ: Meine Hündin Angistai hatte vier Welpen geworfen, ich hatte auf dem Dachboden drei nur ein Jahr alte Zeitungen gefunden, Ugge lernte Schach spielen, und im isländischen Rundfunk wurde gleich dreimal «Beautiful, beautiful brown eyes» gespielt. Das war einfach zu viel für einige wenige Tage.

Um mit dieser Fülle von Eindrücken ein wenig allein zu sein, lud ich Angistai und die Welpen auf den Schlitten und fuhr hinüber zur Insel Maria, wo ich einst meine Karriere als Lehrling von Jäger Ugge begonnen hatte. Hier wurde ich in Ruhe gelassen mit meinen Gedanken und meinen Welpen, und gleichzeitig konnte ich zwischen Ruth und Maria einige Eismessungen vornehmen. Außerdem wollte ich an einer Geschichte aus Kanada herumpusseln, aus der dann später meine erste Buchveröffentlichung werden sollte. Dieses Buch bereitete Ugge allerlei Kopfzerbrechen. Als ich ihm ein bisschen davon erzählt hatte, schüttelte er mit ernster Miene den Kopf und meinte, ich sei ja wohl zum *sagdlugtorpok* geworden, zum gewohnheitsmäßigen Lügner. Wörter wie «Schwank» und «Übertreibung» kannte er nicht, für ihn war eine Geschichte entweder durch und durch wahr, oder sie entsprach der Wahrheit, war vom Erzähler aber farbenfroh ausgeschmückt worden.

Es war November, und Dunkelheit hatte sich über Nordgrönland gesenkt. Die Dunkelzeit ist eine herrliche Zeit, wenn man sich erst daran gewöhnt hat. Man macht alles mit umwerfend gutem Gewissen. Isst oft und viel, denn es ist kalt und der Körper braucht gute, fette Nahrung. Man schläft viel, denn es ist ja den ganzen Tag Nacht und es wirkt unsinnig, in finsterer Nacht aufzustehen, bloß weil es Tag ist. Arbeit lädt man sich in kleinstmöglichen Mengen auf, und auch das nur, wenn Lust und Laune es gestatten.

Ich traf also auf Maria ein und ließ mich mit Angistai und ihren Welpen im Expeditionshaus häuslich nieder. Eines Tages, während ich über Pete und seine Freunde am Mount Fynes schrieb, kam mir ein entsetzlicher Gedanke, der mir immer mehr zusetzte. Und je mehr er von der fröhlichen Stimmung fraß, in der ich hier eingetroffen war, umso entsetzlicher kam er mir vor.

Tatsache war nämlich, dass wir in diesem Jahr keine Weihnachtsgans hatten. Dieser Gedanke holte mich zurück in die Wirklichkeit. Der Mount Fynes und Pete verschwanden, die fröhliche Stimmung musste Leere und dem Gefühl von Hilflosigkeit weichen. Denn was war Weihnachten schon ohne Gans! Kein Mensch konnte mitten im schwärzesten Winter eine Gans fangen! Es würde ein Weihnachtsfest mit Herzen in Sahnesoße werden, davon hatten wir drei Dosen für besondere Gelegenheiten, aber Herzen in Sahnesoße sind kein Weihnachtsschmaus. Herzen in Sahnesoße sind etwas für Gäste, etwas, das man Besuchern auftischt, um zu zeigen, dass die Expedition in Überfluss und Luxus lebt. Herzen in Sahnesoße können jeden Eskimo und jeden skandinavischen Jäger dazu bringen, die Augen aufzureißen und sich die Lippen zu lecken, denn gerade Herzen in Sahnesoße gehören zu den köstlichsten und kostbarsten Erfindungen der Zivilisation. Sie schmecken abscheulich!

Ugge nahm diese niederschmetternde Mitteilung mit erschütternder und unvorstellbarer Ruhe auf.

«*Ajorpa*», ach, wie dumm, sagte er einfach, und damit mochte er ja Recht haben, auch wenn es dem Unglück nicht ganz gerecht wurde. Es war erschreckend, aber ihm war es egal, ob es Seehundsfleisch gab oder Gans, denn Seehundsfleisch war ein Geschmack, an den man sich im Laufe der Winter gewöhnt hatte, was Ugges Geschmacksnerven zufolge ja eben das Problem mit der Weihnachtsgans war. Man hatte sozusagen keine Zeit, sich daran zu gewöhnen, denn sofort war sie wieder verschwunden.

An diesem Weihnachtsfest aßen wir also gekochtes Seehundsfleisch. Und deshalb war es gar kein Weihnachten. Ugge versuchte mich damit aufzumuntern, dass er unser Reisegrammophon anwarf. Zur Feier des Tages hatte er die Nadel sorgfältig geschliffen, aber trotzdem hörte Doris Day sich an wie eine heisere Version von Louis Armstrong, was daran lag, dass sie dieselben Lieder mindestens tausend Mal aus sich herausgepresst hatte. Und daran, dass Ugges Handgelenk müde wurde, wenn er die Scheibe herumdrehte – die

Feder des Grammophons hatte nämlich bereits im Frühjahr ihren Geist aufgegeben. Im ersten Jahr hatte ich diese Platte geliebt. Jetzt hasste ich sie, vielleicht, weil wir nur diese eine hatten.

Es wurde ein betrübliches Weihnachtsfest, aber dennoch ein Weihnachtsfest, das ich nie vergessen werde. Ein Weihnachtsfest, das bis Ostern und dann noch länger dauerte.

Im Laufe des Frühjahrs, als die Sonne schon längst zurückgekehrt war, fuhren Ugge und ich nach Norden, um für die Sommerexpedition Depots anzulegen. Es war herrliches Wetter. Still und klar und mit hohem Himmel und einer gerade richtig stechenden Sonne. Die Vögel kehrten jetzt ebenfalls zurück, und immer wieder zogen große Eiderentenschwärme und Scharen von Teisten und Trottellummen über uns dahin, auf ihrem Weg zu den Vogelfelsen. Dann hörten wir plötzlich das charakteristische Schreien von Gänsen. Wir tauschten einen Blick, hielten die Schlitten an und zogen die Schrotgewehre aus ihren Hüllen.

Die Gänse flogen tief und sorglos dahin. Sie breiteten sich lärmend aus, als gehöre ihnen der Luftraum, und sie hielten Kurs über unsere beiden Schlitten hinweg.

Wir schossen gleichzeitig, und zwei Vögel fielen aus dem keilförmigen Schwarm Gänse heraus und landeten mit dumpfem Dröhnen auf dem Eis. Als Ugge eine der Gänse hochhob, sah er mich an und sagte grinsend: «*Jutdlime pivlduarit*», fröhliche Weihnachten.

In aller Eile bauten wir unser Zelt auf und machten uns ans Rupfen der voll ausgewachsenen Vögel. Als sie nackt waren, wurden sie in für unseren großen Kochtopf passende Stücke zerlegt und dann auf der kleinen Gasflamme langsam gebraten.

Ein göttlicher Duft stahl sich unter dem Deckel hervor und brachte uns in eine – etwas verspätete – Weihnachtsstimmung. Wir sangen zwei schöne grönländische Weihnachtslieder und tauschten Geschenke; Ugge bekam mein Jagdmesser und ich seins. Es war mein Vorschlag gewesen, und da Heiligabend war, konnte Ugge ihn nicht ablehnen. Sein Messer war lang und hatte eine dünne scharfe Klinge, meins war ein kleines Schweizer Fabrikat aus einigermaßen rostfreiem Stahl, der nicht wieder geschliffen werden konnte.

Und da saßen wir dann an diesem herrlichen Heiligen Abend im Mai unter der Unendlichkeit des blauen Himmels, während die Sonne uns bis tief unter unsere Isländerpullover wärmte, und wir starrten in den Topf, in dem aufs Schönste gebraten und gesotten wurde. Die Hunde lagen im Kreis um uns herum, witterten eifrig zum Topf hinüber und träumten von dem, was ihnen niemals beschert werden sollte. Keine auch noch so gutmütige Seele hat meines Wissens jemals ihren Schlittenhunden Gänsebraten serviert. Die Hunde schienen zu wissen, dass der Inhalt des Topfes für Vierbeiner unerreichbar war und dass sie sich mit dem himmlischen Duft begnügen müssten.

Aber dann brach einer von ihnen in Warngebell aus. Wir schauten in die Richtung, in die auch er gestarrt hatte, und entdeckten weit draußen auf dem Fjord einen kleinen schwarzen Punkt.

Ugge zog sein Fernglas hervor. «Großer Schlitten mit vielen Hunden und Flagge», teilte er mit.

«O verdammt!» Ich starrte Ugge an. «Das ist die Schlittenpatrouille», und dann schaute ich den Kochtopf an und dachte an die Gänse, die dort unten wollüstig vor sich hin schmurgelten. Gänse hatten um diese Jahreszeit mehr oder weniger Schonzeit, und da ich das Amt des Polizeimeisters bekleidete, wäre es doch ziemlich peinlich, mit zwei geschützten und fast fertig gebratenen Gänsen im Topf erwischt zu werden. Die Weihnachtsstimmung verflog, hektische Aktivität brach aus.

In aller Eile wurden die Gänse aus dem Kochtopf gefischt, und während Ugge den Topf mit Schnee füllte und Seehundsfleisch hineinlegte, trug ich die Gänse ins Zelt und stopfte sie in unsere ausgerollten Schlafsäcke.

Als der fremde Schlitten uns erreichte, starrten wir auf das kochende Seehundsfleisch und sahen ungastlich aus.

Unser Besucher war ein Sergeant der frisch eingerichteten Schlittenpatrouille in Daneborg. Ein großer, jovialer Mann, der uns die Hand reichte, mit jütländischem Akzent sprach und hungrig in den Kochtopf schaute. Wir aßen und plauderten und tranken ein wenig Schnaps aus der Flasche, die wir für einen Unglücksfall immer bereithielten. Und das Eintreffen dieses Gastes musste doch wirklich als Unglück gelten. Dann schlug Ugge vor, zu Bett zu gehen. Der Sergeant fragte, ob wir in unserem Zelt auch Platz für ihn hätten, dann brauche er sein eigenes nicht aufzubauen. Wir hatten ein großes Zelt, das konnte er ja sehen, in dem Platz genug für drei Männer war.

Und so kam es, dass Ugge und ich jeder mit einer gebratenen Gans ins Bett gingen. Zuerst versuchte ich Hautkontakt zu vermeiden, indem ich den Bauch einzog. Aber der Schlafsack war zu eng, und die Gans passte sich meiner Bewegung an. Der Duft stahl sich aus den Schnürlöchern in der Schlafsackkapuze, und bald ergab ich mich ein weiteres Mal der schönen Weihnachtsstimmung, band den Schlafsack auf und tauchte hinab in die Dunkelheit, wo ich mir ganz leise einen Schenkel der Gans abbrach. Er schmeckte himmlisch, denn die Gans war zwischen den Daunen heiß und knusprig geblieben. Selig lag ich im Warmen und feierte ganz allein Heiligabend. Ich nagte das Fleisch vom Knochen, leckte den Knochen ab und bediente mich erneut. Und ich dachte an alle meine Lieben in Dänemark und auf Fünen, ich dachte an die zahllosen Gänse, die meine Mutter im Laufe der Zeit mit einer Füllung aus Backpflaumen und Äpfeln serviert hatte. Ich konnte den Geschmack von Backpflaumen und Äpfeln und Johannisbeergelee wieder lebendig werden lassen, denn ich war in diesem Moment übervoll von Eindrücken, und ich hatte mich ganz natürlich von der Welt zurückgezogen. Ich schwebte noch immer am Rand der Seligkeit, als mich abermals etwas aus meiner feierlichen Stimmung riss.

«Sagt mal», ertönte die Stimme des Sergeanten, «riecht es hier nicht nach Gänsebraten?»

Erschrocken ließ ich den Flügel fallen und schob den Kopf hinaus ins Licht.

«Gänsebraten?», fragte ich. «Wie meinst du denn das?»

Der hoch gewachsene Jütländer bohrte seinen Blick in meinen. «Gänsebraten, meine ich.»

«Ha, ha», rief ich. «Das hast du bestimmt geträumt!»

«Ich habe noch gar nicht geschlafen», erwiderte er. Und dann setzte er sich auf und lauschte zu Ugges Schlafsack hinüber, von dem aus Knirschen und Grunzen und Schmatzen zu hören waren. Auch Ugge feierte unten in der Dunkelheit Heiligabend.

«Habt ihr Gänse geschossen?», fragte der Mann von der Patrouille.

Und als Ugge in diesem Moment hervorschaute, glänzend vor Gänsefett und mit einem breiten Weihnachtsgrinsen, da musste ich einfach ein Geständnis ablegen.

«Aber die haben doch noch Schonzeit», sagte der Sergeant.

Er griff in seinen Schlittensack und zog ein schwarzes Buch mit Wachstucheinband hervor.

«Wir wissen irgendwie nicht so recht, welcher Monat gerade ist», sagte ich zu unserer Verteidigung. «Der eine Monat folgt einfach auf den anderen, und auf der Insel Ella haben wir keinen Kalender. Was schreibst du da übrigens in dein Buch?»

«Wann ist die geschossen worden?», fragte er streng.

«Tja, äh, na ja, eigentlich gestern», antwortete ich. Ugge nickte zur Bestätigung. «Sehr schöne, große Gänse», präzisierte er.

«Ist davon noch was übrig?», fragte der Sergeant. Er schrieb noch einige Zeilen in sein Logbuch.

Ich öffnete den Schlafsack und schaute hinein. «Noch ziemlich viel», gab ich zu.

«Sie wurden aus einer großen Schar herausgeschossen?», wurde nun gefragt.

«Aus einer riesigen», antwortete ich.

«Und sie flogen ganz tief über euch?»

«Fast hätten sie unsere Anorakkapuzen gestreift.»

Der Sergeant nickte und schrieb weiter. Als er fertig war, klappte er das Buch mit einem Knall zu. «Her mit den Gänsen», befahl er dann.

Wir zogen die Reste aus den Schlafsäcken und legten sie auf den Proviantkasten. Der Sergeant streckte mit glücklichem Gesicht die Hand nach einem Flügel aus, bohrte die Zähne in die krosse Haut und schloss glücklich die Augen. Ugge holte die Schnapsflasche hervor, schenkte ein und wünschte uns allen *jutdlime pivlduarit* – fröhliche Weihnachten eben. Es war Mai, die Sonne schien, es war warm und mitten in der Nacht und Weihnachten in der Rentierbucht.

«Was hast du in dein Buch geschrieben?», fragte ich, als wir den Schnaps geleert hatten.

Der Sergeant wischte sich mit dem Handrücken den Mund ab und lächelte uns munter zu.

«Zwei Kanadagänse am 12. Mai 1954 in der Rentierbucht in Notwehr erschossen», sagte er dann.

Leif Davidsen

Eine Weihnachtskarte aus der Vergangenheit

Magnus Bjerg hielt sich selbst für einen vom Glück begünstigten und privilegierten Menschen. An diesem grauen Novembervormittag, an dem ein überraschender Schneesturm den Garten in eine dicke Schneedecke hüllte und Autos und Menschen zu heftigen Rutschpartien zwang, war er zwar leicht erkältet, trank aber zufrieden seinen Tee und schaute sich im behaglichen Wohn- und Esszimmer um. Anne hatte sich mit ihrem Sohn Torsten kampfesmutig auf den Weg zur Schule gemacht, Magnus dagegen wollte sich einen wohlverdienten freien Tag gönnen. Das Fernsehen kündigte die ganztägige Übertragung königlicher Feierlichkeiten an, aber die Leute sollten sich diesen royalen Unfug ansehen, soviel sie wollten, er wollte einen guten Krimi lesen und sich über sein Glück und die neue Zukunft seiner Familie freuen. Später würde er sich dann in den Schnee hinauswagen und etwas Gutes zu essen und einen teuren Rotwein kaufen und die Bombe erst hochgehen lassen, wenn sie gemütlich am Tisch saßen: Weihnachten würden sie in diesem Jahr in Boston feiern, wo sie bei Joe und Sandra wohnen konnten, während sie sich nach einem Haus umsahen, das sie für die kommenden zwei Jahre als das ihre betrachten dürften.

Er unterbrach seine Überlegungen. Glück war absolut das falsche Wort. Hier war nicht die Rede von Glück, sondern von harter Arbeit. Von langen Stunden im Labor oder am Schreibtisch, vertieft in wissenschaftliche Literatur, oder vor dem Computer, wo er einen weiteren Artikel verfasste. «Publish or perish», wie sie over there sagten. Doktor der Biologie wurde man nicht ohne Schweiß, Intelligenz und einen kräftigen Hosenboden. Er hatte diese Belohnung verdient. Anne hatte zwei gute Jahre in den USA verdient, ohne die Angst oder das Gefühl der Unzulänglichkeit, von dem Magnus ahnte, dass sie es jeden Morgen empfand, wenn sie sich auf den heruntergekommenen Kampfplatz begab, der in Dänemark als «Grundschule» bezeichnet wurde. Auch Torsten würde dieser Aufenthalt in den USA gut tun. Er würde einer fünften Klasse entkommen, in der er sich absolut nicht wohl fühlte. Die englische Sprache würde ihm in den Schoß fallen. Und vielleicht – vielleicht würden sie ja für immer dort bleiben können?

Seit fünfzehn Jahren schlug er sich nun schon mit Stipendien und Fonds durch. Jedes zweite Jahr musste er selber für sein Einkommen sorgen. In den USA dagegen kannte man den Wert eines guten Forschers. Auch in Dollars und Cents. Ihm und Anne fehlte es eigentlich an nichts, sie waren es nur leid, immer gerade so zurechtzukommen. Er wünschte sich so sehr, einmal mehr als genug zu haben. Er war ein Mensch, der Veränderung und Ellenbogenfreiheit brauchte. Ein großes Haus. Ein großes Auto. Ein großes Gehalt. Ein großes Land. Kurz gesagt, Platz. Er wurde ja auch nicht jünger.

Er musste aufstehen und ein wenig hin und her laufen. Ein Buch aus dem Regal ziehen, zerstreut darin herumblättern. Der Schnee tanzte draußen im Garten ein wildes Ballett, der Wind schien sie ständig im Kreis herumzuwirbeln. Oder vielleicht waren die Flocken gefangen und fanden den Weg über den Zaun nicht. Magnus kamen plötzlich Zweifel. Vielleicht sollte er doch noch mit seiner Mitteilung warten? Der

Arbeitsvertrag war ja noch nicht unterschrieben, wenn Joes Worte am Telefon auch keinen Zweifel übrig gelassen hatten:

«Der Job gehört dir. Die Fakultät hat gestern Abend alles abgesegnet. Der Rest ist nur noch Formsache. No problems. No snags.»

Er konnte einfach keine Ruhe finden. Er setzte sich wieder an die *Berlingske Tidende*. In der Zeitung wimmelte es nur so von Geschichten über die königliche Familie. Sowohl die Fernsehzeitschriften als auch die seriöse Tagespresse waren inzwischen fast oder ganz zu einer Illustriertenabart geworden. Es würde gut tun, morgens die *New York Times* zu lesen. Und andere Zeitungen, die noch verschiedene Sichtweisen kannten. Statt des Geplauders und Geplappers im dänischen Ententeich. Die Auslandsseiten gaben schon etwas mehr her. Neue Terroranschläge in Russland. Würde es im Irak denn niemals Frieden geben? Neue Meldungen über geheime Archive aus Russland und der DDR. Endlich waren die Codes geknackt worden, mit denen die allergeheimsten Stasi-Unterlagen gelesen werden konnten. Offenbar waren die Codeschlüssel seit dem Fall der Mauer in den USA aufbewahrt worden, doch vor einigen Monaten waren sie von dort den europäischen Verbündeten der USA ausgehändigt worden.

Magnus schenkte sich neuen Tee ein und dachte für einen Moment kurze zwanzig Jahre zurück, denn damals hatte er häufiger mit Russen zu tun gehabt. Er war drei- oder viermal nach Moskau eingeladen und dort überaus zuvorkommend empfangen worden. Und das in mehrfacher Hinsicht, aber na und? Was Anne nicht weiß, macht sie nicht heiß. Vielleicht waren die russischen Labors nicht so sauber und fortschrittlich gewesen wie die dänischen, aber an den Gehirnen hatte niemand etwas aussetzen können. Der Kalte Krieg war ein Dreck gewesen, und Magnus hatte die Kalten Krieger immer verachtet. Nur durch internationale Zusammenarbeit konnte die Forschung weiterkommen und neue Erfolge erzielen, die für die Menschheit von wirklicher Bedeutung waren.

Der Postbote kämpfte sich durch den Schneesturm. Nicht einmal in einer anständigen Wohnsiedlung wie dieser wurden die Straßen noch richtig vom Schnee befreit. Sein Land verfiel, und die Einsparungen trafen die Forschung und die Schulen, die wichtigsten Rohstoffe des Landes. Der Postbote hatte sich seinen Schal um das Gesicht gewickelt, als er den Poststapel in den Briefkasten stopfte. Magnus wartete schon hinter dem Vorhang und ging erst nach draußen, als der Postbote mit seinem gelben Fahrrad weitergestapft war. Die Post bestand vor allem aus Werbung und den ersten Weihnachtskatalogen. Und dann gab es noch einen einzelnen Brief ohne Absender, der ihm irgendwie offiziell vorkam. Das Papier des Briefumschlags war ziemlich dick. Er öffnete ihn. Der Brief stammte vom PET, dem polizeilichen Nachrichtendienst, wie Magnus überrascht feststellte. Er bestand aus einigen wenigen Zeilen. Ob er freundlicherweise in Verbindung mit seiner Reise in die USA auf der Wache vorbeischauen könnte. Unterzeichnet hatte diesen Brief ein gewisser Nils Hovborg, Kriminalkommissar. Mittwoch, elf Uhr vormittags.

Magnus wusste, dass das Hauptquartier des PET in einem ganz anderen Stadtteil lag, aber er ging davon aus, dass diese Geheimtypen dort keine normalen Sterblichen zu sehen wünschten und ihn deshalb zur Wache vorgeladen hatten. Denn «Vorladung» war das Wort, mit dem er diese Aufforderung in Gedanken bezeichnete. Magnus verstand den Brief nicht, und er vergiftete wie eine Schlange das ansonsten so schöne Wochenende. Anne gegenüber erwähnte er ihn nicht, aber der Brief schwebte die ganze Zeit in seinem Hinterkopf herum, ob sie nun aßen, sich entspannten, spazieren gingen oder sich liebten. Anne war glücklich gewesen, als er ihr von den USA erzählt hatte. Sie hatte sich für ihn gefreut, aber sie hatte diesen Plan auch für ein Abenteuer gehalten. Denn, das wusste Anne, er brauchte Veränderung. Sonst würde er nur noch in Panik geraten. Sie sehe die Tendenzen, sagte sie scherzend. Sogar Torsten freute sich über alle Maßen, vor allem bei dem Gedanken daran, dass er auf diese Weise seiner Schule entkommen würde.

Es fiel Magnus deshalb schwer, von dem Brief zu erzählen, den er inzwischen insgeheim die «Weihnachtskarte vom PET» nannte. Er begnügte sich damit, am Montag von seinem Büro aus den Termin zu bestätigen. Nils Hovborg hatte eine sympathische Stimme und erklärte, es sei alles eine reine Formsache. Al-Qaida und der übrige internationale Terrorismus hätten die Amerikaner ungeheuer vorsichtig und genau werden lassen. Nils Hovborg dankte ihm dafür, dass er sich die Zeit nehmen wollte, um diese kleine Formalität aus dem Weg zu räumen.

Am Mittwoch, als er vor der Wache in Kopenhagen parkte, hatte Tauwetter eingesetzt. Er ging durch das große, bedrückende Gebäude und musterte die Säulen, die eine solche Macht trugen. Wie viele seiner Generation hatte er ein gespaltenes Verhältnis zur Ordnungsmacht. In seiner Jugend war nur von Bullerei und Lakaien des Imperialismus die Rede gewesen, aber das war so lange her, dass er es eigentlich vergessen hatte. Heutzutage hatte er mit der Polizei nichts mehr zu tun. Er hätte sich auch nicht mehr als politisch interessiert oder politisch bewusst bezeichnet, wie es in seiner Jugend geheißen hatte. Bei den Wahlen machte er sein Kreuzchen links von der Mitte, aber das wohl auch eher aus Gewohnheit?

Nils Hovborgs Büro war nichts sagend und ein wenig abgenutzt. Auf einem dunklen Schreibtisch befanden sich ein modernes Telefon und ein einzelner grüner Ordner, ansonsten herrschte peinliche Ordnung. Keine Spur von Geheimagentenglamour, von falschen Bärten und dunklen Sonnenbrillen. Auf einem Seitentisch stand lediglich ein ausgeschalteter Computer. Der Kommissar reichte Magnus die Hand und stellte einen jüngeren, dicklichen Mann als Kriminalassistent Gert Madsen vor. Ob Herr Bjerg wohl Platz nehmen wolle? Das tat Herr Bjerg, und dann wartete er ab.

«Möchten Sie rauchen?», fragte Nils Hovborg.

«Nein, danke. Ich habe damit aufgehört, und sagen Sie doch einfach du.»

«Das ist auch klüger so», sagte der Kriminalkommissar. Gert Madsen sagte nichts. So saßen sie dann ein Weilchen da. Durch das Fenster sah Magnus ein Stück grauen Himmel und hörte einen Bus, der bei einer Haltestelle sein Tempo beschleunigte. Aus den vielen Büros und den endlosen Korridoren nahm er ein konstantes Murmeln und Summen wahr.

«Sie wollen also in die USA, wenn ich das richtig verstanden habe», sagte Nils Hovborg. «Wir haben eine Anfrage erhalten, von, wie soll man das nennen, von Kollegen in den USA. Reine Routine.»

«Das begreife ich nicht», sagte Magnus.

«Warst du jemals Mitglied einer kommunistischen Partei?», fragte plötzlich Gert Madsen. Seine Stimme klang seltsam hell und hoch für einen Mann, der, wie Magnus jetzt feststellte, eher muskulös war als dicklich.

«Das ist aber eine seltsame Frage.»

«Für uns ja. Aber nicht für die Amerikaner.»

Magnus lachte kurz, dann schluckte er dieses Lachen hinunter. Es hörte sich verkehrt an. Er schwitzte ein wenig. Die Luft war sehr trocken, und er hatte auch ein seltsam schlechtes Gewissen, wozu nun wirklich keinerlei Grund bestand.

Er sagte:

«Spielt das heutzutage denn überhaupt noch irgendeine Rolle? Der Kommunismus ist tot. Tot und begraben, aber wenn ihr es unbedingt wissen wollt, ich war niemals Mitglied der DKP; allerdings bin ich damals für wenige Jahre bei den Linkssozialisten eingetreten. Das war eine absolut legale dänische Partei, soviel ich weiß. Zufrieden?»

«Was forschen Sie denn eigentlich so?», fragte Nils Hovborg. Er hatte eine sanfte, fast einschläfernde, aber auch überaus angenehme Stimme.

Magnus setzte sich gerade. Er würde sich wohl ein wenig arrogant anhören, aber das hatten sie nicht besser verdient.

«Ich glaube, das ist ein wenig zu kompliziert, um es Laien zu erklären. Ich arbeite über Transmission von ...» Er suchte nach den dänischen Entsprechungen der lateinischen Begriffe, «... Schweinepest. Von Tier zu Tier. Von Mensch zu Tier. Ich habe meine Doktorarbeit über die Frage geschrieben, wie Menschen ohne ihr Wissen sozusagen zu Krankheitsträgern werden können. Ich habe bei erkrankten Schweinen gewisse Gene isoliert, die vielleicht zu einem besseren Verständnis der dahinter liegenden biologischen Vorgänge beitragen können. Das alles ist überaus kompliziert.»

«Aber du bist kein Tierarzt, oder?», fragte Gert Madsen.

«Biologe», sagte Magnus. Er konnte Gert Madsen nicht ausstehen und sah keinen Grund, diese Tatsache zu verhehlen.

«Könntest du damit nicht auch hier zu Hause weitermachen?»

Magnus setzte sich abermals gerade:

«Ich gehöre zu den wichtigsten Forschern in meinem Bereich, wenn ich mich so unbescheiden ausdrücken darf. Deshalb hat eins von Harvards angesehensten Instituten mich eingeladen. Es ist für mich persönlich eine große Chance, aber auch ein Triumph für die dänische Forschung.»

«Aber das ist doch hervorragend», sagte Nils Hovborg. «Nur kann das vielleicht auch gefährlich sein?»

«Die Arbeit mit krankheitserregenden Bakterien und Viren ist immer gefährlich. Deshalb arbeiten wir auch isoliert und unter starken Sicherheitsvorkehrungen», sagte Magnus Bjerg. Er fühlte sich gar nicht wohl in seiner Haut und gewissermaßen eingesperrt. Er begriff nicht, was diese Männer von ihm wollten. Vielleicht wollten sie ja wirklich nichts?

«Wenn ich das richtig verstanden habe, dann gibt es also eine internationale Zusammenarbeit», sagte Nils Hovborg.

«Ja, natürlich. Alle Forschung ist international.»

«Machen auch die Russen mit?», fragte Gert Madsen.

«Natürlich. Also wirklich! Was soll das hier eigentlich?»

«Warst du vielleicht schon einmal dort, als das Land noch Sowjetunion hieß?», fragte Gerd Madsen. Er zupfte sich am Ohr. Magnus fand diese Angewohnheit irritierend.

«Ja.»

«Als Forscher? Oder als Tourist?»

«Beides. In den achtziger Jahren war ich mehrere Male auf Einladung des Karlow-Institutes dort. Die beschäftigten sich mit ähnlichen Forschungsvorhaben. Was soll diese Frage?»

«Das war doch ein militärisches Institut, nicht wahr?», fragte Gert Madsen.

«Das war es natürlich nicht. Es war der Akademie der Wissenschaften unterstellt. Ich weiß wirklich nicht, worauf ihr hier eigentlich hinauswollt.»

«Reine Routine», sagte Nils Hovborg. Er stand auf, streckte die Hand aus, und Magnus ergriff sie verwirrt. War das alles? Nils Hovborg fügte hinzu: «Haben Sie vielen Dank dafür, dass Sie sich die Zeit für diesen Besuch genommen haben.

Vielleicht müssen wir demnächst noch einmal mit Ihnen reden.»

«Warum das? Halten Sie mich für einen Spion oder was? Hat die Polizei denn nichts Besseres zu tun?»

«Ich bringe Sie zum Ausgang», sagte Nils Hovborg.

Für den Rest des Tages fühlte Magnus Bjerg sich gar nicht wohl. Er begriff weder dieses Gespräch, noch konnte er sich vorstellen, was die Polizei wohl von ihm wollte. Er begriff nicht, warum er nicht mehr gesagt hatte. Warum er nicht mit fester Stimme gesagt hatte, er lasse es sich nicht gefallen, so einfach einem Verhör ausgesetzt zu werden? Erst gegen Abend fiel ihm ein, dass sie ihn ja eigentlich nichts gefragt hatten, was ihnen nicht auch schon vorher bekannt gewesen war. Er hatte das Gefühl, dass sie alles über ihn wussten, und das war ein überaus unangenehmer Gedanke.

«Vielleicht ist das wirklich nur Routine», sagte Anne, als sie im Bett lagen und hörten, wie der Frost, der sich in der Nacht wieder eingestellt hatte, das Haus leise ächzen ließ. Anne hatte zuerst geschmollt, weil er ihr nichts von dem Brief erzählt hatte, aber jetzt schien sie wieder besänftigt. Sie sagte:

«Die Amis sind doch ein wenig hysterisch, nicht? Und du warst früher doch einmal ziemlich links und antiamerikanisch, nicht wahr? Ziemlich rot. Das war ich doch auch. Deshalb bin ich Lehrerin geworden, um die Kinder beeinflussen zu können. Bei denen lag doch die Zukunft der Revolution. Aber heute spielt das doch keine Rolle mehr. Wir haben alle mal schwachsinnige Entscheidungen getroffen.»

«Ja. Wahrscheinlich hast du Recht. Das ist reine Routine. Sicher ist das so», sagte er.

«Und du hast doch nichts zu verbergen, oder?»

«Nein», antwortete er, aber er lag dann doch noch lange wach in der Dunkelheit und fragte sich, ob nicht alle irgendetwas zu verbergen hatten, etwas, von dem sie vielleicht nicht einmal selbst etwas wussten. Vielleicht hatten alle irgendwo ein Geheimnis versteckt, das sie vergessen hatten, an das andere sich aber erinnerten.

Der Schnee kam und ging, und der November ging in den Dezember über. Der Wind riss an den Tannengirlanden, als er durch Strøget wehte. Die Geschäfte lockten mit Weihnachtsdekorationen, Punsch und Pfefferkuchen, und die Menschen sahen gestresst, fröstelnd und gehetzt aus. Magnus wartete auf den Brief aus den USA, aber der kam nicht. Joe sagte, das sei alles nur Routine, er solle sich keine Sorgen machen und sich weiter auf Weihnachten in Boston freuen. Joe und Sandra würden sich freinehmen, und deshalb seien Schnee, Ski und gute Gespräche und Wein unter Freunden angesagt. Aber es fiel Magnus schwer, ruhig zu sein und sich zu konzentrieren. Er war eigentlich in die Stadt gefahren, um die ersten Weihnachtsgeschenke zu kaufen, aber auch dafür fehlte ihm die rechte Aufmerksamkeit. Deshalb setzte er sich ins Café Norden und bestellte ein Weihnachtsbier. Es war das dritte an diesem Morgen. Er suchte sich einen Tisch in der Ecke und versteckte sein Gesicht hinter der Zeitung *Information*.

Nils Hovborg trug einen weiten Wintermantel. Er hielt ein großes Glas hellbraunen Kaffee in der Hand und setzte sich, ohne um Erlaubnis zu bitten. Magnus legte gereizt seine Zeitung zusammen.

«Das ist ja eine nette Überraschung», sagte der Kriminalkommissar.

«Wirklich?», fragte Magnus.

«Vielleicht nicht, aber ich sehe keinen Grund, diese Sache offizieller werden zu lassen als unbedingt nötig. Ich möchte dir nur ein paar Fragen stellen, wenn ich darf. Nur, um mir ein Bild von der Lage zu machen.»

«Daran kann ich dich nicht hindern, aber ich wünschte, du wärst konkreter.» Jetzt waren sie also doch beim Du angekommen. Magnus kam das natürlicher und zugleich komisch vor. Als wären sie jetzt plötzlich Kollegen oder Bekannte geworden.

Nils Hovborg reichte ihm ein Bild. Es war das Schwarzweißfoto eines Mannes in mittleren Jahren, der einen grauen Anzug trug. Sein Gesicht war ziemlich nichts sagend, aber Magnus hatte den Eindruck, dass das Bild einen Russen zeigte. Vielleicht lag es an den slawischen Zügen? Oder sorgte die schlecht sitzende Kleidung dafür, dass er sich seiner Sache ziemlich sicher war?

«Kennst du ihn?»

«Nein, sollte ich das?»

«Er kennt dich.»

«Das kann doch nicht möglich sein. Höchstens so, wie man einen Nachrichtensprecher im Fernsehen kennt. Vom Sehen her. Kann sein, dass ich ihn schon einmal gesehen habe, aber ich kenne ihn nicht. Ich weiß jedenfalls nicht, wer er ist.»

Nils Hovborg trank vorsichtig seinen Kaffee. Fast kindlich vorsichtig, als fürchte er, sich an dem riesigen Caffè latte zu verbrennen. Er beugte sich ein wenig über den Tisch, als habe er Angst, von fremden Ohren gehört werden zu können, obwohl es sehr laut im Lokal war und niemand sich für ihre Unterhaltung interessierte. Magnus fühlte sich schon wieder nicht wohl in seiner Haut. Er kam sich vor wie auf einer Anklagebank, nur hatte niemand ihm erzählt, worin die Anklage bestand. Es war wie in einem bösen Traum. Man wollte aus diesem Albtraum erwachen, konnte sich aber nicht von den Fesseln befreien, die das Bewusstsein banden. Er schwitzte ein wenig und spürte leider auch die drei Bier.

«Ich weiß nicht, wer er ist.»

«Er heißt Gregor Nikolajew Petrow. Er hat damals im Karlow-Institut gearbeitet.»

«Da sind mir viele Leute begegnet. Der Name sagt mir nichts.»

«Sein wirklicher Arbeitgeber war der GRU, der militärische Nachrichtendienst der UdSSR. Er hatte viel mit dem bakteriologischen und biologischen Kriegsprogramm zu tun. Schreckliche, schreckliche Waffen.»

Nervös trank Magnus einen Schluck Bier. Das Glas war fast leer, aber er wollte nicht aufstehen, um sich ein neues zu holen.

«Damit hatte ich nichts zu tun. Ich habe mich an die Wissenschaftler gehalten.»

«Aber Genosse Petrow war ebenfalls Wissenschaftler. Er ist von der Ausbildung her Biologe, genau wie du. Und am Karlow gab es doch auch Wissenschaftler aus dem Irak, nicht wahr?»

«Jetzt begreife ich wirklich nicht mehr, worauf du hinauswillst. Da waren Leute aus so vielen Ländern. Was soll das Ganze eigentlich?»

«Genosse Petrow hat dich als einen ihrer Informanten genannt.»

Magnus Bjergs Zorn und seine Verblüffung waren echt:

«Ich als Agent? Das ist doch der pure Wahnsinn!»

«Das habe ich nicht gesagt. Ich habe Informant gesagt, was eine Stufe darunter liegt.»

«Warum redet er solchen Unsinn?», regte Magnus sich auf, während Nils Hovborg mit seiner gedämpften, kultivierten Stimme weitersprach:

«Zwei Jahre nach dem Zusammenbruch der Sowjetunion hat er sich aus Moskau abgesetzt. Wie so viele andere hatte er seit Monaten kein Gehalt mehr bekommen. Das war

1993. Jahrelang wusste niemand, wo er sich aufhielt, aber am Ende fanden die Amerikaner ihn dann im Irak. Informationen sind die einzige Währung, in der ein Überläufer und Verräter bezahlen kann. Du warst ein winzig kleiner Name zwischen anderen, etwas größeren Fischen, aber die USA sind, um das mal so zu sagen, im Moment sehr, sehr vorsichtig. Sie haben ein ganzes Ministerium für die Sicherheit der Nation eingerichtet, gegen die die alte Stasi das reinste Waisenkind ist. Und dein Name steht auf einer Liste.»

Magnus schüttelte langsam den Kopf. Er begriff gar nichts mehr und trank den Rest Bier, ehe er sagte:

«Das ist doch aber kein Beweis, wenn irgendein hergelaufener Russe irgendwelche Behauptungen aufstellt.»

Nils Hovborg musterte ihn mit etwas, das Ähnlichkeit mit Mitgefühl hatte.

«Herr Bjerg. Das hier ist kein Gerichtssaal. Ich muss hier nichts beweisen. Du dagegen musst beweisen, dass wirklich nichts gegen dich vorliegt.»

«Das kann ich doch nicht so einfach», sagte Magnus, und seine Stimme klang verzweifelter, als er gewollt hatte; er fühlte sich wie in einem Spinnennetz, aus dem er sich nicht befreien konnte.

Nils Hovborg sprach mit ruhiger Stimme, und Magnus hörte zu, aber die Worte schienen trotzdem durch Watte zu kommen. Magnus Bjerg hatte zwischen 1983 und 1988 in Moskau an einer Reihe von Konferenzen teilgenommen. Es hatte sich um wissenschaftliche Zusammenkünfte gehandelt. In Verbindung mit diesen wissenschaftlichen Konferenzen waren alle überaus gastfreundlich und großzügig bewirtet worden. Und Bjerg hatte vielleicht ebenso großzügig unter dem Einfluss von Kaviar und Wodka von seiner eigenen und von der dänischen Forschung ganz allgemein erzählt. Allerlei Zwischenbilanzen und Hypothesen waren vorgelegt worden, die nicht in den Berichten standen, die dann aber den Russen und ihrem damaligen nahen Verbündeten, dem Irak, zur Verfügung gestellt worden waren.

Magnus schüttelte den Kopf.

«Das ist doch reiner Unsinn», sagte er.

«Petrow hat auch einige Wochenenden auf dem Land erwähnt und behauptet, du habest dich besonders mit einer seiner Assistentinnen angefreundet, mit Ludmilla.»

Zu seinem Entsetzen spürte Magnus, dass er errötete.

«Die war eine ganz normale Laborassistentin.»

«Ludmilla kennen wir. Sie war Agentin beim GRU und hatte neben ihrer Ausbildung als Laborantin an der Universität Leningrad Dänisch studiert.»

«Das wusste ich nicht.»

«Und an Petrow kannst du dich nicht erinnern? Wirklich nicht?» Wieder diese kultivierte Stimme, die so vorwurfsvoll klang, trotz des leichten Konversationstons.

«Vielleicht bin ich ihm begegnet. Aber ich kann mich einfach nicht daran erinnern.»

«Petrow behauptet, dass du auch als Kurier fungiert hast.»

«Was?»

«Du habest zwei Briefe mitgenommen und dann im Westen aufgegeben.»

«Natürlich habe ich ihnen den Gefallen getan, wenn sie mich baten, ihre Privatbriefe mit aus dem Land zu nehmen. Sie lebten doch in einer Diktatur, mit KGB und Polizei und Unterdrückung und Zensur. Das wäre ja noch schöner gewesen!»

«Hast du diese Briefe gelesen?»

«Natürlich nicht. Das waren doch Privatbriefe. Man liest doch nicht die Privatbriefe anderer Leute.»

«Du hättest uns das alles vielleicht erzählen sollen?»

«Warum das?»

«Das wäre vielleicht klüger gewesen.»

Magnus setzte sich gerade:

«Ich hatte nie den Wunsch, etwas mit eurer Welt zu tun zu haben.»

«Überleg es dir», sagte der andere. «Und komm übermorgen auf der Wache vorbei, dann können wir darüber plaudern und einen Strich unter die ganze Angelegenheit ziehen.»

«Ich habe nichts mehr zu sagen. Lasst mich in Ruhe oder erhebt irgendeine Anklage gegen mich.»

«Ich glaube kaum, dass es so weit kommen wird.»

Magnus sagte Anne nichts, als er nach Hause kam. Er wusste nicht, warum, aber er hatte Angst, sich in Widersprüche zu verwickeln, wenn er zu viel zu erklären versuchte. Die Wahrheit war, dass er nicht besonders viele Erinnerungen an seine Aufenthalte in Moskau hatte. Er hatte ein gutes Gedächtnis, wenn es um seine Materie ging, aber in Moskau hatte er zu viel getrunken. Die Russen taten nichts, ohne darauf anzustoßen. Er wusste nicht mehr so recht, worüber sie gesprochen hatten, jedenfalls erinnerte er sich an keine Einzelheiten. Er hatte damals dasselbe gedacht wie heute: Nur Offenheit bringt uns weiter. Und dann war da noch Ludmilla gewesen. Agentin des GRU, was für ein Unsinn. Sie war eine lustige, Dänisch sprechende und richtig tolle junge Frau gewesen, und er hatte sich geschmeichelt gefühlt, als sie ein Auge auf ihn geworfen hatte. Das alles konnte er Anne nicht erzählen, das wusste er, als er da in der Dunkelheit lag und den Regen gegen die Fensterscheiben prasseln hörte. Ihm ging auf, dass etwas, das er nie als etwas anderes gesehen hatte als einige freie Tage mit einem dünnen wissenschaftlichen Programm, irgendwann in den achtziger Jahren, nicht nur seine wissenschaftliche Karriere bedrohte, sondern vielleicht auch seine Ehe.

Er beschloss deshalb, mit einem Anwalt zu sprechen, den er noch von einem gemeinsamen Kolloquium zu Studienzeiten her kannte und mit dem er offen sprechen zu können glaubte. Er hatte nicht das Gefühl, mit Anne offen sprechen zu können. Nicht nur wegen dieser Sache, die er in Gedanken die «Affäre» nannte, sondern auch, weil es ihm peinlich war, zugeben zu müssen, dass er sich an seinen geselligen Umgang in Moskau wirklich kaum erinnern konnte.

Zwei Tage später ging er durch die Innenstadt. Ein leichter Schneeregen fiel, und er war ein wenig angetrunken. Der Alkohol versetzte ihn nicht in bessere Stimmung, sondern machte ihn im Gegenteil noch deprimierter. Ganz Kopenhagen roch nach den fetten Speisen der mittäglichen Weihnachtsfeiern und nach kaltem Schnaps. Die Menschen nuschelten oder sprachen sehr laut, und die wachsende Weihnachtsfreude und die ausgelassene Fröhlichkeit ließen seine Nervenenden noch weiter ausfransen. Eigentlich hatte er sich immer auf und über Weihnachten gefreut, aber jetzt erfüllte der Weihnachtsrubel ihn mit Angst und Überdruss.

Auch bei seinem Anwaltsbesuch war er ein wenig rot im Gesicht. Sie hatten den Tag im Büro mit einem Schnaps oder zweien anfangen lassen, und bald sollten er und die Kollegen sich an das große Fressen machen. Auch in Magnus' Institut gab es eine Weihnachtsfeier, aber er hatte abgesagt, auch wenn er Anne gegenüber behauptet hatte, daran teilnehmen zu wollen. Er begriff nicht, warum er gelogen hatte. Er hatte absolut nichts verbrochen, benahm sich aber trotzdem wie ein Schuldiger.

«Das ist doch Wahnsinn, Ole», sagte Magnus, als er dem Anwalt die ganze Geschichte erzählt hatte. «Das ist viele Jahre her, und die Behauptungen sind ganz und gar haltlos. Kannst du sie nicht stoppen?»

Der Anwalt hob die Arme über den Kopf. Sein Büro war hell und freundlich und spiegelte den Erfolg seiner Kanzlei wider.

«Stoppen hin oder her. Sie haben doch gar nichts getan. Sie haben nur mit dir geredet. Sie haben dich zu nichts gezwungen, und sie haben keine Anklage gegen dich erhoben.»

«Sie belästigen mich. Sie ruinieren meine Karriere, einfach, indem sie einen Verdacht in die Welt setzen.»

«Wenn du keinen Dreck am Stecken hast, hast du nichts zu befürchten.»

«Aber das ist doch gerade das Problem. Ich habe nichts Verbotenes oder Falsches getan, jedenfalls nicht nach meinen Maßstäben. Aber meine Maßstäbe sind nicht dieselben wie ihre.»

«Es war eine harte Zeit. Es war ein kalter Krieg, aber es war ein Krieg, in dem zu sämtlichen Mitteln gegriffen wurde. So wie der Krieg, den wir jetzt führen müssen», sagte der Anwalt und lächelte ein wenig arrogant.

Magnus wurde plötzlich misstrauisch:

«Stehst du auf ihrer Seite, Ole?»

Ole beugte sich über den Tisch und verschränkte die Hände unter seinem Kinn.

«Du warst vielleicht ein wenig naiv und hast zu viel gesagt.»

«Woher hätte ich denn wissen sollen, dass wissenschaftliche Kollegen in Wirklichkeit für KGB und GRU arbeiteten, oder wie zum Teufel die damals alle hießen!»

«Du argumentierst da falsch, Magnus. Du hättest davon ausgehen müssen, dass es der Fall war.»

«Ich fand solche Verdächtigungen aber entsetzlich. Ich meine ... zum Teufel ... wir haben den Kalten Krieg doch gewonnen. Können wir denn jetzt nicht einfach nach Hause gehen?»

«So leicht ist das nicht. Agenten oder Überläufer übertreiben die Bedeutung ihrer Informanten oder ihrer Mitteilungen immer. Ihre eigene Karriere und ihr Fortkommen hängen doch davon ab, dass sie wichtige Gewährsleute rekrutieren können. Bestimmt haben sie dich als wichtige Person mit wesentlichen Informationen dargestellt, die sie sich durch öffentlich zugängliche Publikationen nicht beschaffen konnten. So konnten sie ihre Ausgaben für dich rechtfertigen.»

«Woher weißt du das alles?»

«Während meiner Militärzeit hab ich in dieser Branche ein wenig herumgeschnüffelt. Du warst nie Soldat, was?»

«Kriegsdienstverweigerer.»

«Natürlich», sagte der Anwalt.

Sie schwiegen eine Weile. Sie tranken aus, und der Anwalt schaute auf seine Uhr, weshalb Magnus sagte:

«Du kannst also nichts machen?»

«Da kann man nichts machen. Im Moment jedenfalls nicht.»

«Das ist doch kafkaesk», sagte Magnus und empfand nur Ohnmacht und Verzweiflung.

Der Anwalt sah ihn an:

«Was ist mit deiner Forschung? Wenn wir mit dem Schlimmsten rechnen: Wäre sie militärisch verwertbar gewesen, für biologische Waffen, wie die, die Saddam Hussein gegen den Iran und gegen seine eigenen Kurden eingesetzt hat?»

«Ja, vielleicht. Das habe ich mir nie überlegt.»

«Wissen ist Macht, und die Russen haben gestohlen, was sie konnten und wo sie konnten.»

«Ich wollte mit eurer Welt niemals etwas zu tun haben. Ich

verachte sie. Ich hasse Militär, Gewalt, Krieg, Spione, Lügen und Betrug.»

«Manche würden dich als einen von Lenins nützlichen Idioten bezeichnen.»

«Du bist mir wirklich überhaupt keine Hilfe», sagte Magnus.

Der Anwalt schaute wieder auf seine Uhr und sagte kühl:

«Du hättest damals etwas unternehmen können. Du hättest den PET über deine Kontakte informieren können.»

Magnus sprang auf und sagte wütend:

«Ich wollte damals und will auch heute keinem verdammten Nachrichtenwesen über meine kollegialen Kontakte etwas erzählen.»

Ole breitete die Arme aus.

«Die haben aber über dich erzählt, Magnus. Vielleicht war das, was sie geschrieben haben, gelogen, aber jetzt bist du Teil des Systems. Es ist ein geschlossenes System, das selbst entscheidet, ob du daraus gelöscht wirst oder nicht.»

Abends rief Magnus bei Joe in Boston an. Joe hörte sich anders an, schien Magnus. In seiner Stimme lag eine Distanz, die er deutlich wahrnahm und die nichts mit der enormen Entfernung der transatlantischen Verbindung zu tun hatte. Es gab keine Neuigkeiten, aber die Sache dauerte offenbar noch, es gab also keinen Grund, zu Weihnachten in die USA zu kommen und sich Häuser anzusehen. Denn vielleicht würde es doch nicht die nötigen Mittel zur Finanzierung des Postens geben, oder vielleicht waren es auch nur die Mühlen der Bürokratie, die so langsam mahlten.

Magnus saß da, mit dem Hörer in der Hand und einem Brennen im Magen, als Anne in sein Arbeitszimmer kam und fragte, was denn los sei. Er konnte die Sache einfach nicht mehr für sich behalten und erzählte alles, sogar das mit

Ludmilla. Anne hörte ihm schweigend zu, und in ihrem Gesicht sah er zuerst Mitgefühl, dann aber auch Verachtung. Er konnte ihr ansehen, dass sie ihn für einen Trottel hielt. Dass er plötzlich nackt vor ihr stand. Er stand ohne Maske da, und das, was unter der Maske aufgetaucht war, gefiel ihr überhaupt nicht.

«Ich fahre mit Torsten über Weihnachten zu meiner Mutter», sagte sie und erhob sich.

«Zum Teufel, Anne. Das ist doch so lange her. Ich kann mich fast nicht mehr daran erinnern. Das ist doch gerade das Problem. Ich weiß fast nicht einmal mehr, ob es überhaupt passiert ist.»

«Magnus, was immer passiert ist, es lässt sich nicht ändern. Darauf kommt es auch gar nicht an. Es kommt darauf an, dass du es mir verheimlicht hast. Wie soll ich also wissen, ob du nicht noch andere Dinge verheimlichst oder vergessen hast, wie du behauptest? Ich muss mir überlegen, wie wir jetzt weitermachen sollen. Es kann schon sein, dass wir zusammenbleiben werden, aber so wie bisher wird es nie wieder sein.»

Er ließ sich krankschreiben, als Anne und Torsten nach Jütland gefahren waren. Er saß zu Hause und versuchte sich zu erinnern, aber das gelang ihm nicht. Er sah die Gesichter von Petrow und Ludmilla wie durch einen Nebel vor sich, helle Flächen ohne erkennbare Züge, und er konnte sich nicht an den Inhalt ihrer Gespräche erinnern. Er konnte sich nicht einmal an den Sex erinnern. Jedenfalls nicht richtig. Es schneite wieder, und er saß mit einem Weihnachtsbier da und schaute die großen Flocken an, die sich auf seinen Garten senkten.

Das Telefon schellte. Es war Nils Hovborg.

«Guten Tag, Herr Bjerg. Ich wollte Ihnen nur mitteilen,

dass wir die Untersuchungen eingestellt haben. Sie waren vielleicht ein wenig naiv und haben sich ausnutzen lassen, aber ... na ja ... es ist ja nicht strafbar, ein wenig einfältig zu sein. Also, fröhliche Weihnachten.»

«Leck mich am Arsch!», brüllte Magnus und knallte den Hörer auf die Gabel. Er hätte erleichtert sein müssen, aber sein Magen brannte noch immer. Er konnte sich nicht zusammenreißen, und er begriff nicht, was ihm da widerfahren war. Was mit ihm nicht stimmte. Es war absolut nichts passiert, aber trotzdem war sein Leben verändert. Aber vielleicht würde er jetzt doch diesen Job bekommen, wo die Untersuchungen eingestellt waren, und dann war in Wirklichkeit alles beim Alten. Oder war das vielleicht wieder eine naive Vorstellung? Denn alles war so anders. Die Freude über seine Zukunft war verschwunden, aber der Zukunft musste er sich trotzdem stellen. Wenn er den Job in den USA nicht bekam, würde er sich am Gymnasium bewerben, um ein stabiles Leben führen zu können und die Zeit zu nutzen, um Annes Vertrauen zurückzugewinnen. Im Radio wurde jetzt ein Weihnachtslied gespielt. Stille Nacht, Heilige Nacht, sangen Kinderstimmen. Er hatte alles überstanden, warum war er also so unruhig? Draußen schneite es, und er sehnte sich nach seiner Familie, aber er musste auch immer wieder an seine Besuche in der Sowjetunion denken, und er wünschte, er könnte sich daran erinnern, was damals passiert war. Aber alles lief ihm wie feiner Sand durch die Finger. Er glaubte, einen Erinnerungsfetzen gepackt zu haben, aber er war schon verschwunden, noch ehe er ihm wirklich ins Bewusstsein getreten war.

Er holte sich mehr Bier aus dem Kühlschrank und spielte mit dem Gedanken, Anne bei ihrer Mutter anzurufen. Der Albtraum war zu Ende, und jetzt wollte er mit seiner Familie Weihnachten feiern, wenn die ihm das gestattete. Und obwohl er wusste, dass nichts je wieder ganz so werden könnte wie vorher, so war er doch davon überzeugt, dass ein neuer Anfang möglich wäre. Sein Herz hämmerte wild drauflos, als ihm aufging, dass er immer Angst davor haben würde, dass jemand an seine Tür klopfte und fremde Männer Geheimnisse entlarven wollten, von denen er nicht einmal wusste, dass er sie besaß.

Leena Lehtolainen

Der weiße Prinz

«Ich habe sie nicht vergewaltigt. Sie hat selbst um Sex gebettelt.»

Diese Worte hatte Lasse Jokela bei den Vernehmungen mehrmals wiederholt. Im Gerichtssaal klang er genauso überzeugend. Ich hatte die Ermittlungen in der Vergewaltigungssache geleitet. Im Prinzip war es ein klarer Fall gewesen: Das mutmaßliche Opfer, eine Schriftstellerin namens Ilona Lumijoki, war direkt von dem Hotel, in dem sie laut eigener Aussage vergewaltigt worden war, zur Polizeiwache geeilt. Sie hatte Anzeige erstattet und sich dann einer ärztlichen Untersuchung unterzogen. Von dem Arzt hatte ich gehört, dass sie bei der Untersuchung geweint hatte.

Die ersten Vernehmungen sowohl des Opfers als auch des Tatverdächtigen hatte mein Kollege Koivu durchgeführt. Lumijoki hatte als Täter einen bekannten Schriftstellerkollegen benannt, der auch gleich zum Verhör gebeten wurde. Dabei hatte Lasse Jokela wohl zugegeben, mit Ilona Lumijoki Geschlechtsverkehr gehabt zu haben, eine Vergewaltigung jedoch bestritten. Während des Vorverfahrens hatten wir uns bemüht, den Fall geheim zu halten, als es aber zum Prozess kam, ließ sich der Medienrummel nicht mehr vermeiden. Die Parteien gehörten zu den bekanntesten Schriftstellern Finnlands.

Im Gerichtssaal herrschte Halbdunkel. Es waren nur noch

zwei Wochen bis Weihnachten, aber in Südfinnland war der Schnee bisher ausgeblieben. Ich wünschte mir weiße Weihnachten, das Wetter beeinflusste meine Stimmungen erheblich. Der Richter und die Staatsanwältin, meine Freundin Katri Reponen, wollten die Akte noch vor Weihnachten schließen. Das hofften sicherlich auch die Parteien.

Ilona Lumijoki war seit über zehn Jahren ein Dauerstar der finnischen Literatur. Sie hatte mit einem Roman über Teenagermütter debütiert, der anders als so viele Erstlinge nicht autobiographisch war. Die Themen von Ilonas Büchern waren Mutterschaft und weibliche Sexualität, und bei ihren erotischen Darstellungen nahm sie kein Blatt vor den Mund. Sie kleidete sich sexy, ihr Lachen war heiser, zeugte aber von Lebensfreude. Sie war Mutter von drei Kindern, führte ein gewöhnliches, fast langweiliges Leben, machte regelmäßig Stickwalking und war Elternratsvorsitzende in der Schule ihrer Kinder. In der Öffentlichkeit wurde aus ihr eine Erotik-Queen gemacht, obgleich sie versicherte, dass ihre Romane reine Fiktion waren.

«Könnte es sein, dass die Tussi sich die Vergewaltigung ausgedacht hat, nur um die Aufmerksamkeit der Medien auf sich zu lenken?», fragte mein Kollege Lähde, als wir in der Morgenrunde das Material aus dem Vorverfahren sichteten.

«Das wäre eher dem Mann zuzutrauen!», eiferte sich Anu. «Lasse Jokela ist ein echt öffentlichkeitsgeiler Typ.»

«Wie hieß noch mal sein Buch?», fragte Lähde, während er die Kulturseiten der Zeitungen überflog.

«Ein Fantasy-Roman, ‹Der weiße Prinz›. Der erste Teil ist im Herbst erschienen, die Fortsetzung folgt nächstes Jahr.» Koivu gähnte beim Sprechen.

«Ein Kinderbuch?» In Lähdes Stimme lag Verachtung. Richtige Männer schrieben nicht für Kinder.

«Eigentlich nicht. Ein bisschen in der Art wie die Narnia-Serie. Der Titelheld, der weiße Prinz, kämpft gegen die schwarze Königin und opfert sich für seine Mitmenschen auf.» Die christlichen Tugenden waren ein fester Bestandteil von Jokelas Phantasien. Anu hatte das Buch gelesen, weil sie sich erhofft hatte, dadurch die Person Lasse Jokela besser verstehen zu können. Auch ich hatte bemerkt, dass Jokela ein beliebter Gast in Talkshows und Zeitungsinterviews war. Er setzte sich für männliche Jugendliche ein, die in einer von Frauen dominierten Welt auf der Strecke blieben. Nach Jokelas Ansicht brauchten sie wenigstens in den Büchern das Vorbild eines starken Mannes.

Lasse Jokela war ein hoch gewachsener, breitschultriger Mann, eigentlich nicht dick, aber füllig. Wenn er wollte, konnte er sehr charmant sein, bei den Vernehmungen und im Gerichtsverfahren hatte er allerdings das Image des Bußfertigen gewählt.

«Ilona war betrunken. Sie hatte schon bei der Matinee zwei Bier getrunken und mindestens noch zwei weitere, bevor wir zu mir aufs Zimmer gingen. Der Vorschlag war von ihr gekommen, und es war mir recht, denn ich fühle mich in verqualmten Räumen generell unwohl. Sie setzte sich gleich auf mein Bett, und ich nahm im Sessel Platz.

Ich will nicht leugnen, dass ich Ilona anziehend fand. Sie kleidete sich bewusst sexy, wahrscheinlich weil sie denkt, das trage zur Vermarktung ihrer Bücher bei. Die Bücherwelt ist heutzutage sehr oberflächlich. Nein, ich habe ihre Texte nicht gelesen, ihre Themen interessieren mich nicht. Vielleicht hat meine Frau sie gelesen.»

Der ganze Gerichtssaal drehte sich nach Erja Jokela um, die auf der Empore saß. Sie wurde rot und schüttelte den Kopf. Jokela sah seine Frau schuldbewusst an. Ich fragte mich, warum die Frau sich das antat, freiwillig der Verhandlung beizuwohnen.

«Als Ilona ihr Bier ausgetrunken hatte, ging sie auf die Toilette. Ich empfand das als eine sehr intime Geste, ist doch die Toilette eines Hotelzimmers nur für dessen Bewohner da. Ich fragte mich, ob Ilona vielleicht vorhatte, über Nacht zu bleiben. Als sie zurückkam, warf sie sich mir in die Arme. Eins führte zum andern. Sie selbst riss sich die Bluse vom Leib und bat mich, sie zu beißen und grob zu behandeln. Ich dachte, sie hat das gern, und versuchte, ihre Wünsche zu erfüllen. Sehen Sie, es ist peinlich, das zuzugeben, aber ich habe kaum Erfahrung mit Frauen. Außer meiner Frau war Ilona die Einzige. Ich stamme aus einer religiös geprägten Familie. Natürlich bereue ich es, mich mit einer fremden Frau eingelassen zu haben, und dieser Skandal und das Polizeiverhör sind die gerechte Strafe für mich. Aber ich habe sie nicht vergewaltigt, ich schwöre bei Gott. Ich weiß nicht, warum Ilona Strafanzeige gestellt hat. Vielleicht hat sie es auf dem Heimweg mit der Angst zu tun bekommen, weil sie nicht wusste, wie sie ihrem Mann die zerrissene Bluse und die Beißspuren erklären sollte.»

Lasse Jokela klang glaubhaft. Die medizinischen Befunde bestätigten zwar, dass ein Geschlechtsakt stattgefunden hatte und dass das Sperma in Lumijokis Vagina von Jokela stammte, aber ihre Verletzungen konnten ebenso gut die Folge einer Vergewaltigung wie von sehr stürmischem Sex sein. Spuren in Ilonas Gesicht deuteten darauf hin, dass man versucht hatte, ihr den Mund zu stopfen. Jokela behauptete, sie habe selbst darum gebeten, erstickt zu werden.

Ilona Lumijokis Bericht klang anders.

«Im September wurde das fünfzigjährige Jubiläum der Gartenstadt Tapiola gefeiert, und die Bibliothek hatte zu einer

Matinee fünf Schriftsteller eingeladen, die so wie ich über Tapiola geschrieben hatten oder so wie Lasse dort geboren sind. Heute wohnt er in Jyväskylä. Nach der Veranstaltung quartierten sich die auswärtigen Schriftsteller im Hotel Tapiola Garden ein. Lasse und Jukka Auvinen beschlossen, auf einen Drink in die Hotelbar zu gehen, und ich schloss mich ihnen an, denn nach Auftritten habe ich immer großen Durst. Wir tranken Bier und unterhielten uns über dies und das. Jukka musste früh am nächsten Morgen zurück nach Stockholm, er ging schon nach dem ersten Bier. Ich wollte noch ein zweites, während Lasse zu Mineralwasser überging. Ich glaube, er trinkt kaum.

Für mich war es interessant, mit Lasse zu plaudern. Ich hatte natürlich den ‹Weißen Prinzen› gelesen – wer hat das nicht? – und wollte ihn fragen, was ihn zu diesem Roman inspiriert hatte. In der Bar war es recht laut geworden, und meine Stimme verträgt das Schreien nicht mehr. Lasse schlug vor, wir könnten uns in seinem Zimmer weiterunterhalten, er würde mir noch ein Bier aus seiner Minibar spendieren. Ich war einverstanden, sah darin nichts Ungewöhnliches. Lasse war ich bis dahin schon zweimal flüchtig begegnet, er wirkte sympathisch. Ich wusste, dass er eine Frau und zwei Kinder hatte, die so alt waren wie meine. So einem Mann konnte ich nicht misstrauen. Ich wollte wissen, ob die Journalisten ihn jemals gefragt hatten, wie er Familie und Schreiben unter einen Hut kriege, so wie es Schriftstellerinnen immer gefragt werden. Wir sprachen über alles, was mit den Themen unserer Bücher zu tun hatte. Mich interessierte am Frauenbild des ‹Weißen Prinzen›, dass die starken Frauen regelmäßig bestraft wurden. Lasse behauptete, das sei ihm nicht bewusst, aber ich glaubte ihm nicht.

Ich trank mein Bier aus und ging auf die Toilette. Ich spürte, dass es Zeit war zu gehen. Ich dankte Lasse für den schönen Abend, zog meinen Mantel an und umarmte ihn. Er aber ließ mich nicht los und küsste mich heftig. Ich fragte ihn, was er vorhabe, und er erklärte mir, ich gehe nirgendwohin, wir seien noch nicht fertig miteinander.

Ich sagte, ich sei nur in sein Zimmer gekommen, um ein Bier zu trinken und mich mit ihm zu unterhalten, aber er drang mit seiner Zunge so heftig in meinen Mund ein, dass ich nicht mehr sprechen konnte. Da bekam ich es mit der Angst zu tun. Lasse ist groß und stattlich, ich würde mich gegen ihn nicht durchsetzen können. Ich schrie und wehrte mich, aber das stachelte ihn nur noch mehr an. Ich konnte nicht glauben, dass mir niemand zu Hilfe kam. Wir waren doch in einem Hotel, unter Menschen. Aber Lasse war schon dabei, mir die Bluse vom Leib zu reißen, und schubste mich brutal aufs Bett. Er kümmerte sich nicht darum, dass ich ihm das verbot, sondern drang unbeeindruckt in mich ein. Das war die schlimmste Erfahrung meines Lebens. Ich hätte nie gedacht, dass mir so etwas passieren könnte.»

«Nach alldem waren Sie jedoch in der Lage, rational zu handeln, Sie nahmen sich ein Taxi zur Polizeiwache und gaben eine Strafanzeige auf. Offenbar standen Sie nicht völlig unter Schock», kommentierte Lasses Anwalt. Ilona sah ihn mit offenem Mund an. Vor Gericht trug sie einen korrekten, dunkelgrauen Hosenanzug, und das schwarze Haar war zu einem Knoten geschlungen. Natürlich hatte ihre Anwältin ihr geraten, möglichst nicht wie eine Verführerin auszusehen.

«Ist es ein belastender Umstand, dass ich so handle, wie jedes Opfer eines Verbrechens es tun sollte? Ich habe auch über Vergewaltigungen geschrieben, und damals habe ich mich mit Polizisten darüber unterhalten, dass die Frauen meistens den Fehler begehen, nach dem Verbrechen nach Hause zu flüchten, um sich zu waschen. Das hätte ich auch gern getan, weiß Gott! Die ärztliche Untersuchung war wie eine zweite Vergewaltigung.»

Ilona zitterte, als sie zu ihrem Platz zurückkehrte. Nach ihr waren die Zeugen an der Reihe. «Viele Frauen hegen Phantasien, unterworfen zu werden», sagte ein Sexualwissenschaftler, den die Verteidigung in den Zeugenstand gerufen hatte. «Nur sind solche Phantasien nicht mit den Regeln der modernen Gesellschaft konform, deshalb werden sie tabuisiert. Es ist normal, wegen seiner sexuellen Bedürfnisse Schuldgefühle zu haben. Aber es ist unnötig», fügte der bärtige Mann pathetisch hinzu.

Mein eigener Auftritt als Leiterin der Ermittlungen ging rasch über die Bühne. Katri verlangte nach meiner Meinung über die Glaubwürdigkeit von Klägerin und Angeklagtem, obwohl sie wusste, dass ich nicht Partei ergreifen durfte.

«Ilona Lumijoki hat bei den Vernehmungen wiederholt dieselben Worte gebraucht, wenn sie von der Vergewaltigung berichtete, und nach meiner Erfahrung wandelt ein Zeuge, der lügt, seinen Bericht häufiger ab als einer, der nicht lügt», war alles, was ich sagen konnte.

Vor Gericht standen nur Ilonas und Lasses Aussagen gegeneinander. Natürlich gab es Zeugen: der Schriftstellerkollege, nach dessen Aussage Ilona an jenem Abend sowohl mit ihm als auch mit Lasse geflirtet und in raschem Tempo getrunken hatte, die Mitarbeiter des Verlags, die über das Geschehene entsetzt waren und nicht wussten, wem sie glauben sollten, Lasses Freunde, die seine Rechtschaffenheit bezeugten, und Ilonas Freunde, die angaben, sie flirte gern, gehe aber nicht fremd. Zwei Geschichtenerzähler standen sich gegenüber, zwei professionelle Lügner. Die Beweise stützten beider Aussagen. Gegen Ilona sprach, dass niemand ihr Schreien gehört hatte. Wir hatten das Hotelpersonal und die Gäste, die wir erreicht hatten, verhört. Das Hotel war relativ leer gewesen, das eine Nachbarzimmer war nicht vergeben worden, und der Gast, der das andere Zimmer bewohnt hatte, war unter falschem Namen aufgetreten. In der Kauppastraße zehn in Tampere wohnte kein Mann namens Jarmo Vähälä, der ein Nichtraucher-Doppelzimmer bezahlt und behauptet hatte, beruflich unterwegs zu sein. Das Hotelpersonal erinnerte sich, dass sich die Begleiterin des Mannes im Hintergrund gehalten hatte.

Die Redakteure der Tageszeitungen stellten eigene Nachforschungen an. Sie versuchten, die geheimnisvollen Gäste des Nachbarzimmers aufzuspüren, und machten frühere Partner Ilonas ausfindig. Der Mann, den Ilona verlassen hatte, als sie ihren Ehemann kennen gelernt hatte, erzählte offen von ihrer Neigung zu derbem Sex. «Sie hatte es gern, gebissen zu werden», verkündete eine Schlagzeile. Der Schulfreund, der ihr die Unschuld genommen hatte, berichtete einer Wochenzeitung, die von Prominentenklatsch lebte, in aller Ausführlichkeit über ihre Entjungferung.

Ilona war nicht in der Lage, auf die Straße zu gehen oder zu schreiben. Ihr Mann erledigte die Einkäufe und brachte die Kinder zu ihren Nachmittagsveranstaltungen. Die Zeitungen waren voller Bilder von Ilona in weit ausgeschnittenen Blusen, mit rot geschminkten Lippen und verführerischem Blick. Ilonas Verleger hatte immer großes Interesse an solchen Bildern gezeigt. Der Fall teilte die Finnen in zwei Lager, und es wurde heiß über die Definition von Vergewaltigung diskutiert. Viele waren der Ansicht, dass Frauen oft ihre Reize zur Schau stellten, ohne sich darüber im Klaren zu sein, was für Konsequenzen dies nach sich ziehen konnte.

Ich war im Gerichtssaal, als das Urteil verkündet wurde.

Lasse Jokela wurde aus Mangel an Beweisen freigesprochen. Seine Miene war triumphierend. Ilona bedeckte sich das Gesicht mit den Händen. Ich bemerkte, dass die Staatsanwältin Katri Reponen erbost war. Sie hatte mit dem Urteil gerechnet, als sie gehört hatte, dass der Vorsitzende in diesem Fall Arto Asikainen sein würde, ein altehrwürdiger Richter, der sich dem Rentenalter näherte und mit seinen Urteilen sehr zurückhaltend war. Leider hatte Katri Recht behalten.

Ich holte Ilona in der Aula des Gerichtsgebäudes ein, als sie gerade versuchte, sich durch die Menge der Journalisten zu kämpfen. Ich fasste sie am Arm und führte sie ins Innere des Gebäudes einen Weg entlang, den Katri mir beschrieben hatte. Vielleicht konnte sie durch eine Hintertür entkommen.

«Wirst du Beschwerde gegen das Urteil einlegen?» Ilona schüttelte den Kopf, ihr Blick war leer.

«Die Kraft habe ich nicht. Alles erneut durchzukauen wäre so, als müsste ich es noch einmal erleben. Dieser Prozess – ich schreie um Hilfe, aber niemand hört mich. Man hat meine Würde verletzt, man durfte mich einfach vergewaltigen, und niemand tut etwas.»

«Es würde mich nicht wundern, wenn die Staatsanwältin Beschwerde einlegt.»

«Egal. Ich will, dass diese Quälerei endlich aufhört. Am liebsten würde ich wegfahren, aber die Kinder müssen in die Schule, und ich will sie nicht allein lassen. Sie geben mir gerade sehr viel Kraft. Was meinst du, wie man sie fertig gemacht hat wegen dieser Geschichte? Das ist das Allerschlimmste.»

Wenn jemand zufrieden war mit dem Skandal, dann Ilonas Verleger. Er hatte eiligst Neuauflagen ihrer Bücher drucken lassen, die sofort auf die Bestsellerlisten sprangen. Auch das veranlasste Zyniker zu der Annahme, dass Ilona die Vergewaltigung inszeniert hatte, um ihre Popularität zu steigern.

«Soll ich dich nach Hause bringen?»

«Ja, bitte. Ich musste vor der Verhandlung Beruhigungsmittel nehmen und trau mich nicht zu fahren.»

Mit dem Fahrstuhl fuhren wir in die Parkhalle hinunter, wo mein Wagen stand. Ich riet Ilona, sich zu ducken, bevor wir die Halle verließen. Wahrscheinlich würde die Meute der Reporter bald ihr Haus belagern. Als wir im Stadtteil Tontunmäki in Ilonas Straße einbogen, war diese voll geparkt mit Autos.

«O nein! Sanni und Aino sind schon aus der Schule gekommen, sie haben bestimmt Angst! Ich habe ihnen gesagt, dass sie Fremden nicht die Tür öffnen dürfen, wenn ihre Eltern nicht zu Hause sind.»

Ich versprach Ilona, sie ins Haus zu begleiten. Ich fuhr direkt auf den Hof, aber die Ankunft meines Polizeiautos versetzte die Reporter noch mehr in Aufregung, sodass ich Schwierigkeiten hatte, mich durch Kameras und Mikrophone hindurchzukämpfen.

«Kann man mir diese lästigen Reporter nicht vom Leibe halten?», fragte Ilona sichtlich angespannt, während sie die Tür aufschloss. «In einer halben Stunde holt mein Mann Taavi vom Fußballtraining ab, dann kommen sie gemeinsam nach Hause. Könnte man die Meute da draußen nicht vorher loswerden? Jukka hat schon genug unter alldem gelitten und wird jetzt unverdient für einen Hahnrei gehalten. Er war mir eine große Stütze, aber irgendwo hat auch er seine Grenzen.»

Natürlich taten die Fotografen und Reporter nur ihre Arbeit, wenn sie zu verhindern versuchten, dass wir ins Haus gelangten. Als wir endlich die Tür hinter uns zugekriegt hatten, brach Ilona in Tränen aus. Zwei Mädchen, die um die zehn Jahre alt sein mochten, kamen in den Flur. Beide fingen beim Anblick ihrer weinenden Mutter an zu zittern.

«Mutti, was ist passiert? Warum sind da draußen so viele Leute?»

Ilona konnte eine Weile nicht antworten, sie breitete nur die Arme aus, und die Mädchen liefen zu ihr. Ich sah auf die Uhr. Tanelis und Iidas Tagesstätte würde in einer halben Stunde schließen, und mein Mann Antti war auf Dienstreise in Vaasa. Vielleicht würde Ilona mit Hilfe ihrer Kinder zurechtkommen. Ich drängelte mich durch die Meute der Reporter hindurch und weigerte mich, das Gerichtsurteil zu kommentieren.

Auf dem Heimweg ging ich noch schnell in die Buchhandlung, wo ich Weihnachtsgeschenke für meine Eltern, die Familien meiner Geschwister und für Anttis Angehörige kaufte. Zum Glück bekam ich alles in einem Geschäft. Als die Kinder eingeschlafen waren, packte ich die Bücher in Geschenkpapier ein und kritzelte auf Englisch unbeholfene Wünsche auf Weihnachtskarten. So hatte ich es schon als Schülerin gemacht. Weihnachten würden wir bei Anttis Mutter in Inkoo verbringen, dort war es immer sehr schön. Die Familie von Ilona Lumijoki hingegen würde in diesem Jahr kein besonders fröhliches Fest haben.

Zwei Tage später sah ich Jokela in der neuesten Talkshow des dritten Programms. Die Sendung hieß «Männerenergie», und es ging darin um typisch männliche Themen: Autos, Sex und Sport. Der Moderator und Jokela hielten es für eine Heldentat des Richters, dass er Jokela vom Vorwurf der Vergewaltigung freigesprochen hatte.

«In solchen Fällen sind Männer völlig ausgeliefert, denn die Frauen können behaupten, was sie wollen. Das Vortäuschen von sexueller Belästigung ist eines der wirksamsten Mittel der Frau, die Karriere eines Mannes zu zerstören. Ich bin natürlich nicht stolz darauf, dass ich meine Frau betrogen habe, aber wir haben uns ausgesprochen wie zwei erwachsene Menschen, die einander lieben. Hoffentlich schafft das Ehepaar Lumijoki dies auch», schwafelte Jokela. Ich konnte mich nicht beherrschen und schleuderte den Abwaschlappen gegen den Fernseher.

Am Samstag vor Heiligabend setzte ein starker Frost ein, das Thermometer erreichte mit minus achtzehn Grad seinen bisherigen Tiefstand. Ich fuhr nach Helsinki, um die letzten Weihnachtsgeschenke zu besorgen. Im Bus war es zum Ersticken heiß, und das Gedränge gab mir einen Vorgeschmack von dem, was mich in der Innenstadt erwarten würde. Schon jetzt schauderte es mich. Mein Handy klingelte, als der Bus Tapiola erreichte.

«Hier Koivu, grüß dich. Im Antreaweg ist eine Leiche gefunden worden. Ein Mann um die vierzig, die Erstversorgungsgruppe vermutet eine Messerstecherei. Die Tatwaffe wird noch gesucht. Der Mann ist offenbar seit vergangener Nacht tot.»

«Ist seine Identität bekannt?»

«Ja. Fahr jetzt nicht in den Straßengraben.»

«Ich bin im Bus. Und?»

«Der Schriftsteller Lasse Jokela. Der Fundort der Leiche ist nur zwei Häuserblocks von Ilona Lumijokis Haus entfernt.»

«Verdammt!» Ich drückte auf den Halteknopf. «Ich steig aus und komme sofort. Hol alle Infos der Spurensicherung ein, wir erörtern dann gemeinsam die Lage. Was hat Jokela in Espoo gemacht?»

«Das wissen wir noch nicht. Die Kollegen aus Jyväskylä benachrichtigen gerade seine Frau, vielleicht kann sie etwas dazu sagen.»

Sollte Ilona es fertig gebracht haben, Selbstjustiz zu üben, oder vielleicht sogar Jukka, ihr Mann? Es konnte kein Zufall sein, dass Jokela nur wenige hundert Meter von ihrem Haus entfernt gestorben war. Ilonas Sohn Taavi war dreizehn, auch ihn konnte man nicht gänzlich außer Betracht lassen. Ich erwischte in Tapiola ein Taxi und fuhr nach Laajalahti. Die Leiche lag am Rand eines Parks, die kriminaltechnische Ermittlung machte gerade die letzten Aufnahmen. Außer Koivu war auch Puupponen eingesprungen, Puustjärvi hielt auf der Wache die Verbindung zu den Kollegen in Jyväskylä.

Lasse Jokelas Leiche war schon halb eingeschneit. Er trug einen halblangen Lammfellmantel und Samthosen, hatte keine Kopfbedeckung. Im Umkreis von einem Meter waren Blutspritzer zu sehen. Der Pathologe würde feststellen müssen, ob die eigentliche Todesursache Blutverlust oder Erfrieren gewesen war. Meine Zehen krallten sich ein, ich hatte nur leichte Winterschuhe für die Stadt an.

«Ich gehe jetzt gleich und rede mit Ilona und ihrer Familie. Ruft mich an, wenn ihr wisst, warum Jokela in Espoo war», sagte ich zu Koivu, der nickte. Ich ging auf dem schneebedeckten Bürgersteig in die Richtung von Ilonas Haus. Für die kleinen Seitenstraßen reichten die Schneepflüge nicht aus; es war schon gut, wenn es heutzutage gelang, die Hauptstraßen passierbar zu machen. Um die Bürgersteige schien sich niemand zu kümmern.

Der Schnee auf dem Hof wirkte unberührt. Durch die Fenster war kein Licht zu sehen. Ich klingelte zweimal. Die Jalousien am Fenster neben der Haustür waren heruntergelassen, ich bemerkte, dass sie sich bewegten. Ich klingelte ein drittes Mal. Eine halbe Minute später öffnete Ilona die Tür.

Sie hatte sich in ein schlurfendes Gespenst verwandelt. Die Kleider hingen an ihr herab, ihr Gang wirkte schleppend, die Augen betrachteten etwas, was sie nicht sehen wollten.

«Hallo, Ilona. Ich muss dir ein paar Fragen stellen.»

«Ist die Sache nicht endlich erledigt? Ich habe doch beschlossen, keine Beschwerde einzulegen.»

«Es geht um etwas anderes. Kann ich reinkommen?»

Ilona antwortete nicht, ging nur zurück in die Kuche. Auf dem Tisch stand ein halb ausgetrunkener Becher Kaffee, die Maschine war angeschaltet. Ich schaute mich kurz um. Außer dem Adventskalender an der Kühlschranktür deutete nichts auf das bevorstehende Weihnachtsfest hin. Ilona setzte sich an den Tisch und bedeutete mir, mich ebenfalls zu setzen. Ich kam direkt zur Sache.

«Wo warst du letzte Nacht?»

«Letzte Nacht? Hier zu Hause. Vermutlich. Vielleicht habe ich sogar ein wenig geschlafen.»

«Hast du Zeugen?»

«Nein … Juha und die Mädchen sind in Salo zum Geburtstag von Jukkas Mutter und liefern dort ihre Weihnachtsgeschenke ab. Ich war nicht in der Lage … Meine Schwiegermutter würde mir sowieso nicht glauben …» Ilonas Hände zerpflückten die Küchenpapierrolle, während sie sprach. Mein Handy klingelte.

«Hallo, hier Koivu. Jokela hat gestern wohl einen Auftritt in der Akademischen Buchhandlung in Helsinki gehabt. Er sollte mit dem letzten Zug nach Hause kommen. Seine Frau hatte schon die Polizei in Jyväskylä verständigt.»

«Hatte er vorgehabt, Ilona zu treffen?»

«Jokelas Frau sagt, davon sei nicht die Rede gewesen. Sie wollten die ‹unliebsame Episode›, wie sie sich ausdrückte, vergessen. Sie selbst hat ein Alibi. Eine Freundin aus Kokkola war über Nacht bei ihr zu Besuch. Beide haben vor Sorge kein Auge zugetan.»

«Ist der Tote bestohlen worden?»

Koivu kam nicht dazu zu antworten, weil Ilona, die mit großen Augen meine Repliken angehört hatte, zu schreien begann:

«Ist Jokela tot? O mein Gott!» Ich legte auf, Koivu kam auch ohne mich zurecht. «Fragt ihr *danach*? Glaubt ihr, dass ich …»

«Die Leiche von Lasse Jokela wurde heute Morgen zwei Häuserblocks entfernt von hier gefunden. Was habt ihr für Messer im Haus?» Ich sah mich in der Küche um. Auf dem Tisch lag ein gewöhnliches Brotmesser von Fiskars. Ich öffnete die Schubladen und fand ein Pilz- und Obstmesser, ein Fischmesser sowie ein Messer mit Sägeschliff zum Schneiden von weichem Brot. Ich würde sie mitnehmen und untersuchen lassen müssen. Da ich zum Einkaufen meinen Spurensicherungskoffer nicht mitgenommen hatte, hatte ich keine Plastikhandschuhe und Griptüten dabei. Die Kriminaltechnik müsste welche mitbringen.

«Hast du gestern Lasse Jokela getroffen?»

«Nein! Ich will den Mann nie mehr sehen. Jetzt sollte ich wohl froh darüber sein, dass er tot ist, aber … Ja, ich muss natürlich meine Worte gut abwägen. Ist dies ein polizeiliches Verhör?»

«Noch kein offizielles. Wie hat dein Mann das Gerichtsurteil aufgenommen?»

«Jukka? Er war sehr enttäuscht von mir. Aber er hat ein Alibi. Er ist in Salo und hat zuletzt heute Morgen angerufen.»

Von Salo nach Espoo fuhr man nur eine knappe Stunde, Jukka Lumijokis Alibi würde man prüfen müssen. Ilona hatte niemanden, der für sie aussagen könnte. Sie hatte ihren Mann abends gegen neun Uhr angerufen, dann, wie sie sagte, einen ordentlichen Kognak getrunken und eine Diapam genommen und sich schlafen gelegt. Dafür stand nur ihre eigene Aussage.

Als Nächster rief Puupponen an.

«Hör mal, hier am östlichen Ende des Antreawegs hat sich ein blutiges Messer gefunden, die Hunde haben es aufgestöbert. Mit etwas Glück können wir Fingerabdrücke entnehmen. Zwei Leute haben Jokela gestern gesehen, und ein Taxifahrer in Helsinki erinnert sich, dass er einen Mann, auf den die Beschreibung Jokelas zutrifft, gestern Abend gegen halb zehn an einer Bushaltestelle in Laajalahti abgesetzt hat. Die Fahrt hatte am Bahnhof Pasila begonnen. Jokela war leicht angetrunken und allein im Taxi.»

Die Sache kam voran, und das war tröstlich. Ich wollte Ilona nicht festnehmen und vereinbarte ein offizielles Verhör für den nächsten Tag. Dafür würde mein Sonntag draufgehen, den ich für Weihnachtsvorbereitungen eingeplant hatte. Ich hätte zu Hause bleiben können, weil ich nur Bereitschaftsdienst hatte, aber bei Ilonas Verhör wollte ich unbedingt dabei sein. Die Supermärkte waren auch sonntags geöffnet, und so konnte ich noch vor der Arbeit Weihnachtsgeschenke für die Kinder besorgen. Die für Antti würde ich wieder erst in letzter Minute kaufen.

Zu Hause waren Iida und Antti beim Pfefferkuchenbacken, und Taneli störte sie nach besten Kräften. Das Telefon klingelte alle naslang, ständig bekam ich neue Informationen. Die anderen Mitglieder der Familie Lumijoki hatten ein wasserdichtes Alibi. Lasse Jokela hatte gegen sieben die Buchhandlung verlassen und war mit seinem Verleger ins Kosmos essen gegangen. Die Veranstaltung war sehr gut besucht gewesen, denn alle wollten den «Weißen Prinzen» sehen, der wie der Held seines Buches eine niederträchtige Frau aufs Kreuz gelegt hatte. Jokela war böse geworden, als ihn jemand darum bat, Ilona Lumijokis neuestes Buch zu signieren. Sein Zug war kurz vor neun gegangen, der Verleger hatte gesehen, wie der Schriftsteller eingestiegen war.

«Er hat es sich also vor Pasila anders überlegt. Sagen seine Telefonverbindungen irgendetwas aus?»

«Er hat aus dem Kosmos seine Frau angerufen, danach hat er keine Gespräche mehr geführt», wusste Puupponen. «Vielleicht hat ihn im angetrunkenen Zustand die Weihnachtsstimmung überkommen, und er beschloss, Lumijoki um Verzeihung zu bitten.»

«Auch das ist eine Theorie. Wir sehen uns morgen bei der Vernehmung. Um zwei.»

«Ich wollte Weihnachtseinkäufe machen!»

«Damit sollte man nicht bis zur letzten Minute warten.»

«Für meinen Neffen muss ich irgend so ein Computerspiel und für meine Mutter eine CD von Jari Sillanpää besorgen.» Ich ließ Puupponen seinen Kummer über die Geschenke bei mir abladen. Er kam mir auf gesunde Weise alltäglich vor und lenkte mich für kurze Zeit von dem Mord ab. Die Pfefferkuchen dufteten wunderbar, ich schnappte mir einen vom Blech und ging.

Ilona erschien pünktlich zur Vernehmung. Sie sah so aus, als würde ihr das Sandmännchen immer noch keine regelmäßigen Besuche abstatten. Sie hatte sich bemüht, die dunklen Ringe unter den Augen abzudecken, aber das Make-up hatte sich bei den Tränensäcken zusammengeklumpt. Ilona versicherte wieder und wieder, sie habe keine Ahnung gehabt, dass Jokela am Freitagabend in der Nähe ihrer Wohnung war. Ich hatte Koivu gebeten, in der Zwischenzeit zu den Lumijokis zu fahren und die anderen Familienmitglieder nach dem Messerbestand zu fragen. Falls Ilona die Mörderin war, wusste sie, welche Waffe sie benutzt hatte, die anderen nicht. Die

Ergebnisse der Untersuchung der Fingerabdrücke sollten am Montag vorliegen. Zum Abschluss der Vernehmung bat ich auch Ilona um ihre Fingerabdrücke.

«Das ist unglaublich! Funktioniert so das finnische Rechtssystem? Die Vergewaltiger dürfen frei herumlaufen, und aus Unschuldigen werden Mörder gemacht. Ich war der Meinung, ich hätte eine lebhafte Phantasie, aber mit der Realität kann sie es nicht aufnehmen», entrüstete sie sich. Ihre Wut schien mir eine gesündere Reaktion zu sein als ihre Niedergeschlagenheit.

Nach der Vernehmung ging ich mit Puupponen Weihnachtseinkäufe tätigen. Er half mir, für Antti einen neuen Pullover auszusuchen, und ich machte dafür einen passenden Vorschlag zu einem Geschenk für seine Schwester: Jede Frau würde sich mehr über eine luxuriöse Serie von Duschprodukten freuen als über die Bratpfanne, die Puupponen in Erwägung gezogen hatte. Ich wunderte mich über mich selbst. Noch fünf Tage bis Weihnachten, und ich hatte schon alle Geschenke gekauft! Vielleicht lernte der Mensch mit den Jahren wirklich etwas dazu.

Bei der Besprechung am Montagmorgen erörterten wir die Lage. Die Obduktion hatte ergeben, dass Jokelas Tod durch Blutverlust eingetreten war. Das Messer hatte sowohl der Milz als auch der Lunge verheerende Verletzungen zugefügt, und Jokela hätte auch dann nicht gerettet werden können, wenn man ihn sofort ins Krankenhaus gebracht hätte.

«Jetzt lasst uns noch abwarten, ob das Blut an dem Messer, das auf der Straße gefunden wurde, mit Jokelas übereinstimmt. Wenn wir erst die Mordwaffe haben, wird sich der Rest auch noch klären. Dann kriegen wir die Sache vor Weihnachten in trockene Tücher.»

«Und zu Jahresbeginn müssen wir wieder die Fälle von

Gewalt in der Familie untersuchen», bemerkte Puupponen finster. In unserem Beruf konnte man schon mal etwas sarkastisch werden.

«Genau. Puupponen und Puustjärvi, haltet euch bereit. Wenn sich an dem Messer identifizierbare Fingerabdrücke finden, müsst ihr euch auf die Suche begeben. Die anderen machen weiter wie bisher.»

Kaum war ich von der Besprechung wieder in mein Zimmer gekommen, als das Telefon klingelte. Die Dame an der Zentrale fragte, ob sie das Gespräch zu mir oder zu Koivu durchstellen solle. Eine Frau namens Susanna Hakanen wollte mit der Polizistin sprechen, die im Mordfall Lasse Jokela ermittelte. Ich nahm das Gespräch an.

«Hallo, hier spricht Susanna Hakanen aus Kirkkonummi. Ermitteln Sie in dem Mord an dem Schriftsteller … dem Vergewaltiger?»

«Ich bin zuständig für die Ermittlungen im Todesfall Lasse Jokela. Worum geht es?»

«Es ist so schrecklich! Wir waren dort, aber wir konnten nicht aussagen, weil … Und jetzt hat die arme Frau ihren Vergewaltiger umgebracht!»

«Was meinen Sie damit?»

«Wir waren dort, ich und Jarmo. Jarmo Itälä, mein Liebhaber. Jarmo hatte einen Betriebsausflug vorgegeben, und ich hatte zu Hause erzählt, dass ich einen Badeurlaub machen würde. In Wirklichkeit waren wir eine Nacht im Hotel Tapiola Garden auf der Flucht vor unseren Familien, aber das darf unter keinen Umständen rauskommen. Ich dachte zuerst, ich muss es der Polizei sagen, aber dann … Ich dachte, der Mann wird auch ohne uns verurteilt.»

«Waren Sie im Tapiola Garden im Zimmer 302 in der Nacht vom fünften auf den sechsten September?»

«Ja. Jarmo hatte das Zimmer für uns gebucht und einen falschen Namen und eine falsche Adresse angegeben. Wir können es uns nicht leisten, erwischt zu werden! Wir haben beide kleine Kinder und …»

«Es wäre bestimmt das Beste, wenn wir uns persönlich unterhalten könnten. Wann können Sie zur Vernehmung auf die Polizeiwache Espoo kommen?»

«Mein Gott, können wir das nicht am Telefon klären? Ich bin Lehrerin, meine Kinder kommen zur gleichen Zeit aus der Schule wie ich. Ich kann sie nicht allein lassen. Und meinem Mann kann ich unmöglich sagen, dass ich zu einer polizeilichen Vernehmung gehe!»

«Ich würde meinen, dass es zur Zeit der Weihnachtseinkäufe leicht ist, von zu Hause fortzukommen.» Antti war dran, die Kinder von der Tagesstätte abzuholen, ich könnte den Arbeitstag ganz gut etwas verlängern. «Geht halb fünf? Ich könnte auch zu Ihnen nach Hause kommen, aber das wollen Sie vielleicht nicht.» Ich war wütend auf Susanna Hakanen. Warum hatte sie nicht geredet, als alle Parteien noch am Leben waren und das falsche Urteil noch nicht verkündet?

Die Ergebnisse der Laboruntersuchungen kamen am Nachmittag. Es war keine Überraschung, dass das Blut an der Tatwaffe mit dem von Jokela übereinstimmte. Das Resultat der Fingerabdrücke dagegen war eine Enttäuschung. An dem Messer fand sich eine sehr klare Spur, aber sie hatte in keinem Archiv eine Entsprechung, weder im Strafregister noch unter den Daten der Personen, die im Zusammenhang mit diesem Verbrechen gehört worden waren. Die DNA-Analysen würden länger dauern. Die Familie Lumijoki hatte nach eigenen Angaben kein Messer besessen, das der Mordwaffe glich. Trotzdem konnten wir es uns nicht erlauben, Ilona aus dem Kreis der Verdächtigen auszuschließen.

Um Viertel nach vier traf Susanna Hakanen auf der Polizeiwache ein und fragte nach mir. Ich hatte Koivu gebeten, an der Vernehmung teilzunehmen. Hakanen wurde der Raum Nummer zwei zugeteilt, der dürftigste und scheußlichste aller Vernehmungsräume. Sie war eine zierliche Frau, kleiner als ich, und wirkte überhaupt nicht wie eine Abenteurerin, sondern wie eine ganz normale Lehrerin, mit sportlichem Outfit und kurzem dunklem Haar. Ihr Geliebter war ebenfalls Lehrer, sie hatten sich im Frühjahr bei einer Fortbildung für Unterstufenlehrer mit dem Fach Sport kennen gelernt. Es war eine gewöhnliche Liebesgeschichte zwischen zwei Menschen, die Familie hatten, voller Sehnsucht, Lügen und schlechtem Gewissen. Susanna fürchtete die Wut ihres Mannes und ihres Geliebten, aber sie konnte nicht länger schweigen.

«Wir waren kurz davor einzuschlafen, als aus dem Nachbarzimmer Schreie herüberdrangen. Zuerst konnten wir nichts verstehen, aber dann schrie die Frau so laut, dass ich hörte, wie sie verlangte, ein Lasse solle aufhören. Der Mann antwortete, aber die Stimme war so tief, dass ich nicht verstand, was er sagte. Ich stand vom Bett auf, zog mir den Mantel über und ging auf den Korridor hinaus, um zu horchen. Die Frau schrie immer noch ‹hör auf›, aber der Mann sagte ‹verdammt, sei still›, und dann verstummte die Frau. Ich hätte gern den Empfang angerufen, aber Jarmo hatte es mir verboten. Der verdammte Feigling!»

«Warum haben Sie nicht längst ausgesagt?»

«Wegen Jarmo. Er hat gesagt, dass seine Frau sich umbringe, wenn sie erfahre, was er getan hat. Ich weiß, dass Jarmo ein Feigling ist. Und ich bin es auch. Mit einer Teilzeitstelle und zwei kleinen Kindern würde ich es nicht schaffen, die Miete für die Wohnung zu bezahlen. Sie wissen bestimmt, dass gemeinsame Schulden die Menschen mehr verbinden als irgendetwas sonst. Mein Mann hat jetzt immerhin eine feste Arbeit, er ist Zahnarzt.»

Koivu und ich wechselten einen Blick. Wenn der Mensch wollte, fand er immer etwas, womit er sich verteidigen konnte.

«Und ich konnte mir nicht vorstellen, dass der Mann freigesprochen würde. So ein Mistkerl, dem sah doch jeder an, was er für einer war!»

«Wo waren Sie letzten Freitagabend?»

Ich sah, dass meine Frage Koivu überraschte, aber auch Susanna Hakanen war völlig perplex. «Zu Hause. Wir, das heißt die Kinder, meine Freundin Marja und ich haben zusammen Weihnachtsmobiles aus Stroh gebastelt und dabei Glühwein getrunken.»

«Kann ich die Kontaktdaten Ihres Freundes haben?»

«Sie verdächtigen doch nicht etwa mich … Herr im Himmel!»

Ich zwang Hakanen, mir die Daten ihres Freundes herauszugeben, die Polizei in Tampere würde ihn dann vernehmen können. Eine andere Frage war, ob die Wahrheit noch irgendetwas nützen würde. Hakanens Aussage bestätigte nur Ilonas Motiv. Es wäre Ironie des Schicksals, wenn sie aus Mangel an Beweisen ohne Strafe für den Mord davonkäme, so wie ihr Vergewaltiger.

«Oje!», seufzte ich Koivu gegenüber, als Hakanen gegangen war. «Zeig mir wenigstens einen, der sich nicht irgendwie hineingeritten hat.»

Koivu zeigte auf sich, und darüber musste ich lachen. Es stimmte, dass er eine glückliche Ehe führte, sein Sohn Juuso war gesund, und die Arbeit ging ihm gut von der Hand. Früher hatte ich mir jedoch so oft seine Beziehungsprobleme anhören müssen, dass ich die Beispielhaftigkeit, die er nun für sich in Anspruch nahm, nicht so ohne weiteres schlucken wollte.

Ich rief Katri Reponen an und erzählte ihr von der neuen Zeugin. Sie regte sich noch mehr auf als ich.

«Was für Feiglinge! Kann man denn gegen einen toten Mann Anklage erheben?»

«Ilona hat noch Zeit, in die Berufung zu gehen. Erzähl ihr von den neuen Zeugen.»

«Wie stark ist dein Verdacht, dass gerade sie Jokela umgebracht hat?»

«Ich habe keinen Beweis, aber diese neuen Zeugen bestätigen ihr Motiv. Verflixt!»

Dasselbe sagte Anu, als ich mit ihr sprach, bevor ich von der Arbeit nach Hause ging. Koivu hatte ihr bereits von den neuen Zeugen erzählt.

«Wir sind gescheitert», sagte sie und meinte mit «wir» Polizei und Justiz. «Der eine ist tot, die andere ist vielleicht die Mörderin oder zumindest arbeitsunfähig, und diese verdammten Zeugen muss man vor der Medienhölle schützen. Ich glaube, ich gründe ein vietnamesisches Restaurant. Machst du die Kellnerin?»

«In dem Job sind die Arbeitszeiten noch schlechter», grinste ich. Es war gut, das Gefühl der Machtlosigkeit mit den Kollegen teilen zu können.

Am Abend war ich gerade dabei, Taneli ins Bett zu bringen, als das Telefon klingelte. Antti sah mich missbilligend an, als ich abnahm, denn ich hatte Iida noch nicht das Abendmärchen vorgelesen.

«Hallo, hier Koskinen vom Polizeigefängnis. Vorhin wurde ein Typ in verwirrtem Zustand eingeliefert, der sich offenbar Heroin gespritzt hat. Er hat mit einem Messer in der Hand im Heikki-Markt randaliert. Keine Opfer.»

«So?», fragte ich ungeduldig, Störungen der öffentlichen Ordnung gehörten nicht in unser Ressort.

«Der faselt was von einem weißen Prinzen. Da fiel mir der Mord an dem Schriftsteller ein.»

«Ach so. Nimm zum Vergleich die Fingerabdrücke. Haltet den Mann wach, ich bin in einer Stunde da. Danke, Koskinen.»

«Immer zu Diensten.»

Ich beorderte Puupponen, mich zu begleiten. Der Mann hatte keine Familie und war leichter abkömmlich als Puustjärvi oder Koivu. Das Leben war nicht immer gerecht. Ich las Iida ihr Abendmärchen vor und stieg wieder in die Dienstkleidung. Antti würde für das Gutenachtlied sorgen müssen. Während ich durch die bereifte Landschaft fuhr, spürte ich, wie mir das Adrenalin ins Blut schoss. Ein Gefühl, das ich öfter hatte, wenn wir kurz vor der Aufklärung einer großen Sache standen.

«Timi Pelkonen, geboren 1985, Auszubildender, keine Vorstrafen. Wohnt bei seinen Eltern in der Ensogasse.»

«Also ganz in der Nähe des Tatorts. Verdammt. Findet die Kleider! Erledigst du das mit der Ordnungspolizei?»

«Jawohl. Die Proben für die Drogentests sind entnommen, das Ergebnis kommt noch vor Mitternacht», spulte Koskinen ab. Da wurde auch schon der Junge aus der Zelle in die Aula gebracht. Er trug weite Jeans und eine Kapuzenjacke, aus deren weiten Ärmeln die mageren Handgelenke hervorschauten. Ihm wuchs kaum der erste Bartflaum, sein Haar war fettig. Er sackte in den Stuhl, sein Körper bewegte sich unruhig.

«Hallo, Timi.» Ich hatte beschlossen, es auf die mütterliche Art zu versuchen. «Ich bin Kriminalkommissarin Maria Kallio, und dies hier ist Kommissar Pekka Koivu. Welche Laus ist dir denn heute über die Leber gelaufen, dass du mit dem Messer in der Hand randalieren musstest?»

Der Junge stierte mich mit leeren Augen an, die Finger bewegten sich auf der Tischplatte nervös hin und her.

«Was hast du eingenommen?»

Noch immer keine Antwort. Trotzdem fragte ich weiter und brachte den Burschen sogar dazu, ein paar Laute von sich zu geben. Nach einer halben Stunde bekam Koivu eine SMS, die er mir weiterleitete. Timis Fingerabdrücke stimmten mit denen an der mutmaßlichen Tatwaffe überein. Ein weiterer Adrenalinstoß überschwemmte meinen Körper. Jetzt galt es, behutsam vorzugehen, es durfte uns kein Fehler unterlaufen.

«Hast du immer ein Messer bei dir?»

«Nein. Das ist gesetzlich verboten.»

Fünf Worte waren schon viel.

«Am Freitag hattest du aber eins dabei.»

Timi konnte seinen Schrecken nicht verbergen. Er schwieg. Uns blieb nichts weiter übrig, als abzuwarten. Ein, zwei Nächte in der Zelle mit Entzugserscheinungen machten Ersttäter normalerweise gesprächig.

Am nächsten Morgen kam die erste SMS von Koivu. «Hast du schon die Zeitung gelesen? Jemand hat etwas über die neuen Zeugen durchsickern lassen.» Ich rief ihn an, er war schon am Schreibtisch mit Verwaltungsarbeiten beschäftigt und hatte die Zeitung mitgebracht. Die Schlagzeile war auffällig, der dazugehörige Text kurz gehalten. Da hieß es, die Polizei habe endlich Kontakt zu der Frau, die im Zimmer neben Jokela übernachtet hatte. Sie bestätigte Ilonas Aussage. Die Staatsanwältin prüfe, ob der Fall erneut verhandelt werden müsse.

Bei der Morgenrunde versuchte ich herauszubekommen, wer die Nachricht unerlaubt weitergegeben hatte, aber Koivu und Anu beteuerten ihre Unschuld. Den ganzen Vormittag musste ich die Anrufe der Journalisten beantworten und verfluchte insgeheim denjenigen, der die Existenz der neuen Zeugin bekannt gegeben hatte. Auch Susanna Hakanen rief halb hysterisch an, und ich musste ihr versichern, dass ihr Name und der ihres Freundes nicht an die Öffentlichkeit gelangen würden. Die Kollegen aus Tampere teilten mit, dass Hakanens Liebhaber leugnete, in der mutmaßlichen Vergewaltigungsnacht in Espoo gewesen zu sein. Hakanen dagegen war bereit, vor Gericht auszusagen.

«Ich habe alles meinem Mann erzählt, ich konnte nicht mehr mit der Lüge leben. Er hatte ohnehin schon einen Verdacht gehabt. Jarmo kann mir gestohlen bleiben, so ein Feigling! Er hätte seine Frau sowieso nie verlassen. Dem geschähe es ganz recht, wenn er die Schundblätter an den Hals bekäme. Und Ilona Lumijoki möchte ich schriftlich um Verzeihung bitten.»

«Wenn Sie das erleichtert. Die Adresse müssen Sie aber selbst herauskriegen.»

Am Nachmittag machten wir mit Timis Vernehmung weiter. Ich hatte ihn morgens absichtlich in Ruhe gelassen, aber als Koivu und ich nach dem Mittagessen zu ihm gingen, um ihn zu vernehmen, war er ein zitterndes, willenloses Häufchen Elend, das mich seltsamerweise an Ilona Lumijoki erinnerte. Als ich ihm ein Bild von Lasse Jokela zeigte und ihn fragte, ob er ihn kenne, nickte er.

«Das ist der Schriftsteller, der letzte Woche umgebracht wurde.»

«Weißt du, wer ihn umgebracht hat?» Meine Stimme war weich und freundlich, damit das Geständnis eine Erleichterung war.

«Ich. Oder nicht ich war das, sondern der weiße Prinz.»

«Der weiße Prinz?»

«Mir war nicht klar, dass das Zeug so verdammt stark war! Ich hab mir zwei Schüsse gesetzt und war total von der Rolle, ich hab versucht, nach Hause zu gehen, aber nicht hingefunden. Dann kam dieser … Ich weiß gar nicht mehr so richtig. Er hat mich gefragt, wo der Antreaweg ist. Ich hab gesagt, dass er mir bekannt vorkäme, ich hatte ihn wohl im Fernsehen gesehen. Er hat gesagt, dass er der weiße Prinz ist, und ich bin irgendwie nur durchgedreht. Ich hab gedacht, das ist der Teufel oder so was … Ach verdammt, warum hab ich mich nicht gleich mit umgebracht? Wann komm ich hier raus aus dem Knast?»

Im Stillen dachte ich, dass bis dahin mindestens noch fünf Jahre vergehen würden.

Zwei Tage vor Weihnachten war ich in der Innenstadt von Tapiola und tätigte die letzten Einkäufe. Inmitten der dunklen Kleider der Passanten fiel mir ein dunkelroter Wildledermantel auf. Der Gang der Frau kam mir bekannt vor. Ich setzte ihr nach.

«Ilona!»

Sie drehte sich um. Die Sonne schien, ihre dunklen Haare glänzten. Die Farbe war in ihr Gesicht zurückgekehrt.

«Fröhliche Weihnachten», sagte sie.

«Danke, wünsche ich dir auch. Schön, dass du schon wieder unter Leute gehen kannst.»

«So allmählich. Maria, ich muss dir eine eine Frage stellen. Hast du mir geglaubt?»

«Welchen Fall meinst du?»

«Beide. Hast du geglaubt, dass ich vergewaltigt worden war und dass ich unschuldig am Mord von Lasse Jokela war?»

«Meine Aufgabe ist es nicht, zu glauben, sondern zu ermitteln. Aber ja, ich habe geglaubt, dass du vergewaltigt worden warst.»

Ilona wischte sich eine Haarsträhne von den Augen. Sie hatte viel Make-up aufgelegt, eine Maske, hinter der sie sich verbarg.

«Ich habe immer wieder darüber nachgedacht, aber ich wollte nie, dass Lasse stirbt. Ich hätte mir nur gewünscht, dass er mich um Verzeihung bittet. An einem neuen Gerichtsverfahren liegt mir nichts, ich habe mit der Staatsanwältin gesprochen.»

«Hättest du Lasse verziehen?»

«Vielleicht. Der Hass frisst an dem Hassenden mehr als an dem Gehassten. Ich muss nur lernen, meinen Hass zu überwinden. Aber einem Menschen möchte ich danken: dem, der die Nachricht von der neuen Zeugin an die Presse gegeben hat. Hat er dafür viel Geld bekommen?»

«Ich glaube nicht, dass er auch nur einen Pfennig bekommen hat. Vielleicht hat er es aus reiner …»

«Nächstenliebe getan», ergänzte Ilona, und wir lächelten in vollem Einvernehmen.

Håkan Nesser

Shit happens

Es war Heiligabend. Wegen des wüsten Schneegestöbers ließ Burman seinen Wagen zu Hause stehen. Er brauchte fünfunddreißig Minuten, um sich zur Wache durchzukämpfen, und als er die Tür aufstieß, fiel ihm der Rat seines Vaters ein, er solle nie eine geistliche Laufbahn einschlagen. Nicht zum ersten Mal bereute er, diesem Rat nicht gefolgt zu sein.

Normale Menschen arbeiteten sechs Tage in der Woche und ruhten sich am siebten aus, hatte sein Vater gemeint. Bei Geistlichen sei es genau umgekehrt.

An diesem Tag hatte Lundmark Wachdienst. Er sah aus wie ein saurer Rülpser und schaute auf seine Armbanduhr.

«Du kommst zwanzig Minuten zu spät.»

«Verdammt, natürlich komm ich zu spät», erwiderte Burman. «Draußen tobt ein Schneesturm.»

«Kann schon sein», sagte Lundmark und faltete eine Zeitung mit einem halb gelösten Kreuzworträtsel zusammen. «Aber schon mal was vom Wetterbericht gehört?»

Burman trampelte sich den Schnee von den Stiefeln und beschloss, dass Thema zu wechseln. Lundmark galt als dermaßen übellaunig, dass sogar die Fische in seinem Aquarium unter Depressionen litten, und wenn man ihm am Heiligen Abend zehn Minuten seiner Zeit stahl, dann musste man die Konsequenzen tragen.

«Ist noch mehr gekommen?», fragte er, als er seinen Mantel ausgezogen hatte und Lundmark sich die Stiefel zuschnürte.

«Seit dem späten Abend nicht mehr», sagte Lundmark. «Er hat um Viertel vor zwölf einen großen Haufen geschissen, sonst nichts. Das kannst du in meinem Bericht nachlesen.»

Burman seufzte und warf einen Blick durch die Gittertür. Ein Riese von Mann schlief auf einer Pritsche. Auf dem Tisch neben ihm lag ein Stapel Bücher. Auf dem Boden stand ein Nachttopf, das war alles.

«Honkkanen hat gesagt, du würdest mich informieren.»

Lundmark hatte seine Stiefel zugeschnürt und richtete sich auf. Schaute wieder auf die Uhr. «Zu Hause tischen wir um diese Zeit die Schinkenbrühe und den ersten Schnaps auf», knurrte er und starrte seinen Kollegen wütend an.

«Herrgott», entgegnete Burman. «Ich muss den ganzen Heiligen Abend hier verbringen, also sei jetzt nicht so verdammt sauer.»

«Fünf Minuten», sagte Lundmark. «Und nicht eine Sekunde mehr.»

«Na, dann los. Warenhaus Doggman also?»

Es war fast unmöglich, länger als drei oder vier Minuten mit Lundmark zusammen zu sein. Es brachte nicht einmal etwas, es zu versuchen. Jetzt ließ er sich im Sessel zurücksinken, schob sich einen dicken Priem unter die Oberlippe und sah plötzlich sehr zufrieden aus. Als könne er kein Gespräch führen, ohne sich vorher als kompletter Arsch erwiesen zu haben.

«Es war um Viertel vor sechs», sagte er. «Kurz vor Ladenschluss. Gestern, meine ich. Jede Menge Menschen, der Tag vor Heiligabend. Letzte Möglichkeit, Weihnachtsgeschenke zu kaufen und so ... na ja, du weißt schon.»

Burman nickte und nahm sich auch einen Priem.

«Juwelen und Schmuck im dritten Stock. Diamanten und Edelmetall …»

«Das weiß ich», sagte Burman. «Das hat mir der Polizeichef schon gesagt. Und dann dieser Trottel …»

«Ja, genau», sagte Lundmark und nickte zur Arrestzelle hinüber. «Dieser Idiot.»

«Kresky?»

«Eugen Kresky, ja. Ich glaube, ich erlebe jetzt zum zwölften Mal, wie er hochgenommen wird. Ich kapier nicht, warum sie ihn überhaupt wieder rauslassen. Der gehört lebenslänglich hinter Gitter, das steht mal fest.»

Burman machte sich nie die Mühe, irgendwelche Ansichten über Justiz und Gerichtswesen zu verbreiten. Ansonsten gab er Lundmark Recht. Eugen Kresky hatte in den vergangenen drei Jahrzehnten wohl keinem einzigen Menschen eine Freude gemacht. Höchstens einmal vor zwei Jahren, als er beschlossen hatte, nach Stockholm überzusiedeln. Aber schon nach wenigen Monaten war er wieder aufgetaucht. Hatte wohl festgestellt, dass er zwischen den großen Haien der Hauptstadtunterwelt fehl am Platze war – das konnte man jedenfalls annehmen.

«Was also hat er gemacht? Juwelen gefressen, hat Honkkanen gesagt?»

«Genau», sagte Lundmark. «Dieser Arsch hatte sich als Weihnachtsmann verkleidet, es waren schon zwei andere ack … acker …»

«Akkreditiert?», schlug Burman vor.

«Genau. Ackeritiert. Weihnachtsmänner, die sie angeheuert hatten, um sich um quengelnde Gören zu kümmern, Apfelsinen zu verteilen und was weiß ich nicht alles. Aber Eugen Kresky war ein falscher Weihnachtsmann. Und es ist verdammt nochmal unmöglich, einen echten Weihnachtsmann von einem falschen zu unterscheiden.»

«Sehr schwer», stimmte Burman zu.

«Na, er taucht also um Viertel vor sechs vor diesem Schmuckstand auf. Da stehen vier oder fünf Kunden, und alle wollen für ihre Weibsen irgendwelches Glitzerzeug kaufen, ist also alles ziemlich stressig. So stressig, dass die Angestellten nicht den richtigen Überblick haben wie sonst … das behaupten sie jedenfalls. Kommst du noch mit?»

«Ja, sicher», bestätigte Burman.

«Und sie haben also die Schublade geöffnet.»

«Die Schublade?»

«Die Schublade mit den Kronjuwelen. Brillantringe, Diamantohrringe und solcher Jux.»

«Alles klar», sagte Burman.

«Die ist normalerweise geschlossen. Sie wird geöffnet, und dann nimmt man immer nur ein Teil heraus. Schließt sie jedes Mal wieder ab. Die kosten das Weiße im Auge, diese Dinger, kleine Scheißrubine und Brillanten … fünfundzwanzigtausend, fünfzigtausend, in der Klasse.»

«Alles klar», wiederholte Burman.

Lundmark drehte seinen Priem um und nickte nachdenklich.

«Und dann kommt also dieser Scheißweihnachtsmann alias Eugen Kresky, drängt sich zwischen den Herren durch, die sich in letzter Sekunde noch Ohrringe für ihre Alte aussuchen, tritt vor den Tresen, greift mit seinen Pranken in die Schublade und stopft sich das Maul damit voll.»

«Das Maul?»

«Aber hallo. Ringe und das ganze Gedöns. In den Mund und dann runtergeschluckt, einfach so. Der trägt so eine moderne Weihnachtsmannmaske, die unter dem Bart den Mund freilässt. Das Personal greift natürlich ein, aber trotzdem kann er so allerlei in sich reindrücken. Ja, und dann rennt er aufs Klo. Das liegt gleich um die Ecke, und er hat ja Frau Elvefjäll an den Hacken ...»

«Frau Elvefjäll?»

«Doris Elvefjäll, ja. Die Abteilungsleiterin. Patente Frau. Sie kommt nur einige Sekunden nach dem Weihnachtsmann zum Klo, behauptet sie. Und da steht er und grinst.»

«Grinst? Ist das durch den Bart denn wirklich zu sehen ... wenn das so ein moderner ist?»

«Mein Fehler. Er hatte die Maske abgenommen, und deshalb konnte sie sehen, dass er grinste. Und dass es Eugen Kresky war. Das sahen übrigens auch die anderen ... ja, ein Kaufhausdetektiv und Lindman von der Herrenkonfektion erreichten kurz nach Frau Elvefjäll die Toilette. Und dann kamen noch allerlei andere dazu. Aber das steht in meinem Bericht hier, ich begreife wirklich nicht, warum ich dir das am Heiligen Abend alles auch noch persönlich erklären muss.»

Er schaute auf die Uhr, erhob sich und nahm seine dunkelblaue Daunenjacke von einem Haken an der Wand.

«Wie viel hatte er denn runterschlucken können?»

Lundmark streifte die Jacke über.

«Acht Ringe und vierzehn Ohrgehänge. Insgesamt zu einem Wert von vierhundertneunzigtausend.»

«Vierhundertneunzigtausend?»

«Das hast du ja gerade gehört.»

«Ringe und Ohrgehänge?»

«Und auch eine kleine Scheißbrosche.»

«Und das war also ... das war also auf irgendeine Weise geplant?»

«Offenbar.»

«Und er hat nur gegrinst, als ihr ihn festgenommen habt?»

«Genau. Nahm die Maske ab und grinste und fragte, was das denn sollte. ‹Du hast doch jede Menge Glitzerkram gefressen, du mieser Schurke›, sagte Lindman zu ihm. Und weißt du, was er darauf geantwortet hat?»

«Nein.»

«Ich weiß wirklich nicht, wovon du redest. Ich soll Glitzerkram gefressen haben?»

«Er hat es geleugnet?»

«Aber sicher. Wir haben ein Dutzend Zeugen dafür, dass er den Nippes geschluckt hat, und dann leugnet dieser Obertrottel. ‹Ich bin so unschuldig wie eine Braut›, sagt er da doch glatt. ‹Da erlaubt man sich einen harmlosen Scherz, und schon soll man verhaftet werden.›»

«War er nüchtern?»

«Ziemlich nüchtern offenbar.»

«Hm.» Burman setzte sich an den Tisch und schaute durch die Gittertür. «Dieser Blödmann hat also Schmuck für eine halbe Million im Gedärm.»

Lundmark nickte und setzte seine Mütze auf.

«Ist er geröntgt worden?»

Lundmark schüttelte den Kopf.

«Honkkanen fand das nicht nötig. Die haben im Krankenhaus anscheinend gerade irgendwelchen Ärger mit den Röntgengeräten, und man konnte ja wohl auch nicht verlangen, ihn aufzuschneiden und die Klunker rauszufischen. Nein, alles soll den normalen Gang gehen. Und deshalb sitzt du hier.»

Burman seufzte. «Ja, das hab ich schon begriffen. Am Heiligen Abend auf der Wache sitzen und darauf warten, dass Eugen Kreisky kackt.»

«So ist das Leben», sagte Lundmark und zuckte mit den Schultern. «Honkkanen wollte ihm ein Abführmittel geben, aber der Staatsanwalt war aus ethischen Gründen dagegen. Würde vom Gericht auch nicht anerkannt werden, wenn wir uns auf diese Weise Beweismaterial verschafften.»

«Alles klar», sagte Burman. «Und in der ersten Ladung war also nichts zu finden?»

«Nicht mal das kleinste Perlchen», sagte Lundmark. «Aber darüber möchte ich nicht reden. Kannst du nicht ein wenig Rücksicht zeigen und daran denken, dass ich zum Weihnachtsschmaus nach Hause will?»

«Entschuldigung», sagte Burman. «Mach, dass du fortkommst.»

«Fröhliche Weihnachten», sagte Lundmark. Zog die Kapuze hoch und verschwand im Schneegestöber.

Auf dem Tisch lagen Polizeichef Honkkanens Anweisungen. Sie waren so deutlich wie immer. Honkkanen war für seine Deutlichkeit bekannt. Seine Deutlichkeit und seine Derbheit.

Punkt 1: Der Verdächtige hat in der Zelle zu bleiben, bis er das Diebesgut von sich gegeben hat.

Punkt 2: Er muss sein kleines Bedürfnis im an der Wand angeschraubten Waschbecken verrichten.

Punkt 3: Er muss sein großes Bedürfnis in dem blauen Nachttopf verrichten.

Punkt 4: Nach Erledigung des großen Bedürfnisses muss der Diensthabende selbiges augenblicklich untersuchen und Unterzeichnendem telefonisch Meldung machen.

Unterzeichnet: Veikko Honkkanen, Polizeichef.

Unter dem Namenszug kam noch ein PS: Sorgt dafür, dass er ordentlich isst und viel Kaffee trinkt.

Es gab auch einen Dienstplan. Burman hatte von zwölf Uhr mittags am Heiligen Abend bis zwölf Uhr am ersten Weihnachtstag Dienst. Falls bis dahin nicht alles Diebesgut ausgeschieden wäre, müsste Dienstanwärter Bengtsson die Wache übernehmen.

Burman seufzte. Schaute auf die Uhr. Es war fünf Minuten nach halb eins. Vor ihm lagen noch dreiundzwanzig Stunden und fünfundzwanzig Minuten. Eugen Kresky in seiner Zelle schnarchte. Burman verstaute seine Butterbrote im Kühlschrank, zog seine Karten hervor und legte die Idiotenpatience.

Um Viertel nach eins wurde Eugen Kresky wach.

«Hohojaja, ja verdammte Axt», sagte er und setzte sich auf der Pritsche auf. «Hatten wir Wachablösung oder was?»

«Ganz genau», sagte Burman.

«Und du heißt Burman?»

«Noch ein Volltreffer», sagte Burman.

«Die Ironie solltest du dir aber abschminken», sagte Kresky. «Denk daran, heute ist Heiligabend, und wir sitzen im selben Boot.»

«Im selben Boot?», fragte Burman. «Zum Teufel, Mann. Du sitzt im Knast, und ich sitze hier und bewache dich.»

Kresky schaute sich um und breitete die Arme aus. «Ich seh da keinen größeren Unterschied. Unverschuldet sitzen wir beide hier und nicht zu Hause bei unseren Lieben.»

«Du Schafskopf», sagte Burman. «Du hast Juwelen für eine halbe Million gefressen. Wenn du nicht wärst, könnte ich zu Hause bei meiner Frau und den Kindern sein.»

«Das tut mir ja so Leid», sagte Kresky. «Aber ich bin unschuldig wie eine Braut. Es kann ja sein, dass man auf seiner mühseligen Wanderung durch das irdische Jammertal dieses oder jenes angestellt hat, aber diesmal hat die Obrigkeit sich einen Übergriff erlaubt.»

Er rülpste und steckte sich eine Zigarette an. «Eine Tasse

Kaffee könnte mir jetzt gut tun», fügte er mit schiefem Grinsen hinzu. «Dann kann man doch angeblich besser … ja, aber wir sollten hier nicht über Scheiße reden.»

Burman schnaubte. Ging zur Kaffeemaschine, füllte eine Tasse und schob sie zwischen den Gittern der Tür hindurch. Kresky nahm sie und setzte sich wieder auf seine Pritsche.

«Wie kannst du überhaupt leugnen?», fragte Burman. «Du bist doch von zehn Zeugen gesehen worden.»

Kresky trank einen Schluck und zog an seiner Zigarette.

«Ich begreif ja nicht, wie so viele Leute sich so irren können», sagte er. «Da steigt man in sein Weihnachtsmannkostüm und geht los, um zu Weihnachten Menschenliebe und Freude zu verbreiten, und dann …»

Er schüttelte den Kopf und verzog nachdenklich das Gesicht.

«Und dann?», fragte Burman.

«Dann geht man aufs Klo, um in Ruhe und Frieden sein Wasser abzuschlagen, und dann kommt ihr angestürmt und nehmt einen fest. Da kommt keine Freude auf, das kann ich dir sagen.»

«Jetzt übertreib mal nicht», sagte Burman. «Ich kenne dich, Kresky. Hattest du dich vorher schon lange in dem Warenhaus herumgetrieben?»

«Eine Stunde vielleicht, hab versucht, in aller Bescheidenheit ein wenig Stimmung und Freude zu schaffen. Aber was kriegt man schon dafür?»

Burman seufzte und widmete sich wieder seiner Patience. Nach fünfundzwanzig erfolglosen Versuchen mit dem Idioten war er zur Harfe übergewechselt. Das hier war sein vierter Versuch. Er ging nicht auf. Er fegte die Karten zusammen und warf abermals einen Blick in die Zelle. Kresky lag jetzt wieder auf dem Rücken.

«Hast du Hunger?», fragte Burman.

«Was steht denn auf der Speisekarte?»

Burman schaute auf eine weitere Liste. «Heringsauflauf und Frikadellen», teilte er mit und merkte, wie ihm ein wenig übel wurde. Na ja, dachte er, immerhin keine braunen Bohnen mit Speck.

«Ich glaube, wir warten noch eine Stunde», sagte Kresky.

«Ja, und stell dir vor, auch in diesem Jahr ist wieder der Heilige Abend gekommen. Es wird einem doch ein wenig warm ums Herz, wenn man an das Jesuskind und die vielen Notleidenden auf der Welt denkt. Mir geht es wenigstens so. Ihr habt ja offenbar hier auf der Wache keine Krippe?»

Halt die Klappe, du Blödmann, dachte Burman, aber das dachte er wirklich nur.

Um zwei Uhr nahm Eugen Kresky Heringsauflauf und Frikadellen zu sich, nachdem Burman alles in der Mikrowelle warm gemacht hatte. Er verlangte außerdem ein Bier, wo doch Heiligabend war, aber ein Apfelsaft musste reichen.

Um halb drei rief Burman zu Hause an und wünschte in aller Förmlichkeit allen, Gattin und Kindern, Brüdern und Schwägerinnen, Eltern und Schwiegereltern, wunderschöne Weihnachten, und eine Minute vor drei schaltete er den Fernseher der Wache ein, um sich Donald Duck anzusehen. Als der Stier Ferdinand an die Reihe kam, bat Eugen Kresky darum, den Apparat so zu drehen, dass auch er etwas sehen könne. Burman tat ihm den Gefallen, und nach der Sendung erklärte Kresky, er müsse ein Geschäft verrichten.

«Das große oder das kleinere?», fragte Burman.

«Ich fürchte, es handelt sich um das große», erklärte Kresky.

Burman schaltete den Fernseher aus, um alle Störungen

zu vermeiden. Kresky ließ seine abgewetzte Cordhose sinken und machte es sich auf dem Topf gemütlich. Burman schloss die Augen und dachte an seine Zeit auf der Polizeischule vor fünfundzwanzig Jahren. Er konnte sich nicht daran erinnern, dass der Unterricht Situationen wie diese gestreift hatte.

Als Kresky fertig war, bedeckte er das Ergebnis mit einer vom Polizeichef zur Feier des Tages bereitgestellten dünnen grünen Decke und reichte den Topf durch die Essensluke.

«Bitte sehr», sagte er mit freundlichem Lächeln. «Ein schlichtes kleines Weihnachtsgeschenk. Na, ich glaube, ich hau mich noch ein Weilchen aufs Ohr. Aber du könntest mich vielleicht wecken, wenn Karl-Bertil Jonsson anfängt. Wenn ich kann, sehe ich mir den immer an … den Reichen nehmen und den Armen geben …»

Burman nahm den Topf entgegen und merkte, wie seine Kiefer knackten, so fest hatte er die Zähne zusammengebissen. Er zog die oberste Schreibtischschublade auf und nahm die vom Polizeichef zu diesem Zweck bereitgestellten dünnen blauen Gummihandschuhe heraus. Burman erkannte das Modell. Es war die gleiche Sorte, die seine Frau im Winter zum Spülen benutzte. Nicht im Sommer, nur im Winter, wenn sie diese Allergie hatte.

Eine Viertelstunde später rief er Honkkanen an.

«Na?», fragte Honkkanen.

«Ich möchte hiermit berichten, dass Eugen Kresky abermals geschissen hat», sagte Burman.

«Und?»

«Negativ.»

«Nicht ein einziges kleines Perlchen?»

«Nichts», sagte Burman.

Am anderen Ende war fünf Sekunden lang alles still. Honkkanen atmete schwer, es war zu hören, dass er beim Weihnachtsschmaus schon eifrig gebechert hatte.

«Hast du alles genau untersucht?», fragte er dann.

«Geradezu scheißgenau», sagte Burman.

«Hm», sagte Honkkanen und dachte abermals eine Weile nach. «Das hat nichts zu bedeuten», sagte er dann. «Doktor Mannström sagt, es könne drei, vier Tage dauern.»

«Und wie lange dürfen wir ihn festhalten?», fragte Burman.

«Achtundvierzig Stunden», sagte der Polizeichef. «Aber wenn bis morgen nichts gekommen ist, dann wird er geröntgt, der Apparat funktioniert jetzt wieder.»

Morgen Abend, dachte Burman und schaute aus dem Fenster. Der Schnee wirbelte draußen in der Dunkelheit noch immer wild umher. In seiner Zelle schnarchte Eugen Kresky jetzt wieder. Burman seufzte und ging sich die Hände waschen. Es war das vierte Mal. Danach griff er erneut zu den Karten.

Die Kerkerpatience, dachte er. Ich versuch's mit der Kerkerpatience.

Burmans Frau und seine jüngste Tochter brachten ihm gegen acht Uhr, wie verabredet, ein Weihnachtsgeschenk und ein paar Leckereien.

«Draußen schneit's wie verrückt», erzählte die Tochter. «Wir mussten das Schneemobil nehmen.»

«So ist es eben», sagte Burman.

«Fröhliche Weihnachten», rief Eugen Kresky. «Es ist eine Gnade für zwei einsame Seelen, gerade am Heiligen Abend Damenbesuch empfangen zu dürfen. Man ist zwar unschuldig wie eine Braut, doch man will sich nicht beklagen. Die Würfel des Schicksals fallen eben immer anders.»

«Wir haben auch für Kresky ein Stück Schinken mitgebracht», teilte Burmans Frau mit.

«Was zum Teufel …», sagte Burman.

«Du darfst am Heiligen Abend nicht fluchen», sagte seine Tochter.

«Man dankt demütigst», sagte Kresky.

«Es ist ja schließlich Weihnachten», sagte Burmans Frau.

«Jaja», sagte Burman.

«Hast du Donald Duck gesehen?», fragte die Tochter.

«Sicher», sagte Burman.

«Und Karl-Bertil?»

«Natürlich», sagte Kresky.

Die Tochter wandte sich um und wechselte einen Blick mit ihrer Mutter.

«Wir müssen jetzt machen, dass wir nach Hause kommen», sagte sie. «Wir wollen Scrabble spielen und Nüsse knacken.»

«Sicher, sicher», sagte Burman. «Fahrt vorsichtig, wir sehen uns morgen.»

«Man dankt und verbeugt sich und wünscht fröhliche Weihnachten», fügte Eugen Kresky in seiner Zelle hinzu.

«Ein Punsch und ein Pils könnten die Verdauung sicher beschleunigen», merkte er an, als die Besucherinnen die Tür hinter sich geschlossen hatten. Burman stellte sich taub, legte die Karten weg und öffnete das Päckchen mit seinem Weihnachtsbuch.

Ich geb ihm nichts mehr zu essen, dachte er. Soll Bengtsson morgen die nächste Ladung übernehmen, ich halt das einfach nicht mehr aus.

Und ohne eigentlich darüber nachzudenken, was er tat, faltete er die Hände und bat Gott, in Eugen Kreskys Gedärm für eine ordentliche Verstopfung zu sorgen.

Danach schämte er sich und hoffte, dass es im Grunde

doch keinen Gott gab. Denn wenn es einen gab, dann verschaffte es sicher keine Pluspunkte, wenn man Ihn erst ein Leben lang ignorierte und Ihn dann um solchen Scheiß anflehte.

Er war noch immer nicht sonderlich müde, doch nachdem die Mitternachtsmette aus Rom übertragen worden war, schaltete Burman den Fernseher aus und löschte das Licht. Kresky dagegen ließ in der Zelle seine kleine Leselampe brennen und erklärte, er wolle vor dem Einschlafen noch ein paar Seiten erbauliche Literatur lesen.

Mach, was du willst, wenn du nur nicht musst, dachte Burman.

«Ich hab ein wenig Hunger», sagte Kresky. «Wie wäre es mit …»

«Du kriegst morgen früh was zu essen», erklärte Burman energisch. «Gute Nacht.»

«Hab ich schon mal erzählt, wie ich eine Million gewonnen habe», fragte Kresky, als die Uhr am ersten Weihnachtstag zehn zeigte und sie das Frühstück beendet hatten.

«Wenn du meinst, wie du eine gestohlen hast, dann habe ich davon gehört», sagte Burman.

«Gewonnen», sagte Kresky. «Ich habe gewonnen gesagt. Ich war auch damals rein wie Schnee, aber manchmal hat man die Umstände einfach gegen sich.»

«Heute geht's zum Röntgen», Burman wechselte das Thema und bereute es sofort. Denn diese Nachricht würde bei Kresky sicher den Betrieb in Gang bringen.

Aber dem schien das keine Sorge zu machen.

«Wirklich?», fragte er nur. «Ja, je eher ich reingewaschen werde, umso besser.»

«Bist du wirklich so blöd, dass du ernsthaft glaubst, das zu überstehen?» Diese Frage musste Burman einfach stellen.

Kresky zeigte eine Miene des äußersten Erstaunens.

«Überstehen? Natürlich werde ich das überstehen. Wenn man unschuldig ist, dann ist man eben unschuldig. Die Leute urteilen immer viel zu voreilig.»

«Du meinst also, dass zehn Menschen sich geirrt haben? Dass zehn Zeugen, die sich drei Meter vom Verbrechen entfernt aufgehalten haben, allesamt und unab... unab... wie sagt man da noch?»

«Unabhängig voneinander», sagte Kresky.

«Genau. Unabhängig voneinander dieselbe Geschichte erzählen? Und sich dabei irren? Findest du nicht auch, dass das ein kleines bisschen unwahrscheinlich klingt?»

«Die Wege des Herrn sind unergründlich», sagte Kresky und lächelte geheimnisvoll.

Burman gab auf und schüttelte den Kopf. Und wenn die Klunker rauskommen, was wird er dann sagen, überlegte er. Huch, wo in aller Welt kommen die denn her? Will er wirklich zu einer dermaßen bescheuerten Taktik greifen? Oder hatte er einfach ein Dach überm Kopf gebraucht?

Scheißegal, entschied Burman und schaute aus dem Fenster. Es schneite seit den frühen Morgenstunden nicht mehr, aber die Schneepflüge waren noch immer an der Arbeit. Und der Gottesdienst war zu Ende, er hörte überall die Glocken läuten.

Noch zwei Stunden, stellte er fest. Kneif bloß den Hintern zu, Alter.

Aber schon um elf rief Honkkanen an und erklärte, sie hätten die Strategie geändert und seien mit der Röntgenausrüstung unterwegs.

«Hierher?», fragte Burman. «Soll er hier geröntgt werden?»

«So haben wir entschieden», sagte Honkkanen. «Um ihn ins Krankenhaus zu bringen, wären größere Sicherheitsvorkehrungen vonnöten.»

Der spinnt doch, dachte Burman. Der also auch. Sicherheitsvorkehrungen?

Sie trafen zehn Minuten später ein.

«Ich übernehme das Kommando», sagte Honkkanen. «Du kannst nach Hause gehen, wenn du willst.»

Burman überlegte kurz. Aber verdammt, dachte er. Ich habe den ganzen Heiligen Abend und die ganze Weihnachtsnacht mit diesem Idioten verbracht, jetzt will ich auch die Auflösung miterleben.

«Ich bleibe», sagte er.

«Nein, da haben wir ja den Polizeichef!», rief Kresky. «Das ist ebenso überraschend wie angenehm, wie der Pastor sagte, als er in den Himmel kam. Fröhliche Weihnachten.»

Honkkanen gab keine Antwort.

«Und wer sind die anderen Herren?»

«Halt den Mund», sagte Honkkanen. «Und du kannst bis auf die Unterhose alles ausziehen.»

«Aber gern doch», sagte Kresky. «Man soll sich nicht dessen schämen, was man hat, wie die Mädchen sagen.»

Zwei rothaarige Röntgenassistenten bauten unter Honkkanens düsteren Blicken den Apparat auf. Tarierten aus, stöpselten Stecker ein. Burman trank eine Tasse Kaffee und hielt sich im Hintergrund. Das Ganze dauerte eine Weile, deshalb fragte er schließlich:

«Warum habt ihr die Strategie geändert?»

Honkkanen starrte ihn wütend an. Seine Augen waren ungewöhnlich schmal, und Burman ging auf, dass der andere verkatert war.

«Der Staatsanwalt», sagte er. «Diese Schwuchtel will ihn laufen lassen, wenn wir nicht zuerst röntgen.»

«Verstehe», sagte Burman.

«Jetzt sind wir so weit», sagte der eine rothaarige Röntgenassistent.

«Alles startklar», sagte der andere.

«Worauf warten wir dann noch, zum Teufel?», fragte Honkkanen und leerte ein Glas Wasser auf einen einzigen Zug.

Es ging schnell. Obwohl Eugen Kreskys Magen und Eugen Kreskys Gedärm nicht weniger als viermal durchleuchtet wurden, lag nach fünf Minuten das Ergebnis vor.

«Nichts», sagte der eine Assistent.

«Nicht die geringste Spur», sagte der andere.

«Verdammt», sagte Honkkanen. «Und dieser Scheißapparat ist angeblich zuverlässig?»

«Dafür können wir garantieren», sagte Nr. 1 und fing an, die Stöpsel herauszuziehen.

«In Magen oder Darm dieses Mannes befindet sich garantiert nichts aus Metall», sagte Nr. 2.

Eugen Kresky zog sich wieder an und nickte allen Anwesenden freundlich zu.

«Ein Triumph für die Wahrheit und die Wissenschaft», sagte er.

«Verdammt», sagte der Polizeichef. «Wie ist das denn bloß passiert?»

«Vielleicht könnte man jetzt seine Freiheit wiedererlangen?», regte Kresky an. «Jetzt, wo das Kartenhaus eingestürzt ist?»

«Immer mit der Ruhe», sagte Honkkanen. «Das müssen wir uns erst mal überlegen.»

«Na, von mir aus», sagte Kresky. «Ja, ich habe es zufällig

gerade nicht eilig, aber wenn man vielleicht noch eine Tasse Kaffee haben könnte …»

Honkkanen nickte Burman zu, und der ging zur Kaffeemaschine. Kresky bekam seine Tasse und wurde wieder eingeschlossen. Die Röntgenassistenten packten ihre Ausrüstung zusammen und verschwanden.

«Gehen wir zu mir», sagte Honkkanen. Burman nahm sich auch eine Tasse Kaffee – seine fünfte an diesem Tag – und folgte ihm.

«Das ist ein Rätsel», sagte Honkkanen und fischte ein Bier aus seinem privaten Kühlschrank mit fünfzig Liter Fassungsvermögen. «Ein Scheißteufelsrätsel.»

«Ich stimme zu, dass es ein wenig eigentümlich ist», sagte Burman.

«Ein wenig eigentümlich», schnaubte Honkkanen und ließ sich in seinen Schreibtischsessel sinken. «Sag mir, was zum Henker da passiert ist, und du kriegst einen Tag frei.»

Es gab noch ein Drittes, neben Deutlichkeit und Derbheit, wofür Honkkanen bekannt war, er war furchtbar geizig.

Burman setzte sich seinem Chef gegenüber und dachte nach.

«Es kann gar keinen Zweifel daran geben, dass wirklich er die Klunker geschluckt hat?», fragte er.

«No doubt», sagte Honkkanen. «Er hat sie sich nicht in den Bart oder in die Wangen oder sonst wohin gesteckt. Mindestens fünf Zeugen haben gesehen, dass er den Kram wirklich geschluckt hat. Zum Teufel.»

«Okay», sagte Burman. «Und dann läuft er also aufs Klo. Er kann den Kram nicht ausgespuckt und da irgendwo versteckt haben?»

«Nie im Leben», fiel Honkkanen ihm ins Wort. «Frau Elvefjäll sagt doch, sie habe die Tür, weniger als fünf Sekunden nachdem er dort verschwunden war, bereits wieder aufgerissen. Und wir haben jeden einzelnen verdammten Millimeter auf dieser Toilette untersucht. Auch in den Klos.»

Burman schaute zur Decke hoch und versuchte intensiv nachzudenken.

«Und er kann auch nicht mit Frau Elvefjäll gemeinsame Sache gemacht haben?»

Honkkanen starrte ihn an, als habe er soeben beschlossen, ihn zu feuern. «Solchen Schwachsinn hab ich ja seit zehn Jahren nicht mehr gehört. Wie sollte das denn wohl gehen? Ich habe ja gesagt, dass er den Kram verschluckt hat. Meinst du vielleicht, er hat ihn dann ausgespuckt und ihr in einer Tüte überreicht, oder was? Und hinter der Elvefjällschen kam doch noch eine ganze Menschenmenge. Reiß dich zusammen, Bulle.»

«Entschuldigung», sagte Burman. «Und was glaubt der Chef selber?»

Honkkanen schwieg und nagte ziemlich lange an seiner Unterlippe. Dann leerte er sein Bier.

«Verflucht», sagte er. «Du bist ja nicht gerade eine große Hilfe, Burman.»

Burman schaute auf die Uhr. Inzwischen war es schon zwölf.

«Jetzt müsste eigentlich der junge Bengtsson hier sein», sagte er. «Der Chef könnte vielleicht mit dessen jüngerem und wacherem Gehirn noch einen Versuch machen?»

Honkkanen rülpste in seine Armbeuge und ließ sich im ächzenden Schreibtischsessel zurücksinken.

«Na gut», sagte er. «Schick mir Bengtsson und mach, dass du fortkommst. Und nimm diesen verdammten Kresky mit, ich kann seinen Anblick nicht mehr ertragen.»

«Lassen wir den frei?», fragte Burman und erhob sich.

«Echt?»

«Ja, Scheiße, klar lassen wir ihn frei», fauchte Honkkanen. «Die Beweislage hat sich verändert, und du glaubst ja wohl nicht, dass er sich aus der Stadt hier verpissen will?»

Burman nickte und überließ den Polizeichef seinen düsteren Überlegungen.

Bengtsson war wirklich schon eingetroffen. Er sah so jung und rosig aus wie immer. Burman erklärte kurz, was Sache war, der Dienstanwärter rückte seinen Schlipsknoten gerade und verschwand im Zimmer des Chefs. Burman schob sich einen Priem unter die Oberlippe und schloss die Zellentür auf.

«Du kannst jetzt rauskommen», sagte er.

«Ei der Daus», sagte Eugen Kresky. «Stimmt das auch wirklich? Ich muss bald aufs Klo, ihr wollt nicht zufällig das Ergeb…»

«Schnauze», sagte Burman. «Los jetzt, ich will auch weg hier.»

Eine Minute später standen sie draußen auf der Straße. Eine bleiche Sonne hing über dem flachen Dach des Warenhauses Doggman, es war windstill, und die Temperatur lag bei zehn Grad minus.

«Frische Luft tut gut», erklärte Eugen Kresky und zog sich die Wollmütze über die Ohren. «In welche Richtung musst du?»

Burman nickte zum Fluss hinunter.

«Dann können wir ein Stück zusammen gehen.»

Burman zögerte. Dann zuckte er mit den Schultern, und sie gingen durch die frisch vom Schnee befreite Storgata. Als sie bei der Missionskirche um die Ecke bogen, blieb Kresky plötzlich stehen und zeigte quer über die Straße.

«Na, Scheiße, so was, da sitzt ja mein Bruder!»

Burman schaute in die angewiesene Richtung. An einem Fenstertisch in der Konditorei Svea saß ein grobschlächtiger Mann mit einer Tasse Kaffee und einer Zeitung.

«Ich wusste nicht, dass du einen Bruder hast.»

«Sicher hab ich einen. Wir sind nur lange Zeit getrennte Wege gegangen. Aber auf unsere alten Tage haben wir nun wieder zusammengefunden.»

«Wohnt er hier in der Stadt?»

«Aber sicher. Er ist gerade zum ersten Advent bei mir eingezogen. Ein bisschen Gesellschaft tut immer gut, und Blut ist ja dicker als Wasser. Dass wir nun nicht zusammen Heiligabend feiern konnten, war natürlich eine kleine Enttäuschung. Du, hör mal, ich glaube, ich lasse dich hier stehen und gehe zu Boris hinein.»

«Boris? Er heißt also Boris?»

«Nach dem großen Bakunin, ja. Fröhliche Weihnachten, Sheriff, ist ja traurig, dass ihr diesmal eine Niete gezogen habt, aber so was kommt vor in der großen Lotterie des Lebens.»

Leck mich, dachte Burman, als er Eugen Kresky in der Konditorei verschwinden sah, und er war noch keine fünf Schritte weitergekommen, als er sah, wie die Brüder einander umarmten. Sie schlugen einander auf den Rücken und schienen sich aus irgendeinem Grund ausschütten zu wollen vor Lachen. Klopften sich auf die Schenkel und knallten die Fäuste auf den Tisch und plötzlich ... noch ehe er weitere fünf Schritte hinter sich gebracht hatte, hatte Burman alles durchschaut.

So verdammt einfach, dachte er.

Aber dann ging er weiter.

So überaus ungeheuer simpel.

Aber er wurde nicht langsamer. Seine Beine schienen ganz von selbst zu gehen.

So war das also. Auf dem Klo hatte bereits ein Weihnachtsmann gestanden, als Eugen Kresky hereingekommen war ... nein, falsch, nicht Eugen Kresky war hereingekommen, sondern sein Bruder, Boris Kresky, der die ganzen Klunker verspeist hatte und der dann auf die Toilette gestürzt war und ... der dann in einer Zelle verschwunden war und die Tür hinter sich zugezogen hatte.

Und wer dort gestanden und Frau Elvefjäll und die anderen empfangen hatte – das war Eugen Kresky gewesen, während Boris Kresky in aller Ruhe in der Zelle sein Kostüm ablegte, es in eine Plastiktüte oder Tasche stopfte, die Tür öffnete und sich ins Gewühl mischte ...

Ja, verdammt, dachte Burman. So war das gewesen. Vierhundertneunzigtausend Reichstaler. Nicht schlecht. Und als Betriebskosten: zwei Weihnachtsmannkostüme.

Aber er ging immer weiter.

Ich kann Honkkanen von zu Hause aus anrufen und alles erzählen, dachte er. Aber ich kann auch ...

Auf der Brücke über den Fluss blieb er stehen und schaute über die weiße Landschaft. Sie war schön. Kalt und großartig und schön. Und während er dort stand, fasste er seinen Entschluss.

Das fiel ihm gar nicht so schwer. Er konnte sich ja vorstellen, welche Belohnung er von Honkkanen zu erwarten hatte. Genau.

Und hatte man erst eine ganze Weihnachtsnacht hindurch gewartet, dass Eugen Kresky endlich scheißen möge, dann brannte man nicht darauf, auf seinen Bruder noch einmal so lange zu warten. Das lag sozusagen in der Natur der Sache.

Blaue Gummihandschuhe, pfui Teufel, dachte Burman.

Nein, da kam es ihm doch sinnvoller vor, sich mal ein wenig mit den Brüdern zu unterhalten. Auch wenn die vielleicht nicht unbedingt durch drei teilen wollten: Ein Fünftel könnte er doch sicher verlangen. Hunderttausend auf die Hand.

Ganz schön viel Geld im Moment, dachte Burman. Und diese Doggmans, die haben doch genug. Mehr als genug.

Fredrik Skagen

Schwarze Magie

Es war ein Tag vor Heiligabend. Im Bett unter ihrer Decke gelang es Ulla, sich aus dem ganzen Elend fortzuträumen. Sie träumte sich weit, weit weg, an den Rand eines herzförmigen Swimmingpools, umgeben von behaglichen Liegestühlen und eifrigen Butlern. Adresse: Sunset Boulevard. In ihrem weißen Badeanzug sah sie unwiderstehlich aus.

Welche der Einladungen zum Lunch sie wohl annehmen sollte? Burt Lancaster und Montgomery Clift hatten schon am Vorabend angefragt, aber morgens hatte dann noch James Dean angerufen und um ein vormittägliches Stelldichein geradezu gebettelt. Das Problem war, dass ihr alle drei gefielen. Träge nahm sie die Sonnenbrille ab, nippte an ihrem Drink und starrte nachdenklich zum Sprungbrett hinüber. Enemene-mu …

Solange sie sich an dieser Phantasie festhielt, solange sie ihr schönes Spiegelbild im kristallklaren Wasser sah, so lange konnte sie den bedrohlichen Alltag verdrängen – den, der gleich hinter dem Fenster lauerte, hinter dem heruntergelassenen Rollo.

Eigentlich war das Wasser bleigrau.

An diesem dunklen Morgen glitt ein Fischkutter langsam durch die Wellen, einem Meer entgegen, das mit reicher Beute lockte. Niemand wusste das besser als der frisch gebackene und jungverheiratete Käptn. Er hieß Bjørn, «Bär», machte aber seinem Namen keine Ehre, denn er war ein schmächtiger Mittzwanziger mit schütterem Haar in einer undefinierbaren Farbe. Gegen seinen Willen stand er breitbeinig am Bug und spielte mit dem Kaffeebecher in der Hand den starken Seemann.

Er würde bald Vater werden und hätte deshalb mit sich und der Welt zufrieden sein müssen. Zu seiner eigenen und zur Verwunderung vieler anderer hatte nämlich er, der blässliche Grünschnabel, den Kampf um die Apothekerstochter – dem hübschesten, freundlichsten (und dümmsten) Mädchen der Küste – gewonnen. Sein Vater hatte ihn dafür sogar mit einem eigenen Boot belohnt.

Trotzdem machte Bjørn sich Sorgen. Er fürchtete sich vor dem scharfen Wind an der Fjordmündung, vor den hohen Wellen, die das Leben an Bord zur Hölle machen konnten. Aber noch größer war seine Angst, wenn er an seine drei Jahre jüngere Ehefrau dachte. Konnte er ihr vertrauen? Was, wenn Ulla wieder in ihr altes Verhalten zurückfiele, sobald das Kind auf der Welt wäre?

Als er sich umdrehte und Knut im Steuerhaus aufgesetzt munter zunickte, hoffte er, dass das vertraute Grinsen des gleichaltrigen Kollegen echten Neid zum Ausdruck bringen sollte. Im tiefsten Herzen jedoch ahnte er die Herablassung, die in Knuts Blick lag, vielleicht sogar Schadenfreude.

Ob sie jetzt wohl wach war?

Als der Wecker geklingelt hatte und er aufstehen musste, hatte sie etwas von «gute Fahrt» und «Scheißfische» gemurmelt, aber als er behutsam die Hand auf ihren Bauch gelegt hatte, hatte Ulla sie wütend weggestoßen. Dass sie überhaupt mit ihm verheiratet war, lag einzig und allein an dem Kind. Für Ulla war der blässliche Bjørn nicht das große Los gewesen, sondern schon eher der letzte Ausweg, die absolute Notlösung, als ihre «gesegneten Umstände» für jedermann sichtbar geworden waren. Bjørn liebte sie, stolz und triumphierend. Aber wie sollte er sie dazu bringen, seine Liebe zu erwidern?

Er trank einen Schluck Kaffee und versuchte sich damit zu trösten, dass sich schon alles finden würde. Wenn die Geburt erst einmal überstanden wäre und ein munter vor sich hin brabbelndes Baby auf der Wickelkommode läge, dann würden sicher ihre mütterlichen Gefühle auflodern. Sie würde liebevoll lächeln und vor Freude strahlen.

Aber nur vielleicht. Denn auch wenn Ulla im Grunde ein guter Mensch war, würde es ihr wohl kaum gelingen, ihre tiefsten Wünsche aufzugeben.

Am Osthimmel erglühte die aufgehende Sonne. Der restliche Himmel sah aus wie ein in Pech und Asche getauchtes Leichentuch. Eine Warnung, dass er sich an falsche Hoffnungen klammerte? Bjørn lief es eiskalt den Rücken hinunter.

Es war das Jahr, in dem sowjetische Panzer durch Budapest rollten und die Vision eines baldigen Abschieds vom Kommunismus zerschmetterten, das Jahr, in dem Marilyn Monroe im Rampenlicht stand und die Männerherzen verzauberte. Zur allgemeinen Überraschung heiratete sie in diesem Jahr den um einiges älteren Dramatiker Arthur Miller.

Wie viele andere fand auch Bjørn, dass die kurvenreiche blonde Ulla eine große Ähnlichkeit mit dem berühmten Filmstar aufwies. Sie hatte den gleichen Schlafzimmerblick, die gleichen halb offenen, verheißungsvollen Lippen, wenn sie es darauf anlegte – was häufig der Fall war –, und wie Marilyn bewegte sie sich auf eine Weise, die junge Männer dazu brachte, sich den Hals zu verrenken, wenn sie vorüberging. Und das schien Ulla offenbar nicht zu stören.

Aber anders als die Monroe lebte sie nicht in Kalifornien. Die lokalen Talentsucher der kleinen norwegischen Hafenstadt arbeiteten nicht für die *Twentieth Century-Fox* – ihnen ging es einzig und allein um eine schnelle Nummer. Der Letzte, der bis auf weiteres zum Ziel gelangt war, war Bjørn, der Sohn des steinreichen Fischereireeders der Gemeinde.

Er richtete sich wieder auf. Er hatte wirklich ins Schwarze getroffen, ihr einen «dicken Bauch gemacht», wie seine Kumpels das nannten. Allerdings wusste er nicht mehr so recht, wie es eigentlich dazu gekommen war, er hatte schon allerlei Schnaps intus gehabt, als sich die große Gelegenheit geboten hatte. Nur vage konnte er sich an Ullas sinnliches Stöhnen und die nackte weiße Haut erinnern, die er damals hatte küssen dürfen.

Bjørn wusste, was Knut dachte: dass sie sich ihm hingegeben hatte, weil zufällig kein anderer Mann in der Nähe gewesen war.

Offiziell wussten nur die engsten Familienmitglieder, dass das Kind für Mitte Januar erwartet wurde. Seine und Ullas Eltern hofften, dass die Leute bis dahin vergessen haben würden, dass die Hochzeit erst im Juni gewesen war. Denn wie alle braven Mitglieder der Gemeinde fanden sie es verwerflich und empörend, wenn Mädchen schwanger wurden, ehe sie den heiligen Bund der Ehe geschlossen hatten.

Bjørn versuchte, sich nichts aus dem Gerede der Leute zu machen. Denn obwohl Ulla viel im Haus blieb, war mancherorts registriert worden, dass ihr Bauch sich immer mehr rundete – viel zu früh. Die Gerüchte waren wie ein Lauffeuer von Haus zu Haus gewandert. Das aufgesetzte Taktgefühl der Leute war dabei Verachtung, ja, fast Triumph zum Verwechseln ähnlich.

«Haben wir das nicht gleich gesagt?»

Obwohl sich eigentlich alle einig waren, dass dieses mannstolle Mädel eine hervorragende Partie gemacht hatte, als sie mit dem Reederssohn vor den Traualtar getreten war.

Knut dagegen sah die Sache wohl eher so: Warum zum Teufel hatte sich dieser Trottel keinen Gummi übergestülpt, ehe er der Einladung der hinreißenden, läufigen Hündin gefolgt war? Jetzt war die Marilyn-Kopie für die geilen Knaben der Küste unerreichbar, und das vielleicht für immer. Sollte ihn doch der Teufel holen, diesen mageren Seidenprinzen, für den außer seiner dicken Brieftasche so gar nichts sprach!

Während Bjørn sich mit diesen Gedanken herumplagte und zugleich versuchte, seine Angst vor der unverschämten Unberechenbarkeit des Ozeans zu überwinden, erwachte Ulla zum zweiten Mal an diesem Morgen. Sie war ganz allein in der alten Villa, die ihre Eltern ihr als Mitgift spendiert hatten.

Der elegante Swimmingpool hatte sich als reiner Wunschtraum entpuppt. Ulla stieg aus dem Bett, watschelte ins Badezimmer und streifte das dicke, trutschige Nachthemd ab, das sie benutzte, um sich Bjørn vom Leibe zu halten. (Alles, was Marilyn nachts trug, war Chanel No 5.) Im Spiegel konnte sie ihren fast formvollendeten Körper betrachten, nach dem hunderte von Männern gelechzt hatten.

Wäre da nur nicht dieser schreckliche Bauch gewesen! In nicht allzu langer Zeit würde das darin eingesperrte Baby mit einem Schrei der Befreiung herausgleiten; für Ulla jedoch würde der Rest ihres Lebens zum Gefängnis werden.

Ihre Schwangerschaft hatte sie allein sich selbst zuzuschreiben. Für ein Mädchen ihrer Herkunft hätte es eigentlich ganz einfach sein müssen, sie zu verhindern. Ihr Vater, der strenge Apotheker, verkaufte alle modernen empfängnisverhütenden Mittel. Ulla hätte also einfach nur in die Schublade mit den Diaphragmen greifen müssen, aber sie wusste nicht so recht, wie diese kompliziert aussehenden Teile benutzt wurden. Ihre Mutter war die Hebamme des Ortes. Als Mitglied des Gemeinderates hasste sie Schwangerschaftsabbrüche, die sie lieber als «Kindsabtreibung» bezeichnete – das kam also auch nicht infrage.

Und wie hätte Ulla ihre Eltern nach Dingen fragen können, von denen sie doch gelernt hatte, dass darüber nicht laut gesprochen wurde?

Als der fromme Bezirksarzt festgestellt hatte, dass ihre lange ausgebliebene Menstruation einer Schwangerschaft zuzuschreiben war, hatte er ihr gratuliert und sich lächelnd nach dem Namen des Glücklichen erkundigt. Schockiert hatte Ulla blitzschnell rückwärts gerechnet und nach einer Lösung gesucht, die ihre Eltern zur Not akzeptieren würden. Voller Panik war sie bei der Nacht mit Bjørn angekommen. Ja, das könnte stimmen. Er musste es sein!

Weder der Apotheker noch die Hebamme hatten Einwände gehabt. Da das Unglück nun schon einmal geschehen war, erschien ihnen der Reederssohn als gute Wahl.

Ulla war nicht mehr dieser Ansicht. Ein Leben mit Bjørn bedeutete nichts anderes als ein Leben in unerträglicher Langeweile, ein stickiges Dasein, ein grauenhafter Abschied von allem, was Ähnlichkeit mit Freiheit und lustvollen Nächten hatte. Einen uncharmanteren und öderen Mann gab es wohl im ganzen Land nicht. Und dann war sie noch nicht mal sicher, dass er der Vater des Babys war.

Wenn Ulla genauer darüber nachdachte, könnte es genauso gut Knut sein, der rothaarige Kraftprotz, der ihr wohlige Schauer über den Rücken laufen ließ, wenn er sie nach hinten beugte und das tat, was ihr am allerbesten gefiel. Oder Jakob, der lokale Sportheld. Oder ... Ein Gefühl der Scham durchschoss sie, und Ulla hielt entsetzt den Atem an. Ihre Eltern wären in Ohnmacht gefallen, wenn sie geahnt hätten, wie viele Männer sich schon mit ihr hatten amüsieren dürfen.

Aber jetzt war es zu spät für Reue.

In vielen anderen Ländern, überlegte sie, wäre das Problem leicht zu lösen. Da standen die Abtreibungsärzte Schlange, um Mädchen wie ihr aus der Patsche zu helfen. In den Luxusvillen von Beverly Hills brauchten die Stars nur zum Telefonhörer zu greifen, und schon nach kurzer Zeit tauchte ein diskreter Spezialist auf und ergriff die nötigen Maßnahmen.

Sie beobachtete sich, während sie mit geöffneten Lippen und weichen Handbewegungen ihre langen blonden Haare über die Ohren hob, und für einen Moment konnte sie ihren Bauch vergessen. Kein Wunder, dass die Jungs ihr hungrige Blicke zuwarfen, wenn sie sie auf diese Weise anlächelte – in dieser raffinierten Mischung aus unschuldigem Kind und reifer Frau.

Sie hatte Bjørn damals durchaus nicht verführen wollen. Als sie in der Osterzeit zum Reederhaus gegangen war, hatte sie nur ein paar Lose verkaufen wollen, durch die den Hungernden in Indien geholfen werden sollte. Sie setzte sich immer ein, wenn es um Not leidende Menschen ging.

Ihre Eltern waren im Skiurlaub gewesen. Anders als bei ihr zu Hause gab es bei Reeders einen gut gefüllten Barschrank, der sie an romantische Filmszenen im Kino erinnerte. Und schon bald hatte Bjørn ihr das eine oder andere Glas eingeschenkt – unbeholfen und unmännlich, natürlich –, aber sie hatte es ungeheuer spannend gefunden, ihn zu provozieren. Wie würde der Milchbubi wohl reagieren, wenn sie sich verführerisch über die Lippen lecken würde und ihm dabei die Hand auf den Oberschenkel legte?

Bald sollte sich herausstellen, dass dieser Tollpatsch auch nicht anders war als andere Männer, und im wunderschönen Himmelbett seiner Eltern hatten sie, benebelt von den Getränken, aneinander herumgefummelt. Sie wusste allerdings nicht mehr so recht, ob sie wirklich miteinander geschlafen hatten.

Auf einmal fiel Ulla ein, dass der nächste Tag Heiligabend sein würde. Bis jetzt hatte sie sich noch nicht dazu durchringen können, ein Geschenk für ihren Mann zu kaufen. Als sie die Hand nach ihrem rötesten Sans Égal ausstreckte, wurde sie plötzlich von einem stechenden Schmerz in ihrem Unterleib aus ihren Gedanken gerissen. Zwei Minuten später war der Schmerz wieder da, diesmal noch stärker. O Gott! Sie ahnte, dass nicht die Einkaufsstraßen der Stadt ihr nächstes Ziel sein würden, sondern das Krankenhaus.

Auf dem Weg dorthin ging Ulla auf, dass die Wehen – falls es welche waren – viel zu früh kamen, und in ihr flackerte eine verzweifelte Hoffnung auf. Insgeheim hatte sie sich die ganze Zeit einen solchen Ausgang gewünscht. Eine Totgeburt könnte sie von ihren Verpflichtungen einem Mann gegenüber befreien, den sie verabscheute – und der ihr zugleich ein wenig Leid tat.

Als der Fischkutter um die Landzunge bog, auf der der Leuchtturm stand, und der scharfe Wind den jungen Kapitän mitten im Gesicht traf, goss er seinen restlichen Kaffee ins Meer und suchte Zuflucht im Steuerhaus, wo Knuts kräftige Hände das Rad umklammerten.

Es brachte nichts, den harten Mann zu spielen. Sein Gehilfe hatte schon längst durchschaut, wie sehr Bjørn sich vor den Wellen fürchtete. Knut wusste, dass er sich nur überaus ungern der Idee seines Vaters gefügt hatte, zwei Jahre auf See zu verbringen, ehe er als Juniorchef in die Firma eintreten würde. Eigentlich war Bjørn eine Landratte, die den Kabeljau lieber verzehrte, statt ihn zu fangen, doch wenn er das Angebot abgelehnt hätte, auf seinem eigenen Boot Erfahrungen zu sammeln, dann hätte das seine Schwäche endgültig unter Beweis gestellt. Er versuchte, stattdessen an Ulla zu denken. Und wurde erfüllt von grenzenlosem Stolz, als er sich nun wieder bewusst machte, dass am Ende er der Sieger geblieben war. Bisher hatte er sich schweigend mit den spöttischen Andeutungen seiner Kumpels abgefunden, er solle sich doch erst mal bei Versandhäusern umtun, was man dort alles diskret bestellen könnte. Er hatte sich gesagt, diese Sticheleien entsprängen dem puren Neid.

Natürlich ahnte er, was sich in den Schlafzimmern abspielte, aber seine früheren Erfahrungen mit Frauen waren gleich null gewesen. Aus Gründen, die er eigentlich selbst nicht begriff, war die für ihn unerreichbare und hinreißende Ulla bei ihm aufgetaucht und hatte sich an ihn herangemacht. Erfüllt von trunkener Glückseligkeit, hatte er sich gierig an ihr und den Getränken seines Vaters gütlich getan. Da war das Wunder geschehen. Denn dass ein neues Leben entstand, das war doch wohl ein Wunder?

«Scheint heute frisch zu werden», sagte jetzt Knut, der Bursche mit den struppigen roten Haaren, der nie einen Hehl daraus machte, dass er mit Ulla mehr als einmal im Bett gewesen war, lange bevor Bjørn zum Zug gekommen war.

Bjørn nickte nur. Er wusste, dass er kotzen würde, wenn das Wetter sich nicht änderte. Der Anblick der beängstigenden, nach ihm schnappenden Schaumkronen ließ ihn auf ein neues Wunder hoffen, auf irgendein magisches Ereignis – dass zum Beispiel jemand von der Reederei sie an Land zurückrufen würde. Bisher war alles einigermaßen gut gegangen, aber jetzt drohten die Winterstürme. Widerwillig übernahm er das Steuer, während Knut unter Deck kletterte, um einen Happen zu essen.

Das Wunder geschah, noch ehe Bjørn «piep» sagen konnte. Das Knacken des Funkgerätes verriet, dass jemand Kontakt zu ihnen aufnehmen wollte, und Bjørn riss geradezu den Hörer an sich und drehte das Gerät lauter. Als der Vater ihm befahl, sofort kehrtzumachen, empfand Bjørn nur noch tiefe Erleichterung. Er drehte das Steuer, änderte den Kurs um hundertachtzig Grad und gab in Richtung Fjordmündung Vollgas.

In diesem Moment tauchte Knut in der Tür des Steuerhauses auf. «Was zum Teufel machst du denn da?», fragte er wütend.

«Das Kind kommt.»

«Himmel, jetzt schon?»

Bjørn nickte aufgeregt. Sein Herz hämmerte im Takt des Schiffsmotors, und er war noch blässer als sonst. Die Geburt wurde eigentlich erst in drei Wochen erwartet, und er hatte schlimme Geschichten über zu früh geborene Kinder gehört, winzige Geschöpfe, deren Leben oft am seidenen Faden hing.

Nach langem Schweigen warf Knut einen viel sagenden Seitenblick auf seinen Kapitän. «Vielleicht ist das Kind ja doch ganz normal», sagte er.

«Wie meinst du das?»

Der andere legte eine neue Pause ein, dann spuckte er aus und ließ die Katze aus dem Sack: «Einen Monat ehe du Ulla in den Schoß gefallen bist, hatten wir doch die ganzen Yankees zu Besuch.»

Die Yankees!

Die Worte Knuts und sein hämisches Grinsen trafen Bjørn wie eine eiskalte Dusche. Er hatte den Flottenbesuch im März total vergessen, die große NATO-Übung. Kurz geschorene Matrosen aus den USA, mit strahlend weißen Zähnen und unerschöpflichen Vorräten an Virginia-Zigaretten, hatten den Ort besetzt, hatten sich in den windigen Straßen herumgetrieben und die kleinen Lokale gefüllt. Drei Tage lang hatten sie die Gegend dominiert, hatten ein hinreißendes Ausländisch gesprochen und allen Petticoatträgerinnen weiche Knie bereitet. War es wirklich möglich, dass …

Er packte das Steuer fester, um zu verbergen, dass seine Hände zitterten. Verdammt, ja, das wäre möglich! Als Ulla dann aufgegangen war, dass sie ein Kind bekam, hatte sie sich an ihn gewandt, einfach um ihre Zukunft zu sichern.

Aber spielte das eigentlich eine Rolle – jetzt? Ein Baby war ein Baby, ein Wunder war ein Wunder. Selbst wenn das Kind vor allem Ulla ähnlich sähe, würde niemand behaupten können, er sei nicht der Vater.

Aber was, wenn Knut geblufft hatte, wenn er die Amerikaner nur erwähnt hatte, weil er befürchtete, selber der Vater zu sein? Knut würde sich niemals an Ulla binden wollen. Seiner Meinung nach konnte ihr reizendes Äußeres nicht verbergen, dass sie «strohdoof» war. Aber wenn das Kind jetzt mit roten Haaren auf die Welt käme!

Und was, wenn Ulla sich auch nach der Geburt von zudringlichen, leichtfingrigen Burschen betören lassen würde? Dann würde Bjørn sich noch mehr gedemütigt fühlen. Nicht ein einziges Mal seit der Hochzeit hatte sie gesagt: «Ich liebe dich», und wenn sie, was selten war, einmal lächelte, dann brachte das nur gequältes Mitleid zum Ausdruck …

Plötzlich kam ihm ein Gedanke, der ihm bisher fremd gewesen war: Ein Kind, von dem alle wussten, dass es nicht von ihm stammte, könnte ihm die Möglichkeit geben, sich seiner Ehe zu entziehen …

Mit Gewalt riss er sich zusammen, versuchte, sich von diesen niederträchtigen Überlegungen zu befreien. Wenn Ulla ihn erst zu lieben gelernt hätte, dann würde sie andere Dinge wichtig finden als lüsterne Männerblicke. Ganz sicher, denn im Grunde war sie doch kein schlechter Mensch. Wahrscheinlich war Knut einfach so neidisch, dass er alles tun würde, um Bjørns Glück zu zerstören. Der Typ sollte sich doch zum Teufel scheren!

Während der restlichen Fahrt beschäftigten Bjørn aber doch mehr die Soldaten aus den USA als die Angst um sein zu früh geborenes Kind.

An Land hatte die Entbindung schon längst begonnen. Als die Hebamme im Krankenhaus angekommen war, hatte sie zu ihrer Überraschung erfahren, dass im Kreißsaal ihre eigene Tochter in den Wehen lag.

«Das läuft doch alles wunderbar, Kind», sagte sie routiniert aufmunternd zu Ulla, als sie den Saal betrat.

Die junge Frau lächelte tapfer zurück und wusste, dass sie in den besten Händen war. Sie hatte keine Ahnung, welch schreckliche Sorgen sich die Mutter machte, weil die Niederkunft gar so früh kam, und dass sie sicherheitshalber schon dafür gesorgt hatte, dass der Brutkasten sterilisiert und vorbereitet wurde.

Die Mutter, die über Ullas zweifelhaften Ruf voll im Bilde war, hatte schon die ganze Zeit die Befürchtung, dass ihre

Tochter von einem hergelaufenen Adonis geschwängert werden könnte. Als erfahrene Geburtshelferin wusste sie besser als die meisten anderen, wie wenig dazugehört, ein Mädchen zu verführen. Sie und der Apotheker hatten beide bei der heutigen Jugend Beispiele von erschütternder Unwissenheit und Sorglosigkeit erlebt.

Sie waren zutiefst erschrocken gewesen, als die Tochter schon mit dreizehn Jahren, nachdem sie ihren ersten Marilyn-Film gesehen hatte, anfing, mit den Hüften zu wackeln, sobald ein männliches Wesen in ihre Nähe kam. Und ein Jahr später, als sie sie dabei erwischten, wie sie bei Tisch einen älteren Onkel aus Trondheim umschmeichelte, waren sie geradezu bestürzt gewesen.

«Wenn du dich weiterhin einfach jedem auf diese Weise an den Hals schmeißt, dann endet das mit Kindergeschrei und schmutzigen Windeln, ehe du piep sagen kannst!»

Ulla war in Tränen ausgebrochen und hatte Besserung versprochen. Sie wollte ihren strengen Eltern so gern gehorchen. Aber schon bald hatte die Natur den Wunsch nach Mäßigung überwunden. Was Ulla in der Schule nicht schaffte, holte sie in der Freizeit nach. (Was man nicht im Kopf hat, muss man zwischen den Beinen haben.) Sie beobachtete schrecklich gern, wie Männer, alte und junge, ihren kleinen Tricks erlagen, und sie genoss dieses grandiose Zittern im Unterleib, wenn fremde Hände sie berührten.

Es ließ sich nicht leugnen, dass das junge Paar nur ein einziges Mal zusammen gesehen worden war, ehe der Hochzeitsmarsch erklang. Aber Ullas Eltern hatten dem kein besonderes Gewicht beigemessen. Bjørn hatte zwar wenig Ähnlichkeit mit einem Märchenprinzen, aber es half, dass er aus einer wohlhabenden Familie stammte. Nun musste nur noch die Geburt einen normalen Verlauf nehmen.

«Pressen, Ulla», sagte die Mutter. Für sie war jede Entbindung ein Wunder, und jedes Mal war sie aufs Neue vom ersten Schrei des Neugeborenen begeistert. Jetzt würde sie bald Großmutter werden, und diese Erwartung ließ sie ein wenig mehr zittern als sonst, als der winzige Schädel zum Vorschein kam.

Aufgrund der genetischen Voraussetzungen tippte sie, dass das Kind blassblonde Haare haben müsste, doch auf den ersten Blick schien diese Annahme nicht zuzutreffen.

Himmel. Was, wenn der Geburtstermin doch stimmte, wenn Bjørn nicht der Vater war, wenn …

«Pressen!», rief sie, aber etwas von der Begeisterung in ihrer Stimme war verflogen.

Der Apotheker hatte im Wartezimmer bereits Stellung bezogen. Gleich darauf kamen Bjørns Eltern mit einem riesigen Blumenstrauß hereingestürzt, und die Kerzen in der Weihnachtstanne des Wartezimmers ließen ihre Augen erwartungsvoll aufleuchten. Das hier würde ein zusätzliches Weihnachtsgeschenk sein, am Abend vor dem Abend. Das wieder geborene Jesuskind.

Auch der Reeder und seine Frau hatten Ullas lockeren Lebenswandel bereits gekannt, als ihr Sohn sie mit nach Hause gebracht und dort als seine Auserwählte vorgestellt hatte, aber sie hatten das Mädchen sofort gemocht – lieb, schlicht und reizend, wie sie war. Für die Eltern war es das größte Wunder, dass ihr eigener Spross ein dermaßen bezauberndes Geschöpf hatte erobern können.

Während Ulla im Nebenzimmer aus Leibeskräften presste, kam das Köpfchen des Babys immer weiter zum Vorschein, ein perfekt entwickeltes Kranium mit reizenden Locken.

Als dann der restliche Körper folgte, begann die Hebamme zu zittern, denn sie schämte sich so unaussprechlich und über alle Maßen, dass sie sich tausend Meilen von ihrer eigenen Tochter fortwünschte.

Denn das, was vor ihren Augen geschah, würde in dem kleinen Ort ein Erdbeben auslösen. Sie sah es bereits vor sich, wie die Erschütterung den Pastor erfassen würde, den Bezirksarzt, ihre Schwester, ihre Tanten, ihre Onkel, ihre Nichten, den Kolonialwarenhändler, die Lehrer in der Schule, den Gemeinderat, den Gesangsverein, die Frauen des Sanitätsvereins und der Inneren Mission. Sie selbst war ja bereit, sehr weit zu gehen, um gewisse Dinge vor der Öffentlichkeit zu verbergen, aber als sie die Nabelschnur durchtrennt hatte und das Baby ein kräftiges Gebrüll ausstieß, sah sie ein, dass hier alle Ausflüchte vergeblich sein würden.

Das begriff auch Ulla, als sie den Kopf hob und das Neugeborene mit ungläubigen Augen betrachtete, erschöpft nach der an sich schnellen und problemlosen Geburt. Als sie nachdachte, erinnerte sie sich, dass unter den vielen faszinierenden und charmanten amerikanischen Matrosen auch einer gewesen war, der ungeheure Ähnlichkeit mit einem weltberühmten Musiker gehabt hatte, ein überaus attraktiver Mann aus New York, der sie sofort mit Marilyn angeredet hatte.

Als das Schreien des Neugeborenen ins Wartezimmer hinüberdrang, waren der Apotheker und das Reederspaar so gerührt, dass sie sofort verziehen, dass die Kinder vor der Heirat keine Verhütungsmittel benutzt hatten. In diesem Moment kam Bjørn hereingestürmt, dicht gefolgt von Knut. Beide hatten blasse und ängstliche Gesichter, wenn auch nicht aus demselben Grund.

Zehn Minuten später wurde die Tür zum Kreißsaal geöffnet, und alle stutzten ein wenig, weil Ullas Mutter einen so seltsamen Gesichtsausdruck hatte. Sah es nicht fast so aus, als wolle sie dem Vater des Kindes den Zutritt verwehren?

Eigentlich hatte sie vorgehabt, die bittere Pille ein wenig zu versüßen und als Erstes zu sagen, dass das gesunde und wohlgeformte Baby möglicherweise einen etwas dunkleren Teint habe als erwartet. Aber als sie die bleichen Küstenmenschen musterte und an den kleinen Louis Armstrong in Ullas Armen dachte, da wusste sie auch nicht mehr weiter.

Und nun drängten die Angehörigen, der Milchbubi an der Spitze, sich ungeduldig an ihr vorbei, um das Wunder anno 1956 zu beschauen, das sich als das allererste seiner Art in der ganzen Gegend erweisen sollte. Schwarze Magie, im wahrsten Sinne des Wortes.

Und an dieser Stelle ist es wohl besser, einen Schlusspunkt zu setzen.

Viktor Arnar Ingólfsson
Der Baumraub

Die grellen Blaulichtblitze von Streifen- und Krankenwagen wirkten in der weißen Einöde beinahe weihnachtlich.

Die Autos standen auf einer wenig befahrenen Straße in einem Außenbezirk, und im Westen sah man den Widerschein der Großstadt am Himmel. Es war windstill, wolkenlos und ziemlich starker Frost. Schnee, Mond und Nordlichter sorgten dafür, dass man am Unfallort einen ganz guten Überblick hatte.

Ein Polizist in dicker Winterjacke schritt den Straßenrand entlang und versuchte, den Unfall zu rekonstruieren. Ein großer Jeep hatte in einer scharfen Kurve einen Lieferwagen gerammt. Der Transporter war von der Straße abgekommen, hatte sich einmal überschlagen und war gegen einen großen Stein geprallt. Der Unfallhergang lag auf der Hand, aber es würde einige Zeit dauern, das Protokoll anzufertigen. Kein gefragter Job am Heiligabend kurz vor Dienstschluss.

Die Rettungssanitäter kümmerten sich um den Fahrer des Lieferwagens. Sie hatten ihn auf eine Trage gelegt und bereiteten den Abtransport vor. Der Fahrer würde Weihnachten im Krankenhaus verbringen, falls er den Unfall überlebte.

Der Polizist kletterte vorsichtig die steile und eisglatte Böschung hinunter. Er ging auf die sechzig zu und bewegte sich in dem unebenen Gelände unsicher und steifbeinig. Es war unangenehm kalt, in Halbschuhen durch den tiefen Schnee unterhalb der Böschung zu stapfen. Endlich erreichte er die Krankenbahre und konnte den Verletzten in Augenschein nehmen.

Es war ein junger Mann, groß und kräftig gebaut. Er trug schäbige Jeans, Lederstiefel und eine schwarze Lederjacke mit diversen Abzeichen. Ein rot und schwarz gefärbter Irokesenkamm zog sich über seinen Schädel, der an den Seiten kahl geschoren war. Über dem einen Ohr befand sich eine bunte Tätowierung, die andere Seite konnte man wegen des Blutes, das aus einer großen Wunde an der Stirn geflossen war, nicht sehen. Die Nase war blutig zerquetscht. Der Polizist hatte das Gefühl, den Mann schon einmal gesehen zu haben.

«Wie ist sein Zustand?», fragte er.

«Er ist bewusstlos, aber der Puls schlägt regelmäßig. Wahrscheinlich hat er sich Arm- und Schlüsselbeinbrüche zugezogen. Innere Blutungen liegen nicht vor, dafür hat er Kopfverletzungen. Wir müssen so schnell wie möglich mit ihm zur Ambulanz», sagte einer der Sanitäter.

Sie hoben die Krankenbahre an, mussten sich aber beim Transport von zwei Polizisten helfen lassen. Es war ein ganz schönes Stück bis zur nächsten Stelle, an der man einigermaßen gut die Böschung hochkam. Der Verletzte war schwer, man kam im Schnee nur schlecht vorwärts. Endlich waren sie auf der Straße, und die Bahre verschwand im Krankenwagen, der kurz darauf in Richtung Stadt losfuhr.

Der Polizist ging zurück und inspizierte den Jeep, der durch den Zusammenstoß vorne stark eingebeult war. Der Fahrer stand neben seinem Auto und klammerte sich an einen ziemlich ramponierten zwei Meter hohen Weihnachtsbaum. Nicht nur einzelne Zweige, sondern auch die Spitze war abgebrochen.

«Gestatten, Hermann», sagte der Polizist. «Es ist wohl meine Aufgabe, diesen Unfall zu protokollieren.»

«Ich heiße Ólafur», sagte der Fahrer, ein kleiner bebrillter Mann, der einen grauen Lammfellmantel und eine wärmende Pelzmütze trug.

Hermann musterte den kleinen Mann und fragte sich im Stillen, ob er in seiner Miene einen Anflug von Triumph wahrgenommen hatte.

«Wie hat sich das zugetragen?», fragte er. «Stand das andere Auto hier einfach auf der Straße, als du aufgefahren bist?»

«Nein, aber der Kerl fuhr nicht sehr schnell.»

«Konntest du nicht mehr bremsen, nachdem du ihn gesehen hast?»

«Doch, aber ich habe ihn vorsätzlich angefahren. Mir ging es darum, einen Diebstahl zu verhindern.»

«Einen Diebstahl?»

«Ja, er hat versucht, meinen Weihnachtsbaum zu klauen. Ich wollte ihn aber trotzdem nicht verletzen. Das war nicht beabsichtigt. Notwehr, würde ich sagen.»

Der Polizist schaute abwechselnd ungläubig auf die kleine Gestalt und den Weihnachtsbaum.

«Das will mir aber gar nicht gefallen. Hör zu, wir setzen uns hier ins Auto. Ich muss die ganze Geschichte hören.»

Sie setzten sich in den einen Streifenwagen. Der Motor lief, deswegen war es einigermaßen warm im Auto.

Hermann zückte Notizblock und Stift. «Also», sagte er, «es schaut nicht gut aus. Was ist denn eigentlich genau passiert?»

Ólafur nahm die Pelzmütze ab, und seine Glatze kam zum Vorschein.

«Ich bin heute Nachmittag losgefahren, um den Weihnachtsbaum für die Familie zu kaufen. Ich musste mehrere

Stellen abklappern, um einen anständigen Baum zu finden, und endlich bin ich in einer Gärtnerei etwas außerhalb der Stadt auf den hier gestoßen. Ich hatte schon bezahlt und schaute mir gerade noch die Weihnachtskugeln an, die heruntergesetzt waren, fünfzehn bis zwanzig Prozent, je nach Größe. Als ich wieder hochschaute, war der Baum verschwunden. Ich blickte mich um und sah, wie dieser Kerl mit dem Baum auf den Parkplatz hinauslief. Der Verkäufer war einen Augenblick weggegangen, ich konnte ihn also nicht um Hilfe bitten. Deswegen rannte ich hinter dem Mann her und rief ihm zu, er habe meinen Baum mitgenommen. Er schmiss aber einfach den Baum hinten auf seine Ladefläche und wurde ausfällig.»

«Wie das?», fragte der Polizist.

«Er zeigte mir den Mittelfinger», antwortete Ólafur und streckte den Mittelfinger der rechten Hand aus. «So.»

«Hat er nichts gesagt?»

«Doch, er hat auch was ähnlich Ordinäres geschrien, aber er war so heiser, dass ich ihn nicht verstanden habe.»

«Na schön, und was passierte dann?», fragte der Polizist.

«Also, er ist einfach losgefahren, und ich bin in meinem Auto hinterher. Ich konnte ihn auf gar keinen Fall mit meinem Baum abhauen lassen, nachdem ich endlich den richtigen gefunden hatte.»

«Warum hast du nicht die Polizei gerufen?»

«Mein Handy war ausgeschaltet, und ich konnte mich nicht an die PIN-Nummer erinnern. Das kommt manchmal vor, wenn ich mich aufrege.»

«Du kannst den Notruf erreichen, auch ohne die PIN-Nummer einzugeben.»

«Das wusste ich nicht. Ich kenn mich mit diesen Dingern nicht so gut aus.»

«Na schön, erzähl weiter.»

«Der Mann hielt bei einer roten Ampel, ich sprang aus dem Auto und riss den Baum von der Ladefläche, bevor er weiterfuhr. Als ich den Weihnachtsbaum hinten bei mir einlud, sah ich, wie er gegen die Verkehrsordnung einfach umdrehte. Da hatte er nämlich gemerkt, dass der Baum weg war. Ich setzte mich schleunigst in den Jeep und fuhr los. Er verfolgte mich, und ich traute mich nicht, in die Stadt zu fahren, denn da wären zu viele Ampeln gekommen, bei denen ich hätte halten müssen. Stattdessen fuhr ich aus der Stadt hinaus und wollte ihn auf der Landstraße abhängen. Ich wusste, dass ich das schnellere Auto hatte.»

Ein Polizist aus dem anderen Auto klopfte an die Scheibe des Streifenwagens. Hermann ließ das Fenster herunter.

«Wir haben rausgekriegt, wer der andere ist», sagte der andere Polizist. «Er ist erst kürzlich aus dem Gefängnis entlassen worden und ist in einer Betreuungseinrichtung untergebracht. Sie haben ihn losgeschickt, mit Geld, um einen Weihnachtsbaum zu kaufen.»

«Er hat wahrscheinlich das Geld absahnen wollen, indem er sich gratis einen Weihnachtsbaum besorgte», sagte Hermann und ließ die Scheibe wieder hochgleiten. «Und was passierte dann?», fragte er Ólafur.

«Ich fuhr so schnell, wie ich mich angesichts der Straßenverhältnisse traute, aber er ließ nicht locker. Ich habe ihn noch lange im Rückspiegel gesehen, bis er endlich weg war. Dann hielt ich an und wartete eine Weile, bevor ich wendete und zurückfuhr. Ich war spät dran und hatte ein ziemliches Tempo drauf. Auf einmal fuhr dieser Transporter vor mir von einem Seitenweg auf die Straße, und ich musste wie verrückt bremsen, um nicht auf ihn draufzufahren. Dabei würgte ich den Motor ab und kriegte ihn nicht wieder an. Der Mann stieg aus und wollte meine Tür aufreißen, aber ich hatte die

Zentralverriegelung betätigt. Dann hat er gegen die Tür getreten, eine ganz schöne Beule, guck mal.» Ólafur deutete auf den Jeep.

Hermann blickte in die Richtung und sah eine Beule wie nach einem Fußtritt. «Der Mann hatte sich also immer noch nicht beruhigt.»

«Nein, und ich hatte eine Mordsangst, denn die Heckklappe an meinem Jeep war offen. Er schnappte sich aber nur den Weihnachtsbaum und brachte ihn zu seinem Auto. Nachdem er ihn auf die Ladefläche geworfen hatte, fuhr er einfach los.»

«Hast du nicht daran gedacht, ihn einfach wegfahren zu lassen und die Polizei zu verständigen?», fragte Hermann.

«Doch, das wollte ich eigentlich, aber dann konnte ich auf einmal den Jeep wieder starten, und er hatte noch keinen großen Vorsprung. Es war, als hätte er mich mit seinem Schneckentempo provozieren wollen. Als ich ihn eingeholt hatte, streckte er die Hand zum Fenster heraus und zeigte mir wieder den Stinkefinger. Da hatte ich aber wirklich die Schnauze voll. Ich hatte keine Lust, mich von so einem Gangster ausgerechnet zu Weihnachten berauben zu lassen. Als wir hier zu der scharfen Kurve kamen, gab ich Gas und steuerte genau auf das Auto zu. Er flog von der Straße und überschlug sich. Zuerst hat sich der Kerl im Auto überhaupt nicht gerührt, aber als ich mir den Baum holte, kroch er brüllend aus dem Wagen. Seine Stirn blutete, und er wollte auf mich losgehen. Da habe ich ihm mit dem Baum eins auf die Nase gegeben, und er ging zu Boden. Und dann kam bald ein Auto vorbei, und der Fahrer hat den Notdienst angerufen. Den Rest weißt du.»

Hermann hatte sich einige Punkte notiert und legte jetzt den Notizblock zur Seite. «Ich weiß nicht, was aus der Sache wird», erklärte er, «aber für dich wird das mit Sicherheit ein Nachspiel haben. Hoffen wir mal, dass der Mann nicht schwer verletzt ist.»

«Aber das ist doch ein Krimineller!»

«Ja, sicher, aber deine Vorgehensweise war meines Erachtens nicht weniger brutal.»

«Darf ich meine Frau anrufen?», fragte Ólafur. «Sie macht sich wahrscheinlich schon Gedanken.»

«Ja, bitte», sagte Hermann und deutete auf das Autotelefon.

Ólafur wählte die Nummer, und man hörte es klingeln, da das Telefon des Streifenwagens auf Lautsprecher geschaltet war.

«Hallo», eine schrille Frauenstimme meldete sich.

«Sigrídur, ich bin's, Ólafur.»

«Ólafur, mein Schatz, wo steckst du denn?»

«Ich wurde ein bisschen aufgehalten, aber jetzt komm ich bald mit dem Weihnachtsbaum.»

«Mit dem Weihnachtsbaum? Aber die vom Weihnachtsbaummarkt haben doch angerufen und gesagt, du hättest den Baum dort stehen lassen.»

«Nein, nein, Liebling. Ich habe den Baum hier.»

«Das kann nicht sein. Der Baum musste doch erst abgesägt werden, und als sie mit ihm zurückkamen, warst du weg. Es war eigentlich schon Feierabend, aber den Baum wollten sie vor Weihnachten noch zustellen. Sie haben deinen Namen auf dem Zettel von der EC-Karte gefunden und angerufen. Willy ist los und hat ihn geholt. Der Baum steht schon im Zimmer, und wir schmücken ihn gerade.»

Eine Weile herrschte Schweigen.

«... Hallo ... hallo ... Bist du noch dran?»

Jostein Gaarder

15. Dezember

… fürchte dich nicht, sagte er mit
seidenweicher Stimme …

Als Joachim am 15. Dezember aufwachte, gab es vom magischen Weihnachtskalender nur noch zehn Türchen zu öffnen. Die Zeit verging rasend schnell. Und Mama und Papa saßen schon wieder bei ihm und warteten. Er konnte sich nicht mal in Ruhe aufsetzen.

Joachim war jetzt aber nicht mehr sauer, dass sie seine Geheimschatulle geöffnet hatten. Es wäre auch schrecklich öde gewesen, in alle Ewigkeit sauer zu sein. Außerdem war es viel schöner, über Elisabet und den Pilgerzug zu lesen, wenn Mama und Papa dabei waren. Fast so schön, wie an jedem Tag bis zum Heiligen Abend Geburtstag zu haben.

«Also los», sagte Papa.

Weder er noch Mama konnten verbergen, dass sie den magischen Adventskalender genauso spannend fanden wie Joachim selbst.

Joachim richtete sich im Bett auf und öffnete Klappe Nr. 15. Er musste den Zettel vorsichtig herausfischen, damit er nicht zerriss. Das Bild dahinter zeigte viele Inselchen mit Häusern. Die kleinen Inseln lagen in strahlendem Sonnenschein.

Heute war Papa mit Lesen an der Reihe. Er schnappte sich das dünne Papier, räusperte sich zweimal und fing an.

7. *Schaf*

Sechs Schafe, zwei Schäfer, zwei Weise, zwei Engel, ein römischer Landpfleger und ein kleines Mädchen aus Norwegen erreichten jetzt die Lagune von Venedig.

Sie blieben auf einer kleinen Anhöhe mit Blick über die Lagune stehen, und Efiriel zeigte auf all die dicht an dicht liegenden großen und kleinen Inseln. Auf vielen davon hatten die Bewohner Venedigs Häuser gebaut, auf einigen standen auch Kirchen. Mehrere Inselchen lagen so dicht beieinander, dass sie mit Brücken verbunden waren. Überall wimmelte es von kleinen Fischerbooten.

«Die Uhr zeigt 797 Jahre nach Christus», verkündete Efiriel. «Wir sehen hier das junge Venedig, wie die 118 Inseln bald heißen werden. Die Venezianer haben sich an dieser Stelle angesiedelt, um sich vor Piraten und Barbaren zu schützen, die immer wieder die Gegend unsicher machen. Vor genau hundert Jahren haben sie sich zum ersten Mal unter einem Anführer versammelt, der dann den Namen Doge bekam.»

«Ich seh keine Gondeln», wandte Elisabet ein. «Und ich hatte auch gedacht, dass es hier viel mehr Brücken gibt.»

Efiriel lachte:

«Du siehst ja auch nicht das Venedig des 20. Jahrhunderts vor dir. Ich habe doch gesagt, dass die Uhr 797 zeigt. Die Menschen wohnen hier überhaupt erst seit zweihundert Jahren. Aber Venedig wird bald so dicht bevölkert sein, dass man die Inseln kaum noch auseinander halten kann.»

Während sie sich noch die vielen kleinen und großen Inseln ansahen, kam ein kleiner Nachen über das Wasser gefahren. Der Nachen war am einen Ende mit Salz beladen, am anderen Ende standen Schafe und blökten die Sonne an, die langsam durch den Morgennebel brach.

Der Mann im Nachen erschrak so sehr, als er den Pilgerzug sah, dass er den Arm vor die Augen schlug und zurückwich, dabei das Gleichgewicht verlor und rückwärts ins Wasser plumpste. Elisabet sah, wie er wenige Sekunden darauf aus dem Wasser auftauchte und dann wieder unterging.

«Er ertrinkt!», rief sie. «Wir müssen ihn retten!»

Aber der Engel Efiriel war schon unterwegs. Er schwebte graziös über das glitzernde Wasser, packte den Mann, als der wieder auftauchte, und hob ihn aufs Land. Der Mann war triefnass, er ließ es geradezu auf den Boden regnen. Efiriel zog nun auch noch den Nachen an Land.

Der Mann, der fast ertrunken wäre, weil er sich so sehr über den Anblick der beiden Engel erschrocken hatte, ließ sich auf den Boden fallen und hustete wie ein Unwetter. Er schnappte nach Luft und sagte:

«Gratie, gratie …»

Elisabet versuchte zu erklären, dass sie auf dem Weg nach Bethlehem waren, um das Jesuskind zu begrüßen, und dass er sich nicht fürchten sollte. Umuriel kreiste jetzt um ihn herum.

«Fürchte dich nicht», sagte er mit seidenweicher Stimme. «Und krieg nur ja keinen Schrecken. Aber du solltest auch nicht allein auf dem Meer herumgondeln, wenn du nicht schwimmen kannst. Du kannst doch nicht hoffen, dass immer gerade ein oder zwei Engel in der Nähe sind. Wir streifen nämlich nur ziemlich selten durch diese Gegend, verstehst du?»

Umuriels Ermahnungen schienen den Mann nicht zu trösten. Aber das Engelskind setzte sich neben ihn, streichelte
ihm die Wange und sagte immer wieder «Fürchte dich nicht».
Beim siebten oder achten Mal schien es zu wirken, denn jetzt
stand der Mann auf und stapfte allein zurück zu seinem Nachen. Er hob ein kleines Lamm heraus, hob es empor und
kam zu ihnen zurück:

«Agnus Dei», sagte er.

Das bedeutete: Lamm Gottes, und das Lamm schloss sich
ohne Widerrede der übrigen Schafherde an.

Joshua stieß nach dem ganzen Zwischenfall jetzt umso
energischer mit dem Hirtenstab auf den Boden und sagte wie
jedes Mal:

«Nach Bethlehem, nach Bethlehem!»

Da rannten sie los. Ganz vorn das Engelskind Umuriel,
hinter ihm die sieben Schafe, die drei Schäfer, die beiden
Weisen, Cyrenius, Elisabet und der Engel Efiriel.

Tief im Golf von Venedig lag die alte römische Stadt Aquileia. Im Laufen zeigte Efiriel schnell auf ein Kloster:

«Es ist das Jahr 718 nach Christus. Aber hier gibt es schon
seit ältester Zeit eine christliche Gemeinde.»

Der Pilgerzug wanderte nun durch die Stadt Triest. Und
danach ging es weiter durch ganz Kroatien, über Stock und
Stein.

Papa legte das dünne Papier zurück aufs Bett und holte einen
der großen Atlanten, die er auf Joachims Schreibtisch abgelegt hatte:

«Hier liegt Venedig», sagte er. «Und hier Triest, an der ju-
goslawischen Grenze. Aquileia finde ich nicht.»

«Vielleicht existiert diese Stadt ja heute nicht mehr», sagte
Mama. «Guck doch mal in den historischen Atlas.»

Papa holte den anderen großen Atlas. Der enthielt viele Karten von allen europäischen Ländern, aber die meisten Namen von Ländern und Städten darauf lauteten anders.

«Du musst eine Karte der Gegend finden, die sie im 8. Jahrhundert zeigt», sagte Mama.

Papa blätterte ewig lange im Atlas herum.

«Hier!», sagte er plötzlich. «Aquileia, ja. Die alte Stadt lag genau zwischen Venedig und Triest. Das ist ja phantastisch …»

«Was?», fragte Joachim.

«Johannes muss die gleichen alten Karten benutzt haben. Denn die Welt verändert sich ja im Lauf der Zeit. Die Geschichte ist wie ein hoher Stapel Pfannkuchen, und jeder Pfannkuchen ist eine neue Weltkarte.»

Joachim schaute Papa an:

«Pfannkuchen?»

Papa nickte.

«Es reicht nie, zu fragen, wo etwas passiert. Es reicht auch nicht, zu fragen, wann etwas passiert. Du musst immer fragen, wann und wo.»

Er legte seine Hände auf die von Joachim.

«Stell dir vor, du hast zwanzig Pfannkuchen, die aufeinander liegen. Wenn auf einem davon ein schwarzer Fleck ist – und du diesen Fleck finden sollst –, dann musst du feststellen, auf welchem der zwanzig Pfannkuchen er steckt. Vielleicht musst du den ganzen Pfannkuchenstapel durchsehen.»

Jetzt kapierte Joachim, was Papa meinte.

«Sie reisen durch zwanzig Jahrhunderte», sagte Papa schließlich. «In diesem Buch gibt es Karten, die genau zeigen, wie die Welt in jedem dieser Jahrhunderte ausgesehen hat. Ich glaube, Johannes hat auch so ein Pfannkuchenbuch durchgesehen.»

Erst jetzt nahm Papa seine Hände wieder weg, und als er «Pfannkuchenbuch» sagte, mussten er und Joachim lachen.

Mama machte die besten Pfannkuchen in der Familie. Aber jetzt starrte sie einfach nur vor sich hin, während Papa und Joachim sich unterhielten. Als Papa schließlich mit den Fingern schnipste, sagte sie:

«Die große Frage ist, ob im Jahr 797 in Venedig wirklich ein Mann von einem Engel gerettet worden ist. Meint ihr, das lässt sich feststellen?»

Wieder musste Papa lachen.

«Du kannst doch unmöglich diese ganze Geschichte für wahr halten!»

Mama ließ ihren Blick wandern:

«Nein, das geht wohl nicht.»

Sie schaute zu Joachim – dann wieder zu Papa.

«Aber wenn es wirklich passiert wäre, dann hätte der Mann doch sicher davon erzählt, zum Beispiel einem Priester. Und dann wäre es auch in Büchern erwähnt worden. Vielleicht sollten wir mal in der Bibliothek nachforschen.»

Papa wollte so ein Gerede nicht mehr hören. Stattdessen sagte er:

«Heute gehen wir erst in die Stadt Pizza essen, und dann gehen wir auf den Markt. Weißt du noch, wie dieser Johannes aussieht, Joachim?»

«Sicher», antwortete Joachim. «Ich würde ihn sofort wiedererkennen. Er hat ein wenig seltsam gesprochen, aber er ist ja auch kein echter Norweger.»

An diesem Tag holte Mama Joachim direkt von der Schule ab. Sie fuhren mit dem Bus in die Stadt und trafen sich dort mit Papa. Von der Pizzeria aus hatten sie einen guten Blick auf den Markt vor dem Dom.

Mehrmals fragte Papa, während sie aßen:

«Siehst du ihn, Joachim?», oder: «Du siehst ihn nicht zufällig, oder?»

Jedes Mal musste Joachim mit Nein antworten. Denn Johannes stand nicht mehr auf dem Markt und verkaufte Blumen.

Enttäuscht kauften sie einige dicke Kerzen und einige Weihnachtsgeschenke. Ehe sie nach Hause fuhren, schauten sie auch noch in dem Buchladen vorbei.

Der alte Mann erkannte Papa und Joachim sofort wieder.

«Hier sind wir schon wieder», sagte Papa. «Wir wüssten so gern, ob Sie etwas von diesem seltsamen Blumenverkäufer gehört haben.»

Der Buchhändler schüttelte den Kopf.

«Er war schon seit vielen Tagen nicht mehr hier. Es passiert ganz selten, dass er so lange nicht kommt, aber gerade um diese Jahreszeit zieht er sich manchmal ein bisschen zurück.»

«Der magische Adventskalender ist wirklich ein Mysterium, wissen Sie», erklärte Mama. «Wir möchten den Mann gern zu uns nach Hause einladen und uns richtig bei ihm für den Kalender bedanken.»

Sie beschlossen, dass der Buchhändler Johannes bitten sollte, sie anzurufen. Er hatte ja ihre Adresse und Telefonnummer.

Als sie gehen wollten, fragte Papa:

«Ach, noch was. Wissen Sie, woher er kommt?»

Der Buchhändler dachte kurz nach:

«Ich glaube, er hat mal gesagt, dass er in Damaskus geboren ist.»

Als sie mit dem Auto nach Hause fuhren, trommelte Papa mit den Fingern aufs Steuerrad. Schließlich sah er Mama an und sagte:

«Wenn wir doch diesen Mann bloß finden könnten …»

«Immerhin wissen wir jetzt, woher er kommt», antwortete sie. «Damaskus, das ist doch die Hauptstadt von Syrien.»

Henning Mankell

Der Mann mit der Maske

Wallander sah auf die Uhr. Es war Viertel vor fünf. Er saß in seinem Dienstzimmer im Polizeipräsidium von Malmö. Es war Heiligabend 1975. Die beiden Kollegen, mit denen er das Büro teilte, Stefansson und Hörner, hatten frei. Er selbst wollte in einer knappen Stunde Feierabend machen. Er stand auf und stellte sich ans Fenster. Es regnete. Auch in diesem Jahr würde es keine weiße Weihnacht geben. Er blickte abwesend hinaus, bis die Scheibe anfing zu beschlagen. Dann gähnte er. Seine Kiefer knackten. Vorsichtig schloss er den Mund. Manchmal, wenn er richtig herzhaft gähnte, kam es vor, dass er einen Krampf in einem Muskel unter dem Kinn bekam.

Er ging zurück zum Schreibtisch und setzte sich. Es lagen ein paar Papiere darauf, um die er sich im Moment nicht zu kümmern brauchte. Er lehnte sich im Stuhl zurück und dachte mit Wohlbehagen an die dienstfreien Tage, die er vor sich hatte. Fast eine ganze Woche. Erst Silvester musste er wieder zum Dienst. Er legte die Füße auf den Tisch, nahm eine Zigarette und zündete sie an. Sofort musste er husten. Er hatte beschlossen aufzuhören. Es war kein Vorsatz zum neuen Jahr; er kannte sich selbst viel zu gut, um zu glauben, dass das gelingen könnte. Er brauchte eine lange Vorlaufzeit. Aber dann, eines Morgens, würde er erwachen und wissen, dass dies der letzte Tag war, an dem er eine Zigarette anzündete.

Er schaute wieder zur Uhr. Eigentlich konnte er jetzt schon gehen. Es war ein ungewöhnlich ruhiger Dezember gewesen. Die Kriminalpolizei in Malmö hatte zurzeit keine schweren Gewaltverbrechen aufzuklären. Für die Familienstreitigkeiten, die normalerweise während der Weihnachtstage auftraten, waren andere zuständig.

Wallander nahm die Füße vom Tisch und rief Mona zu Hause an. Sie nahm fast sofort ab.

«Hier ist Kurt.»

«Nun sag bloß nicht, dass du später kommst.»

Seine Verärgerung kam wie aus dem Nichts. Er konnte sie nicht verbergen.

«Ich rufe nur an, um zu sagen, dass ich jetzt schon nach Hause komme. Aber wahrscheinlich war das ein Fehler.»

«Warum bist du gleich sauer?»

«Ich sauer?»

«Du hörst doch, was ich sage.»

«Ich höre, was du sagst. Aber hörst du mich auch? Dass ich tatsächlich anrufe, um zu sagen, dass ich bald nach Hause komme?»

«Fahr bloß vorsichtig.»

Das Gespräch war zu Ende. Wallander blieb mit dem Telefonhörer in der Hand sitzen. Dann knallte er ihn hart auf die Gabel.

Wir können nicht einmal mehr am Telefon miteinander reden, dachte er aufgebracht. Mona fängt aus dem geringsten Anlass Streit an. Und sie würde vermutlich dasselbe über mich sagen.

Er blieb noch sitzen und sah dem Rauch nach, der zur Decke aufstieg. Er merkte, dass er versuchte, den Gedanken an Mona und sich selbst auszuweichen. Und an ihre Streitereien, die immer alltäglicher wurden. Aber es gelang ihm nicht. Immer häufiger dachte er, dass er am liebsten allem aus dem Weg gehen würde. Dass es ihre fünfjährige Tochter Linda war, die ihre Ehe zusammenhielt. Aber er wehrte sich dagegen. Der Gedanke an ein Leben ohne Mona und Linda war ihm unerträglich.

Er dachte auch, dass er noch nicht einmal dreißig Jahre alt war. Er wusste, dass er die Voraussetzungen hatte, ein guter Polizist zu werden. Wenn er wollte, könnte er bei der Polizei eine glänzende Karriere machen. Seit sechs Jahren arbeitete er in diesem Beruf, und seine rasche Beförderung zum Kriminalassistenten bestärkte ihn in dieser Vorstellung. Auch wenn er häufig das Gefühl hatte, nicht gut genug zu sein. Aber war es das eigentlich, was er wollte? Mona hatte oft versucht, ihn zu überreden, sich bei einer der Wachgesellschaften zu bewerben, die in Schweden immer üblicher wurden. Sie schnitt Annoncen aus und meinte, er würde bedeutend besser verdienen. Seine Arbeitszeiten würden regelmäßiger sein. Aber er wusste, dass sie im Innersten an ihn appellierte, den Beruf zu wechseln, weil sie Angst hatte. Angst, dass ihm wieder etwas zustoßen könnte.

Er trat erneut ans Fenster. Blickte durch die beschlagene Scheibe über Malmö.

Es war sein letztes Jahr hier. Zum Sommer würde er in Ystad anfangen. Sie waren schon dorthin gezogen. Seit September wohnten sie in einer Wohnung im Zentrum. In der Mariagata. Wallander fühlte, dass er eine Veränderung brauchte. Dass sein Vater seit einigen Jahren in Österlen wohnte, war ein Grund mehr für sie, nach Ystad zu ziehen. Wichtiger war aber, dass es Mona gelungen war, einen günstigen Damenfrisiersalon zu erstehen. Außerdem wollte sie, dass Linda in einer kleineren Stadt als Malmö aufwachsen sollte.

Sie hatten den Umzug in eine Kleinstadt eigentlich nie

infrage gestellt. Auch wenn es Wallanders Karriere vielleicht nicht dienlich sein würde, die Großstadt zu verlassen.

Er war bei verschiedenen Gelegenheiten ins Polizeipräsidium von Ystad gekommen und hatte sich mit seinen zukünftigen Kollegen bekannt gemacht. Vor allem hatte er einen Polizeibeamten in mittleren Jahren namens Rydberg schätzen gelernt.

Wallander hatte vorab hartnäckige Gerüchte gehört, dieser Rydberg sei ein barscher und abweisender Mensch. Sein Eindruck war vom ersten Moment an ein anderer gewesen. Rydberg war zweifellos ein Mann, der seine eigenen Wege ging. Aber Wallander war vor allem beeindruckt von seiner großen Fähigkeit, mit wenigen Worten ein Verbrechen exakt zu beschreiben und zu analysieren.

Er ging zum Schreibtisch zurück und drückte die Zigarette aus. Es war Viertel nach fünf. Jetzt konnte er fahren. Er nahm seine Jacke vom Haken an der Wand. Er würde langsam und vorsichtig nach Hause fahren.

Vielleicht hatte er am Telefon sauer und unfreundlich geklungen, ohne es zu merken? Er war müde. Er brauchte die freien Tage. Mona würde es verstehen, wenn er nur erst Zeit hatte, es zu erklären.

Er zog die Jacke an und fühlte nach, ob er die Schlüssel zu seinem Peugeot in der Tasche hatte.

An der Wand, gleich neben der Tür, hing ein kleiner Rasierspiegel. Wallander betrachtete sein Gesicht. Er war zufrieden mit dem, was er sah. Bald würde er dreißig werden. Aber im Spiegel sah er ein Gesicht, das wesentlich jünger wirkte.

Im gleichen Augenblick wurde die Tür geöffnet. Es war Hemberg, sein unmittelbarer Vorgesetzter, seit er zur Mordkommission gewechselt war. Wallander arbeitete meistens gut mit ihm zusammen. Wenn es zwischen ihnen einmal Probleme gab, lag das fast ausschließlich an Hembergs heftigem Temperament.

Wallander wusste, dass Hemberg sowohl Weihnachten als auch Neujahr Dienst tun würde. Weil er Junggeselle war, hatte er seine freien Tage mit einem Kollegen getauscht, der eine Familie mit vielen Kindern hatte.

«Ich habe mich gerade gefragt, ob du noch da bist», sagte Hemberg.

«Ich wollte eben gehen», erwiderte Wallander. «Ich hatte vor, eine halbe Stunde früher abzuhauen.»

«Von mir aus», sagte Hemberg.

Aber Wallander war sofort klar, dass Hemberg aus einem bestimmten Grund in sein Zimmer gekommen war.

«Was wolltest du denn?», fragte er.

Hemberg zuckte mit den Schultern. «Du wohnst doch jetzt in Ystad», begann er, «und deswegen dachte ich, du könntest vielleicht unterwegs mal kurz anhalten. Ich habe im Moment ein bisschen wenig Leute. Und an der Sache ist bestimmt sowieso nichts dran.»

Wallander wartete ungeduldig auf die Fortsetzung.

«Eine Frau hat heute Nachmittag ein paar Mal angerufen. Sie hat ein kleines Lebensmittelgeschäft bei dem Möbelhaus, unmittelbar in der Nähe des letzten Rondells bei Jägersro. Neben der OK-Tankstelle.»

Wallander wusste, wo es war.

Hemberg warf einen Blick auf den Zettel in seiner Hand.

«Sie heißt Elma Hagman und ist der Stimme nach schon ziemlich alt. Sie sagte, dass sich bereits den ganzen Nachmittag eine sonderbare Person vor ihrem Laden herumtreibe.»

Wallander wartete vergeblich auf eine Fortsetzung. «Ist das alles?»

Hemberg machte eine viel sagende Geste mit den Armen.

«Es sieht so aus. Sie hat gerade wieder angerufen. Und da bist du mir plötzlich eingefallen.»

«Ich soll also kurz anhalten und mit ihr reden?»

Hemberg warf einen Blick auf die Uhr. «Sie wollte um sechs Uhr zumachen. Du würdest gerade noch rechtzeitig kommen. Ich nehme an, sie hat sich nur etwas eingebildet. Aber du kannst sie ja zumindest beruhigen. Und ihr frohe Weihnachten wünschen.»

Wallander überlegte. Es würde ihn höchstens zehn Minuten kosten, bei dem Laden anzuhalten und festzustellen, ob alles in Ordnung war.

«Ich rede mit ihr», sagte er. «Immerhin bin ich ja noch im Dienst.»

Hemberg nickte. «Frohe Weihnachten», sagte er. «Wir sehen uns dann Silvester.»

«Hoffentlich wird es ein ruhiger Abend», sagte Wallander.

«Zur Nacht hin beginnen die Streitereien», erwiderte Hemberg düster. «Wir können nur hoffen, dass die Leute nicht allzu gewalttätig werden. Und dass nicht allzu vielen erwartungsfrohen Kindern die Freude genommen wird.»

Sie trennten sich im Korridor. Wallander eilte zu seinem Wagen, den er an diesem Tag vor dem Polizeipräsidium geparkt hatte. Es regnete jetzt stärker. Er legte eine Kassette ein und drehte die Lautstärke hoch. Die Stadt um ihn her glitzerte von erleuchteten Schaufenstern und Straßendekorationen. Jussi Björlings Stimme erfüllte seinen Wagen. Er freute sich wirklich auf die freien Tage, die vor ihm lagen.

Als er sich dem letzten Kreisverkehr vor der Abfahrt nach Ystad näherte, hätte er beinahe vergessen, worum Hemberg ihn gebeten hatte. Er musste heftig bremsen und die Fahrbahn wechseln. Dann bog er beim Möbelhaus, das schon geschlossen hatte, ab. Auch die Tankstelle war verlassen. Aber die Fenster des Lebensmittelgeschäfts direkt hinter der Werkstatthalle waren noch erleuchtet. Wallander hielt und stieg aus. Die Schlüssel ließ er stecken. Er warf die Tür so nachlässig zu, dass das Licht im Wagen nicht ausging. Er kehrte nicht um. Sein Besuch würde nur ein paar Minuten dauern.

Es regnete immer noch sehr stark. Er blickte sich langsam um. Es war niemand zu sehen. Das Brausen der Autos drang schwach herüber. Er fragte sich, wie ein Tante-Emma-Laden in einem Gewerbegebiet überleben konnte, das fast ausschließlich aus Kaufhäusern und Handwerksbetrieben bestand. Ohne eine Antwort gefunden zu haben, eilte er durch den Regen und öffnete die Tür.

Als er den Laden betrat, wusste er sofort, dass etwas nicht in Ordnung war.

Etwas stimmte nicht. Ganz und gar nicht.

Was ihn so unmittelbar reagieren ließ, wusste er selbst nicht. Er blieb an der Tür stehen. Der Laden war leer. Kein Mensch. Und es war still.

Zu still, dachte er nervös. Zu still und zu ruhig. Wo war Elma Hagman?

Vorsichtig trat er an die Theke. Beugte sich hinüber und schaute auf den Fußboden dahinter. Leer. Die Kasse war zu. Das Schweigen um ihn her war ohrenbetäubend. Er dachte, dass er jetzt eigentlich den Laden verlassen sollte. Und nach Verstärkung rufen. Sie müssten mindestens zu zweit sein. Ein Polizist allein durfte nicht eingreifen.

Aber er verwarf den Gedanken, dass etwas nicht stimmte. Er konnte sich nicht unentwegt von seinen Gefühlen leiten lassen.

«Ist hier jemand?», rief er. «Frau Hagman?»

Keine Antwort.

Er ging um die Theke herum. Die Tür dahinter war geschlossen. Er klopfte. Immer noch keine Antwort. Er drückte langsam die Klinke herunter. Die Tür war unverschlossen. Vorsichtig schob er sie auf. Im Zimmer vor ihm lag eine Frau ausgestreckt auf dem Bauch. Daneben ein umgestürzter Stuhl. Um das zur Seite gewandte Gesicht der Frau war Blut auf dem Fußboden. Wallander zuckte zusammen, obwohl er im Innersten erwartet hatte, dass etwas geschehen war. Das Schweigen war zu massiv. Er drehte sich um. Im selben Moment erkannte er, dass jemand hinter ihm stand. Er vollführte die Drehung und duckte sich. Vage nahm er einen Schatten wahr, der mit großer Wucht auf ihn zukam. Dann wurde es dunkel.

Als er die Augen wieder aufschlug, wusste er sofort, wo er sich befand. Er saß auf dem Fußboden hinter der Theke. Sein Kopf dröhnte, ihm war übel.

Etwas Dunkles war auf ihn zugekommen. Ein Schatten, der ihn hart am Kopf getroffen hatte. Das war seine letzte Erinnerung. Sie war sehr klar. Er versuchte aufzustehen, aber es gelang ihm nicht. Ein Tau war um seine Arme und Beine geschlungen und hielt ihn an etwas fest. An etwas hinter seinem Rücken, das er nicht sehen konnte.

Das Tau kam ihm bekannt vor. Dann wurde ihm klar, dass es sein eigenes Abschleppseil war, das immer im Kofferraum seines Wagens lag.

Plötzlich kamen die Erinnerungsbilder zurück. Er hatte eine tote Frau im Büro entdeckt. Höchstwahrscheinlich war es Elma Hagman. Dann hatte ihm jemand einen Schlag auf den Kopf versetzt und ihn anschließend mit seinem eigenen Abschleppseil gefesselt. Er blickte sich um und horchte. Jemand musste in der Nähe sein. Jemand, vor dem er allen Grund hatte, Angst zu haben. Die Übelkeit kam und ging in

Wellen. Er versuchte, das Abschleppseil zu dehnen. Konnte er sich losmachen? Er horchte weiter angespannt. Es war immer noch sehr still. Aber es war eine andere Stille. Nicht die, die ihm begegnet war, als er den Laden betrat. Er ruckte an seinen Fesseln. Sie saßen nicht besonders fest, aber seine Arme und Beine waren so verdreht, dass er seine Kraft kaum nutzen konnte.

Er hatte Angst. Was hatte Hemberg gesagt? Elma Hagman habe angerufen und von einer sonderbaren Person gesprochen, die sich in der Nähe ihres Ladens aufhielt. Sie hatte also Recht gehabt. Wallander zwang sich, ruhig zu denken. Mona wusste, dass er auf dem Weg nach Hause war. Wenn er nicht käme, würde sie sich Sorgen machen und in Malmö anrufen. Hemberg würde dann sofort daran denken, dass er Wallander zu Elma Hagmans Laden geschickt hatte. Dann würde es nicht mehr lange dauern, bis die Streifenwagen hier wären.

Wallander horchte. Alles war still. Er streckte sich und versuchte zu sehen, ob die Kasse aufgebrochen war. Um etwas anderes als einen Raubmord konnte es sich ja kaum handeln. War die Kasse offen, hatte der Räuber zudem mit großer Sicherheit das Weite gesucht. Wallander streckte sich, so weit er konnte, aber er vermochte nicht zu erkennen, ob die Kasse geöffnet oder geschlossen war. Dennoch war er überzeugt davon, dass er sich jetzt allein mit der toten Besitzerin in dem Laden befand.

Der Mann, der sie ermordet und ihn niedergeschlagen hatte, musste bereits verschwunden sein. Mit größter Wahrscheinlichkeit hatte er Wallanders Wagen genommen, denn er hatte den Schlüssel stecken lassen.

Wallander zerrte wieder an seinen Fesseln. Nachdem er die Arme und Beine so weit gestreckt hatte, wie es ihm möglich war, wurde ihm klar, dass er sich auf sein linkes Bein konzentrieren musste. Wenn er das Bein noch stärker hin und her bewegte, konnte er das Seil lockern und vielleicht loskommen. Das wiederum würde bedeuten, dass er sich umdrehen und nachschauen könnte, wie er an der Wand festgebunden war.

Er merkte, dass ihm der Schweiß ausbrach. Ob es die Anstrengung war oder die Angst, konnte er nicht sagen. Vor sechs Jahren war er niedergestochen worden. Damals war alles so schnell gegangen, dass er überhaupt nicht hatte reagieren und sich wehren können. Das Messer war unmittelbar neben dem Herzen in seine Brust gedrungen. Damals war die Angst erst hinterher gekommen. Diesmal war sie von Anfang an da. Er versuchte sich einzureden, dass nichts mehr passieren würde. Früher oder später würde er sich befreien, früher oder später würde man auch anfangen, nach ihm zu suchen.

Einen Augenblick ließ er von seinen Anstrengungen ab, das linke Bein zu befreien. Sofort schlug die Absurdität der Situation über ihm zusammen. Eine alte Frau wurde an Heiligabend kurz vor Ladenschluss in ihrem Geschäft ermordet. Die Brutalität war auf erschreckende Weise unwirklich. Solche Dinge passierten in Schweden ganz einfach nicht. Schon gar nicht an Heiligabend.

Wieder zerrte und ruckte er an seinen Fesseln. Es ging langsam, aber er hatte das Gefühl, dass das Seil nicht mehr ganz so fest saß. Es gelang ihm mit großer Mühe, den Arm so zu drehen, dass er auf die Uhr sehen konnte. Neun Minuten nach sechs. Es konnte nicht mehr lange dauern, bis Mona unruhig würde. Noch eine halbe Stunde, und sie würde sich Sorgen machen. Spätestens um halb acht würde sie in Malmö anrufen.

Wallander wurde in seinen Gedanken unterbrochen. Er hatte irgendwo in der Nähe ein Geräusch gehört. Er hielt den

Atem an und lauschte. Dann hörte er es wieder. Ein scharrendes Geräusch. Er hatte es schon vorher gehört. Es war die Ladentür. Er hatte das gleiche Geräusch verursacht, als er selbst den Laden betreten hatte. Jemand kam herein. Jemand, der sehr leise ging.

Dann entdeckte er den Mann.

Er stand neben der Theke und schaute auf ihn herunter.

Er hatte eine schwarze Maske über den Kopf gezogen und trug eine dicke Jacke und Handschuhe. Er war mittelgroß und wirkte mager. Er stand vollkommen reglos. Wallander versuchte seine Augen zu sehen. Aber das Licht von der Neonlampe an der Decke war ihm dabei keine Hilfe. Er konnte nichts erkennen. Nur zwei dunkle Löcher.

In der Hand hielt der Mann ein Eisenrohr.

Er stand unbeweglich da.

Wallander fühlte sich klein und hilflos. Er konnte höchstens rufen. Das war alles. Und es wäre sinnlos. Es war niemand in der Nähe. Niemand würde ihn hören.

Der vermummte Mann betrachtete ihn unverwandt.

Dann drehte er sich hastig um und verschwand. Wallander fühlte sein Herz in der Brust hämmern. Er versuchte Geräusche auszumachen. Die Tür? Aber er hörte nichts. Der Mann befand sich also noch im Laden.

Wallander dachte fieberhaft nach. Warum ging der Mann nicht? Warum blieb er? Worauf wartete er?

Er ist von draußen gekommen, dachte Wallander. Er ist in den Laden zurückgekommen. Er wollte kontrollieren, ob ich noch da bin, wo er mich niedergeschlagen und gefesselt hat.

Wallander versuchte den Gedanken zu Ende zu denken. Die ganze Zeit über lauschte er.

Ein maskierter Mann mit Handschuhen begeht einen Raubüberfall, ohne erkannt zu werden. Er hat sich Elma Hagmans einsamen Laden ausgesucht. Warum er sie erschlagen hat, bleibt unbegreiflich. Sie kann ihm keinen Widerstand geleistet haben. Er macht auch nicht den Eindruck, nervös zu sein oder unter Drogen zu stehen.

Der Überfall ist geschehen, und trotzdem bleibt er da. Er flieht nicht. Bleibt da. Wartet.

Wallander begriff, dass irgendetwas nicht stimmen konnte. Es war kein gewöhnlicher Raubüberfall, in den er geraten war. Warum floh der Mann nicht? Stand er unter Schock? Er hatte wahrscheinlich nicht damit gerechnet, einen Menschen zu töten. Oder dass jemand so kurz vor Ladenschluss an Heiligabend noch hereinkam.

Wallander wusste, dass es wichtig war, eine Antwort auf diese Fragen zu finden. Aber es passte alles nicht zusammen.

Wallander sagte sich, dass ein weiterer Umstand von Bedeutung war.

Der maskierte Mann wusste nicht, dass er Polizist war.

Er hatte keine Veranlassung gehabt, etwas anderes zu glauben, als dass ein später Kunde in den Laden gekommen war. Ob das nun von Vorteil oder Nachteil war, konnte Wallander nicht beurteilen.

Er versuchte das linke Bein zu strecken. Den Durchgang zur Theke behielt er, so gut es ging, im Auge. Der vermummte Mann war dort irgendwo im Hintergrund. Und er bewegte sich lautlos. Das Abschleppseil begann sich zu lockern. Wallanders Hemd war nass geschwitzt. Mit einer gewaltigen Anstrengung gelang es ihm, das Bein freizubekommen. Er blieb reglos sitzen. Dann wandte er sich vorsichtig um. Das Seil war um die Stütze eines Wandregals gezogen. Wallander wurde klar, dass er sich nicht befreien könnte, ohne gleichzeitig das Regal umzureißen. Dagegen konnte er jetzt das freie Bein benutzen, um das andere Bein Stück für Stück aus den

Fesseln zu befreien. Er warf einen Blick auf die Uhr. Es waren sieben Minuten vergangen, seit er zuletzt auf die Uhr geschaut hatte. Noch hatte Mona nicht in Malmö angerufen. Es war fraglich, ob sie überhaupt schon angefangen hatte, sich Sorgen zu machen. Wallander zerrte weiter. Jetzt gab es kein Zurück mehr. Wenn der Mann mit der Maske zu ihm hinsah, würde er sofort entdecken, dass Wallander im Begriff war, sich zu befreien, und Wallander hätte keine Möglichkeit, sich zu verteidigen.

Er arbeitete so schnell und lautlos, wie er konnte. Beide Beine waren jetzt frei. Kurz darauf auch der linke Arm. Jetzt blieb nur noch der rechte. Dann konnte er aufstehen. Was er dann tun würde, wusste er nicht. Eine Waffe hatte er nicht bei sich. Er müsste sich mit bloßen Händen verteidigen, falls er angegriffen wurde. Aber er hatte das Gefühl bekommen, dass der Mann mit der Maske nicht besonders groß oder kräftig war. Außerdem wäre er nicht vorbereitet. Der Überraschungseffekt war Wallanders Waffe. Sonst nichts. Und er würde den Laden so schnell wie möglich verlassen. Er würde den Kampf nicht unnötig in die Länge ziehen. Allein konnte er nichts machen. Er musste unbedingt Kontakt mit Hemberg im Polizeipräsidium aufnehmen.

Seine rechte Hand war jetzt frei. Das Abschleppseil lag neben ihm. Wallander merkte, dass seine Gelenke schon steif geworden waren. Er richtete sich vorsichtig auf die Knie auf und schaute um die Theke herum.

Der Mann mit der Maske kehrte ihm den Rücken zu.

Wallander konnte jetzt zum ersten Mal die ganze Gestalt des Mannes sehen. Sein Eindruck stimmte. Der Mann war wirklich sehr mager. Er trug dunkle Jeans und weiße Turnschuhe.

Er stand vollkommen unbeweglich da. Der Abstand betrug

höchstens drei Meter. Wallander könnte sich auf ihn werfen und ihm einen Schlag ins Genick versetzen. Das müsste reichen, um anschließend aus dem Laden herauszukommen.

Dennoch zögerte er.

Im gleichen Augenblick entdeckte er das Eisenrohr. Es lag auf einem Regal neben dem Mann.

Wallander zögerte nicht mehr. Ohne Waffe könnte der Mann mit der Maske sich nicht verteidigen. Langsam begann er sich aufzurichten. Der Mann reagierte nicht. Wallander stand jetzt aufrecht.

Genau in dem Moment fuhr der Mann herum. Wallander warf sich auf ihn. Der Mann trat einen Schritt zur Seite. Wallander stieß gegen ein Regal, das hauptsächlich mit Knäckebrot und Zwieback gefüllt war. Aber er stürzte nicht, es gelang ihm, sich auf den Beinen zu halten. Er drehte sich um und wollte den Mann packen. Aber mitten in der Bewegung erstarrte er.

Der maskierte Mann hatte eine Pistole in der Hand. Er hielt sie ruhig auf Wallanders Brust gerichtet.

Dann hob er langsam den Arm, bis die Waffe genau auf Wallanders Stirn zeigte.

Einen Schwindel erregenden Moment lang dachte Wallander, er würde sterben. Einmal hatte er einen Messerstich überlebt. Aber die Pistole, die jetzt auf seine Stirn gerichtet war, würde ihn nicht verfehlen. Er würde sterben. An Heiligabend. In einem Lebensmittelgeschäft am Rande von Malmö. Einen vollkommen sinnlosen Tod, mit dem Mona und Linda von nun an leben müssten.

Unwillkürlich schloss er die Augen. Vielleicht, um nicht hinsehen zu müssen. Oder um sich unsichtbar zu machen. Doch dann schlug er sie wieder auf. Die Pistole war immer noch auf seine Stirn gerichtet.

Wallander konnte seinen eigenen Atem hören. Jedes Ausatmen klang wie ein Stöhnen. Der Mann, der die Pistole auf ihn gerichtet hielt, atmete vollkommen lautlos. Er schien von der Situation völlig unberührt zu sein.

Wallander starrte abwechselnd auf die Pistole und die Maske mit den dunklen Löchern. «Nicht schießen», sagte er und hörte, dass seine Stimme brüchig und stammelnd klang.

Der Mann reagierte nicht.

Wallander streckte die Hände vor. Er hatte keine Waffe. Er hatte nicht die Absicht, Widerstand zu leisten.

«Ich wollte nur einkaufen», sagte Wallander. Dann zeigte er auf eines der Regale. Er achtete genau darauf, dass die Handbewegung nicht zu ruckhaft war.

«Ich war auf dem Heimweg», sagte er. «Sie warten zu Hause. Ich habe eine Tochter. Sie ist fünf Jahre alt.»

Der Mann antwortete nicht. Wallander konnte überhaupt keine Reaktion erkennen.

Er versuchte zu denken. Vielleicht war es doch falsch, sich als ein verspäteter Kunde auszugeben? Vielleicht sollte er lieber die Wahrheit sagen? Dass er Polizist war und herbeordert worden war, weil Elma Hagman angerufen und erzählt hatte, dass ein unbekannter Mann um ihren Laden strich?

Er wusste es nicht. Die Gedanken wirbelten durch seinen Kopf. Aber sie kehrten immer wieder zum selben Ausgangspunkt zurück.

Warum haut er nicht ab? Worauf wartet er?

Plötzlich machte der Mann einen Schritt zurück. Die Pistole wies weiterhin auf Wallanders Kopf. Mit dem Fuß zog er einen kleinen Hocker heran. Dann deutete er mit der Pistole darauf, die er anschließend sofort wieder auf Wallander richtete.

Wallander begriff, dass er sich setzen sollte. Wenn er mich nur nicht wieder fesselt, dachte er. Wenn es bei Hembergs

Auftauchen zu einem Schusswechsel kommt, will ich nicht gefesselt hier sitzen.

Er ging langsam vor und setzte sich auf den Hocker. Der Mann war ein paar Schritte zurückgetreten. Als Wallander sich gesetzt hatte, steckte er die Pistole in seinen Gürtel.

Er weiß, dass ich die tote Frau gesehen habe, dachte Wallander. Er war irgendwo hier im Laden, ohne dass ich ihn entdeckt habe. Deswegen hält er mich hier fest. Er wagt es nicht, mich gehen zu lassen. Deswegen hatte er mich gefesselt.

Wallander überlegte, ob er sich auf den Mann stürzen und dann aus dem Laden rennen sollte. Aber da war die Waffe. Und die Ladentür war wahrscheinlich inzwischen verschlossen. Wallander verwarf den Gedanken. Der Mann machte den Eindruck, als beherrsche er die Situation vollständig.

Bisher hat er noch nichts gesagt, dachte Wallander. Es ist immer leichter, sich auf einen Menschen einzustellen, wenn man seine Stimme gehört hat. Aber dieser Mann hier ist stumm.

Wallander machte eine langsame Kopfbewegung. Als sei sein Nacken steif geworden. In Wirklichkeit wollte er einen Blick auf seine Armbanduhr werfen.

Fünf nach halb sieben. Jetzt müsste Mona unruhig werden. Vielleicht war sie schon unruhig geworden. Aber ich kann nicht damit rechnen, dass sie schon angerufen hat. Es ist noch zu früh. Sie ist viel zu sehr daran gewöhnt, dass ich später komme.

«Ich weiß nicht, warum Sie mich hier festhalten wollen», sagte Wallander. «Ich weiß nicht, warum Sie mich nicht gehen lassen.»

Keine Antwort. Der Mann zuckte zusammen, sagte aber nichts.

Für ein paar Minuten war Wallanders Angst verflogen, aber jetzt kam sie mit voller Kraft zurück.

Irgendwie muss der Mann verrückt sein, dachte Wallander. Er beraubt am Heiligabend einen Laden, erschlägt eine wehrlose alte Frau, fesselt mich und bedroht mich mit einer Pistole.

Und er flieht nicht. Vor allem das. Er bleibt einfach da.

Das Telefon neben der Kasse begann zu klingeln. Wallander fuhr zusammen. Aber der Mann mit der Maske blieb ungerührt. Er schien nicht zu hören.

Es klingelte weiter.

Der Mann stand reglos.

Wallander versuchte sich vorzustellen, wer der Anrufer sein könnte. Jemand, der sich fragte, warum Elma Hagman nicht nach Hause kam? Das war am wahrscheinlichsten. Sie hätte jetzt längst ihren Laden geschlossen. Es war Weihnachten. Irgendwo saß ihre Familie und wartete.

Wallander fühlte, wie Empörung in ihm aufwallte. Sie war so stark, dass sie seine Angst verdrängte. Wie konnte man eine alte Frau so brutal töten? Was war hier in Schweden eigentlich los?

Sie sprachen oft darüber im Polizeipräsidium, beim Essen oder wenn sie Kaffee tranken. Oder wenn sie eine Ermittlung kommentierten, an der sie arbeiteten.

Was ging eigentlich um sie her vor? Ein unterirdischer Riss war plötzlich in der schwedischen Gesellschaft aufgebrochen. Empfindliche Seismographen registrierten ihn. Aber woher kam er? Dass die Kriminalität sich ständig veränderte, war an sich nichts Bemerkenswertes. Wie einer von Wallanders Kollegen es einmal ausgedrückt hatte: Früher hat man Trichtergrammophone gestohlen, aber keine Autoradios. Aus dem einfachen Grunde, weil es sie damals noch nicht gab.

Aber der Riss, der sich aufgetan hatte, war von anderer Art.

Er hatte mit der zunehmenden Gewalt zu tun. Einer Brutalität, die nicht danach fragte, ob sie notwendig war oder nicht.

Und jetzt befand sich Wallander selbst mitten in diesem Riss. Am Heiligabend. Vor ihm stand ein vermummter Mann mit einer Pistole im Gürtel. Und ein paar Meter hinter ihm lag eine tote Frau.

Es gab keinerlei Logik in dem Ganzen. Wenn man lange und hartnäckig genug suchte, fand sich meistens ein nachvollziehbares Moment. Aber hier nicht. Man erschlug nicht eine Frau mit einem Eisenrohr in einem abseits gelegenen Geschäft, außer es war absolut notwendig. Oder sie leistete heftigen Widerstand.

Doch vor allem blieb man nicht anschließend mit einer Maske über dem Kopf da und wartete. Worauf auch immer.

Das Telefon klingelte wieder. Wallander war jetzt davon überzeugt, dass jemand Elma Hagman vermisste. Jemand, der unruhig zu werden begann.

Er versuchte sich vorzustellen, was in dem Mann mit der Maske vorging.

Aber der Kerl bewegte sich nicht und schwieg weiter. Seine Arme hingen herunter.

Das Klingeln hörte auf. Eine der Neonröhren begann zu flackern.

Wallander merkte plötzlich, dass er dasaß und an Linda dachte. Er sah sich selbst in der Tür der Wohnung in der Mariagata stehen und sich darüber freuen, wie sie ihm entgegenlief.

Was für eine wahnsinnige Situation, dachte er. Wieso sitze ich hier auf einem Hocker mit einer dicken Beule im Nacken? Mir ist kotzübel, und ich habe Angst. Die einzigen Kopfbedeckungen, die man zu dieser Jahreszeit tragen sollte, sind Weihnachtsmannmützen. Sonst keine.

Er drehte wieder den Kopf. Es war inzwischen neunzehn Minuten vor sieben. Jetzt rief Mona bestimmt an und wollte wissen, wo er bliebe. Und sie würde nicht klein beigeben. Sie war hartnäckig. Schließlich würde das Gespräch bei Hemberg landen, der sofort Alarm schlagen würde. Mit größter Wahrscheinlichkeit würde er die Sache selbst in die Hand nehmen. Wenn man befürchtete, dass einem Polizisten etwas zugestoßen war, scheute man keine Mittel. Dann zögerten nicht einmal die höheren Vorgesetzten, sich unmittelbar ins Geschehen zu stürzen.

Wallander fühlte seine Übelkeit zurückkehren. Außerdem musste er bald aufs Klo.

Gleichzeitig war ihm bewusst, dass er nicht mehr lange untätig bleiben konnte. Es gab nur eine Möglichkeit. Das wusste er. Er musste mit dem Mann sprechen, der sein Gesicht hinter der schwarzen Maske verbarg.

«Ich bin in Zivil», begann er, «aber ich bin Polizist. Das Beste ist, Sie geben auf. Legen Sie die Waffe weg. In ein paar Minuten wird es hier draußen von Streifenwagen wimmeln. Sie sollten wirklich aufgeben und es nicht noch schlimmer machen, als es sowieso schon ist.»

Wallander hatte langsam und deutlich gesprochen. Er hatte sich dazu gezwungen, seine Stimme energisch klingen zu lassen.

Der Mann reagierte nicht.

«Legen Sie die Pistole weg», sagte Wallander. «Bleiben Sie oder hauen Sie ab. Aber lassen Sie die Pistole da.»

Immer noch keine Reaktion.

Wallander begann sich zu fragen, ob der Mann stumm war. Oder war er so benebelt, dass er nicht begriff, was Wallander sagte?

«In meiner Innentasche steckt mein Ausweis», fuhr Wallander fort. «Da können Sie sehen, dass ich Polizist bin. Ich bin unbewaffnet. Aber das habe ich ja schon gesagt.»

Da kam endlich eine Reaktion. Aus dem Nichts. Ein Geräusch, das wie ein Klicken klang. Wallander dachte, dass der Mann mit den Lippen geschnalzt hatte. Oder mit der Zunge gegen den Gaumen geklickt hatte.

Das war alles. Er stand immer noch reglos da.

Es verging vielleicht eine Minute.

Dann hob der Mann plötzlich die eine Hand. Griff von oben an seine Mütze und zog sie sich vom Kopf.

Wallander starrte das Gesicht des Mannes an. Er blickte direkt in ein paar dunkle und müde Augen.

Hinterher sollte Wallander viel darüber nachgrübeln, was er eigentlich erwartet hatte. Wie hatte er sich das Gesicht hinter der Maske vorgestellt? Absolut sicher war er sich nur, dass er sich nie das Gesicht vorgestellt hatte, das er schließlich zu sehen bekam.

Es war ein Schwarzer, der vor ihm stand. Er war nicht braun, nicht kupferfarben, kein Mestize. Sondern wirklich schwarz.

Und er war jung. Kaum älter als zwanzig Jahre.

Mehrere Gedanken schossen Wallander gleichzeitig durch den Kopf. Der Mann hatte vermutlich nicht verstanden, was er auf Schwedisch gesagt hatte. Wallander wiederholte, was er gerade gesagt hatte, in seinem dürftigen Englisch, und jetzt konnte er sehen, dass der Mann verstand. Wallander sprach sehr langsam. Und er sagte es, wie es war. Dass er Polizist war. Dass es bald um den Laden von Polizeiwagen wimmeln würde. Dass es das Beste wäre, wenn er aufgäbe.

Der Mann schüttelte fast unmerklich den Kopf. Wallander hatte den Eindruck, dass er unendlich müde war. Jetzt, wo er die Maske abgezogen hatte, konnte man es sehen.

Ich darf nicht vergessen, dass er brutal eine alte Frau getötet hat, sagte sich Wallander. Er hat mich niedergeschlagen und gefesselt. Er hat eine Pistole.

Was hatte er eigentlich darüber gelernt, wie man sich in einer Situation wie der gegenwärtigen verhalten musste? Ruhe bewahren, keine plötzlichen Bewegungen oder provozierenden Bemerkungen machen. Ruhig sprechen. Einen stetigen Strom von Worten. Geduldig und freundlich sein. Versuchen, ein Gespräch in Gang zu bringen. Nicht die Beherrschung verlieren. Vor allen Dingen das nicht. Die Beherrschung zu verlieren hieße, die Kontrolle zu verlieren.

Wallander dachte, dass es ein guter Anfang sein könnte, von sich selbst zu sprechen. Er erzählte also, wie er hieß. Dass er auf dem Weg nach Hause zu seiner Frau und seiner Tochter war, um Weihnachten zu feiern. Er merkte, dass der Mann jetzt zuhörte.

Wallander fragte ihn, ob er verstehe.

Der Mann nickte, aber er sagte immer noch nichts.

Wallander schaute auf die Uhr. Jetzt hatte Mona ganz sicher angerufen. Hemberg war vielleicht schon auf dem Weg.

Er entschloss sich, es genauso zu sagen. Der Mann hörte zu. Wallander hatte das Gefühl, dass er schon damit rechnete, die sich nähernden Sirenen zu hören.

Wallander verstummte. Er versuchte zu lächeln.

«Wie heißen Sie?», fragte er.

«Oliver.»

Die Stimme war unsicher. Ergeben, dachte Wallander. Er wartet nicht darauf, dass jemand kommt. Er wartet darauf, dass jemand ihm erklärt, was er getan hat.

«Wohnen Sie hier in Schweden?»

Oliver nickte.

«Sind Sie schwedischer Staatsangehöriger?»

«Nein.»

«Und woher kommen Sie?»

Er antwortete nicht. Wallander wartete. Er war sicher, dass die Antwort kommen würde. Er wollte möglichst viel erfahren, bevor Hemberg und die Streifenwagen eintrafen. Aber er durfte es nicht übereilen. Der Schritt dahin, dass dieser Schwarze die Pistole aus dem Gürtel zog und ihn erschoss, brauchte nicht besonders groß zu sein.

Wallander merkte, dass der Schmerz im Hinterkopf sich verstärkt hatte. Aber er versuchte ihn zu ignorieren.

«Alle kommen von irgendwoher», sagte er, «und Afrika ist groß. Ich habe etwas über Afrika gelesen, als ich in die Schule ging. Geographie war mein bestes Fach. Ich habe von den Wüsten und den Flüssen gelesen. Und den Trommeln. Wie sie in der Nacht dröhnen.»

Oliver hörte aufmerksam zu. Wallander bekam das Gefühl, dass er jetzt weniger auf der Hut war.

«Gambia», sagte Wallander. «Dahin fahren viele Schweden in Urlaub. Auch einige meiner Kollegen. Kommen Sie daher?»

«Ich komme aus Südafrika.»

Die Antwort kam schnell und bestimmt. Fast hart.

Wallander war schlecht informiert darüber, was eigentlich in Südafrika vor sich ging. Er wusste nicht viel mehr, als dass das Apartheidsystem und seine Rassengesetze härter denn je angewendet wurden. Aber auch, dass der Widerstand gewachsen war. Er hatte in den Zeitungen von Bombenexplosionen in Johannesburg und Kapstadt gelesen.

Er wusste, dass eine Reihe von Südafrikanern in Schweden eine Zuflucht gefunden hatten. Vor allem solche, die sich offen am schwarzen Widerstand beteiligt hatten und die zu Hause riskierten, zum Tode verurteilt und gehängt zu werden.

Im Kopf zog er ein schnelles Resümee. Ein junger Südafrikaner, der Oliver hieß, hatte Elma Hagman getötet. So viel wusste er. Nicht mehr und nicht weniger.

Niemand würde mir glauben, dachte Wallander. So etwas geschieht einfach nicht. Nicht in Schweden, und nicht am Heiligen Abend.

«Sie fing an zu rufen», sagte Oliver.

«Sie hat wohl Angst bekommen. Ein vermummter Mann, der in einen Laden kommt, ist erschreckend», sagte Wallander. «Besonders, wenn er eine Pistole oder ein Eisenrohr in der Hand hat.»

«Sie hätte nicht rufen sollen», sagte Oliver.

«Sie hätten sie nicht erschlagen sollen», erwiderte Wallander. «Sie hätte Ihnen das Geld auch so gegeben.»

Oliver zog die Pistole aus dem Gürtel. Es ging so schnell, dass Wallander überhaupt nicht reagieren konnte. Wieder sah er die Pistole auf sich gerichtet.

«Sie hätte nicht rufen sollen», wiederholte Oliver, und jetzt war seine Stimme vor Angst und Erregung unsicher. «Ich kann dich töten», fuhr er fort.

«Ja», sagte Wallander, «das kannst du. Aber warum solltest du?»

«Sie hätte nicht rufen sollen.»

Wallander erkannte, dass er sich gründlich geirrt hatte. Der Südafrikaner war alles andere als kontrolliert und ruhig. Er befand sich an der Grenze eines Zusammenbruchs. Was es war, was da zerbrach, wusste Wallander nicht. Aber jetzt begann er ernsthaft zu fürchten, was geschehen würde, wenn Hemberg käme. Es könnte das reine Massaker werden.

Ich muss ihn entwaffnen, dachte Wallander. Das ist das Wichtigste. Ich muss ihn vor allen Dingen dazu bringen, die Pistole wieder in den Gürtel zu stecken. Dieser Mann ist absolut fähig, wild um sich zu schießen. Hemberg ist sicher schon unterwegs, und er ahnt nichts. Selbst wenn er befürchtet, dass etwas passiert ist, erwartet er nicht das hier. Genauso wenig, wie ich es erwartet habe. Es kann die reine Katastrophe werden.

«Wie lange sind Sie schon hier?», fragte er.

«Drei Monate.»

«Länger nicht?»

«Ich komme aus Deutschland», sagte Oliver. «Aus Frankfurt. Da konnte ich nicht bleiben.»

«Warum nicht?»

Oliver antwortete nicht. Wallander ahnte, dass es vielleicht nicht das erste Mal war, dass Oliver sich eine Mütze über den Kopf gezogen und einen einsam gelegenen Laden überfallen hatte. Er konnte auf der Flucht vor der deutschen Polizei sein.

Und das wiederum bedeutete, dass er sich illegal in Schweden aufhielt.

«Was ist denn passiert?», fragte Wallander. «Nicht in Frankfurt, sondern in Südafrika. Warum mussten Sie fliehen?»

Oliver machte einen Schritt auf Wallander zu. «Was wissen Sie von Südafrika?»

«Nicht viel. Eigentlich nur, dass die Schwarzen sehr schlecht behandelt werden.» Wallander biss sich auf die Zunge. Durfte man «Schwarze» sagen? War das diskriminierend?

«Mein Vater ist von der Polizei getötet worden. Sie haben ihn mit einem Hammer erschlagen und ihm seine eine Hand abgeschlagen. Sie ist irgendwo in einem Glas mit Alkohol. Vielleicht in Xanderten. Vielleicht irgendwo sonst in den weißen Vorstädten von Johannesburg, als Souvenir. Und das Einzige, was er getan hat, war, dem ANC anzugehören. Das

Einzige, was er getan hat, war, mit seinen Arbeitskollegen zu reden. Über Widerstand und Freiheit.»

Wallander zweifelte nicht daran, dass Oliver die Wahrheit sagte. Seine Stimme war jetzt ruhig trotz der Dramatik der Situation. Es gab keinen Platz für Lügen.

«Die Polizei fing an, nach mir zu suchen», fuhr Oliver fort. «Ich habe mich versteckt. Jede Nacht habe ich in einem anderen Bett geschlafen. Schließlich kam ich nach Namibia und von da nach Europa, bis Frankfurt. Und dann hierhin. Aber ich bin immer noch auf der Flucht. Eigentlich gibt es mich gar nicht.»

Oliver verstummte.

Wallander horchte, ob er schon Autos näher kommen hörte. «Sie brauchten Geld», sagte er. «Sie haben diesen Laden hier gefunden. Die Frau hat um Hilfe gerufen, und Sie haben sie erschlagen.»

«Sie haben meinen Vater mit einem Hammer ermordet. Und seine eine Hand steckt in einem Glas mit Alkohol.»

Er ist verwirrt, dachte Wallander. Hilflos und außer sich. Er weiß nicht, was er tut.

«Ich bin Polizist», sagte Wallander, «aber ich habe nie jemandem mit einem Hammer auf den Kopf geschlagen, wie Sie mich geschlagen haben.»

«Ich wusste nicht, dass Sie Polizist sind.»

«Im Moment ist das Ihr Glück. Man hat angefangen, nach mir zu suchen. Meine Kollegen wissen, dass ich hier bin. Zusammen müssen wir jetzt die Situation klären.»

Oliver schüttelte die Pistole. «Wenn jemand versucht, mich festzunehmen, schieße ich.»

«Davon wird nichts besser.»

«Es kann auch nicht schlimmer werden.»

Plötzlich hatte Wallander eine Idee, wie er das verkrampfte

Gespräch fortführen konnte. «Was, glauben Sie, würde Ihr Vater zu dem sagen, was Sie getan haben?»

Es ging wie ein Zittern durch Olivers Körper. Wallander verstand, dass der junge Mann diesen Gedanken noch nicht gedacht hatte. Oder vielleicht hatte er ihn viel zu oft gedacht.

«Ich verspreche Ihnen, dass Sie nicht geschlagen werden», sagte Wallander. «Das garantiere ich Ihnen. Aber Sie haben das schwerste Verbrechen begangen, das es gibt. Sie haben einen Menschen getötet. Das Einzige, was Sie jetzt tun können, ist aufzugeben.»

Oliver kam nicht dazu, zu antworten. Das Geräusch sich nähernder Autos wurde jetzt ganz deutlich. Bremsen quietschten. Autotüren wurden geöffnet und wieder zugeschlagen. Verdammt, dachte Wallander. Ich hätte mehr Zeit gebraucht.

Er streckte langsam die Hand aus.

«Geben Sie mir die Pistole», sagte er. «Nichts wird passieren. Niemand wird Sie schlagen.»

Es klopfte an der Tür. Wallander hörte Hembergs Stimme. Oliver blickte verwirrt zwischen Wallander und der Tür hin und her.

«Die Pistole», sagte Wallander, «geben Sie sie mir.»

Hemberg rief und fragte, ob Wallander da sei.

«Warte», rief Wallander zurück. Dann wiederholte er es auf Englisch.

«Ist alles in Ordnung?» Hembergs Stimme klang besorgt.

Nichts ist in Ordnung, dachte Wallander. Das hier ist ein Albtraum.

«Ja», rief er. «Warte. Tu nichts.»

Auch diesmal wiederholte er seine Worte auf Englisch.

«Geben Sie mir die Pistole. Geben Sie mir jetzt die Pistole!»

Oliver richtete sie plötzlich an die Decke und schoss. Der Knall war ohrenbetäubend.

Dann richtete er die Waffe auf die Tür. Wallander schrie Hemberg eine Warnung zu. Er solle sich von der Tür entfernen. Und warf sich im gleichen Augenblick auf Oliver. Beide fielen hin, rollten über den Fußboden und rissen einen Zeitungsständer um. Wallanders Denken war einzig darauf gerichtet, die Waffe zu fassen zu bekommen. Oliver zerkratzte ihm das Gesicht und brüllte Worte in einer Sprache, die Wallander nicht verstand. Als Wallander fühlte, dass Oliver im Begriff war, ihm ein Ohr abzureißen, wurde er rasend. Er bekam eine Hand frei und versuchte, Oliver die geballte Faust ins Gesicht zu schlagen. Die Pistole war zur Seite geglitten und lag zwischen den herabgefallenen Zeitungen. Wallander wollte danach greifen, als Oliver ihn mit einem Tritt direkt in den Bauch traf. Wallander blieb die Luft weg. Gleichzeitig sah er, wie Oliver sich auf die Waffe warf. Er konnte nichts machen. Der Tritt hatte ihn gelähmt. Oliver saß auf dem Fußboden zwischen den Zeitungen und richtete die Waffe auf ihn.

Zum zweiten Mal an diesem Abend schloss Wallander vor dem Unausweichlichen die Augen. Jetzt war es zu Ende. Er konnte nichts mehr tun. Draußen waren weitere Sirenen zu hören, die sich näherten, und aufgeregte Stimmen, die schrien, was eigentlich los sei.

Nichts, außer dass ich sterbe, dachte Wallander. Sonst nichts.

Der Schuss war ohrenbetäubend. Wallander prallte zurück. Ihm blieb wieder die Luft weg. Er rang nach Atem.

Dann wurde ihm klar, dass er nicht getroffen worden war. Er machte die Augen auf.

Vor ihm, ausgestreckt auf dem Fußboden, lag Oliver.

Er hatte sich in den Kopf geschossen. Neben ihm lag die Waffe.

Verdammt, dachte Wallander. Warum hat er das getan?

Im selben Augenblick wurde die Tür eingetreten. Wallander erkannte Hemberg. Dann sah er auf seine Hände. Sie zitterten. Er zitterte am ganzen Körper.

Wallander hatte eine Tasse Kaffee bekommen und war verbunden worden. Er hatte Hemberg eine kurze Darstellung des Geschehens gegeben.

«Wenn ich das geahnt hätte», sagte Hemberg anschließend. «Und ich habe dich noch gebeten, auf dem Heimweg hier anzuhalten.»

«Wie hättest du es ahnen können? Wie hätte sich überhaupt jemand so etwas vorstellen können?»

Hemberg schien über Wallanders Worte nachzudenken.

«Eine neue Entwicklung», sagte er schließlich. «Die Unruhe dringt über unsere Grenzen herein.»

«Wir schaffen sie genauso sehr selbst», entgegnete Wallander. «Auch wenn gerade Oliver hier ein unglücklicher und friedloser junger Mann aus Südafrika war.»

Hemberg fuhr zusammen, als habe Wallander etwas Unpassendes gesagt. «Unglücklich und friedlos», wiederholte er dann. «Es gefällt mir nicht, dass ausländische Kriminelle unser Land überschwemmen.»

«Das stimmt ja so auch nicht», erwiderte Wallander. Dann wurde es still. Weder Hemberg noch Wallander waren in der Lage, das Gespräch fortzusetzen. Sie wussten beide, dass sie sich nicht einigen würden. Auch hier gibt es einen Riss, dachte Wallander. Eben saß ich noch in einem Riss eingeklemmt, und jetzt stecke ich mitten in einem anderen fest, der zwischen mir und Hemberg aufbricht.

«Warum ist er eigentlich hier im Laden geblieben?», fragte Hemberg.

«Wohin hätte er denn gehen sollen?»

Keiner von beiden hatte etwas hinzuzufügen.

«Deine Frau hat angerufen», sagte Hemberg nach einer Weile. «Sie wollte wissen, warum du nicht nach Hause kommst. Du hattest offenbar angerufen und ihr gesagt, du wärst unterwegs.»

Wallander dachte an das Telefongespräch zurück. Den kurzen Streit. Aber er fühlte nichts als Erschöpfung und Leere. Er vertrieb diese Gedanken.

«Du solltest besser zu Hause anrufen», sagte Hemberg vorsichtig.

Wallander sah ihn an. «Und was soll ich sagen?»

«Dass du aufgehalten wurdest. Aber wenn ich du wäre, würde ich nicht im Detail erzählen, was passiert ist. Damit würde ich warten, bis ich zu Hause bin.»

«Bist du nicht unverheiratet?»

Hemberg lächelte. «Ich kann mir doch trotzdem vorstellen, wie es ist, wenn man jemanden hat, der zu Hause auf einen wartet.»

Wallander nickte. Dann erhob er sich schwerfällig vom Stuhl. Sein ganzer Körper schmerzte. Die Übelkeit kam und ging in Wellen.

Er bahnte sich einen Weg zwischen Sjunnesson und den Kollegen von der Spurensicherung hindurch, die bereits bei der Arbeit waren.

Als er nach draußen kam, blieb er ganz still stehen und sog die kalte Luft tief in seine Lungen. Dann ging er weiter zu einem der Streifenwagen. Er setzte sich auf den Vordersitz, sah auf das Funkgerät und dann auf seine Armbanduhr. Zehn Minuten nach acht.

Heiligabend 1975.

Durch die nasse Frontscheibe entdeckte er eine Telefonzelle neben der Tankstelle. Er stieg aus und ging hinüber. Wahrscheinlich war sie kaputt, aber er wollte wenigstens einen Versuch machen.

Ein Mann mit einem Hund an der Leine stand im Regen und beobachtete die Streifenwagen und den erleuchteten Laden. «Was ist denn passiert?», fragte er. Stirnrunzelnd betrachtete er Wallanders zerkratztes Gesicht.

«Nichts», sagte Wallander. «Ein Unglück.»

Der Mann mit dem Hund begriff, dass Wallander weiter nichts sagen konnte, und stellte keine weiteren Fragen.

«Frohe Weihnachten», sagte er nur.

«Danke, gleichfalls», erwiderte Wallander.

Dann rief er Mona an.

Der Regen nahm wieder zu.

Gleichzeitig setzte der Wind ein.

Ein böiger Wind aus Norden.

Anne B. Ragde

Eine Pistole mehr oder weniger ...

Irgendwann kommt immer der Punkt, wo man einfach keinen Nerv mehr hat. Ich will auch ein Leben haben, zum Henker! Warum können immer nur die anderen ans Mittelmeer fahren und sich jeden Abend in der Stadt voll laufen lassen? Man kann im Laden herumstehen und zusehen, wie Leute ganze Einkaufswagen voller Weihnachtsleckereien bezahlen, wie sie berstend volle Brieftaschen hervorziehen und einen Hunderter nach dem anderen herausfischen. Nicht nur die Mannsbilder, sondern auch die Frauen. Alle haben sie dicke Brieftaschen. Und sie können doch nicht allesamt Geschäftsführer sein, sondern müssen ziemlich normale Jobs haben und die gleichen Rechnungen kriegen wie ich. Vielleicht hätte ich mir ja doch ein paar Kinder zulegen und Kindergeld kassieren und jede Menge Steuern sparen sollen. Es könnte doch nett sein, ein Kind zu haben, und meine Mutter quengelt auch dauernd rum, ich solle mir einen Mann suchen und ihr Enkel verschaffen. Aber irgendwie komme ich nicht so richtig in die Gänge.

An Männern fehlt es ja eigentlich nicht. Es fehlt nur an den richtigen Männern. An denen, die ich mir so im Alltag hier im Haus vorstellen kann, mit denen zusammen ich die normalen Dinge machen will. An denen fehlt's. Aber Salonlöwen gibt's genug. An Schwätzern über Whiskey und Soda herrscht kein Mangel. Von denen, die mir über die Hüften streichen, wenn wir die Tanzfläche verlassen, wimmelt es nur so. Aber einer, der mich mit Rosen und Champagner auf der Wochenstation besucht? Einer, mit dem ich romantische Weihnachtsferien im Hochgebirge verbringen kann und der mich so sehr liebt, dass ich keine Wimperntusche brauche, ehe ich ihm morgens unter die Augen trete? So einen finde ich nicht, obwohl ich immer wieder meine Kronen zusammenkratze und in die Stadt gehe und suche. Solche Männer sind einfach spurlos verschwunden. Vielleicht sind sie zu Hause und wechseln Windeln? Eine Frau aus der Wäscherei, wo ich arbeite, meinte, ich solle einen Kurs machen, mir dabei einen Mann suchen. Das hab ich dann auch getan. Nach langem und gründlichem Nachdenken ging mir auf, dass Porzellanmalerei und Blumenstecken keine gute Idee wären. Da wird's ja wahrscheinlich nicht gerade Männer in Hülle und Fülle geben. In einem meiner genialen Augenblicke sah ich deshalb ein, dass ich meinen Kurs in einer männlichen Umgebung absolvieren musste. Ich dachte schon an einen Autoreparaturkurs, aber das gab ich dann auf, wo ich doch gar kein Auto habe. Und Fliegenbinden will ich nicht, was soll ich mit einem Haufen Fliegen, wo ich Fische hasse und lieber ein vor Blut triefendes Steak zu mir nehme, das die Béarnaise rosa färbt?

Und dann hatte ich die Lösung: Waffen. Ich wollte schießen lernen. Und das tat ich dann auch. Wurde eine richtig gute Schützin. Lieh mir anfangs eine Waffe, eine französische Pistole, zweiundzwanzig Kaliber, und kaufte mir dann später selbst eine, vom selben Typ, das Gewicht gefiel mir, die Form. Aber zurück zu den Mannsbildern. Auch im Schießkurs konnte ich keinen passenden finden. Entweder waren es total stinklangweilige Heinis, die sich eben erst vom Sofa erhoben hatten, um vor den Fernsehnachrichten ein wenig Spannung in ihren Alltag zu bringen, oder es waren Machos. Und Machos kann ich nicht ausstehen, Männer mit Muskeln an Stellen, die nie für Muskeln vorgesehen waren. Aber ich lernte schießen. Bekam meinen Waffenschein, fand die knisternde Stille in der Schießkabine wunderbar, das Gefühl der Waffe in der Hand, die Spannung, wenn ich danach die Schießscheibe überprüfen sollte.

Es war allerdings ein teurer Spaß. Munition. Das Geld für die Pistole hatte ich mir bei der Bank geliehen. Ich war nämlich an einem Punkt angekommen, wo ich keinen Nerv mehr hatte, wollte nicht mehr sparen und knausern. Rund um die Uhr dachte ich an Geld, brauchte unglaublich viel Gehirnkapazität, um alles aufzuzählen, was ich mir nicht kaufen oder woran ich nicht teilnehmen konnte. Ich sah ein, dass ich mir einfach Geld verschaffen musste. In mir wuchs ein wahnsinniges Verlangen, ich konnte die Augen schließen und Bündel von Tausendern zwischen den Fingern fühlen, und bei dieser Vorstellung brach mir der Schweiß aus, ich sah ganze Hallen voller Geld vor mir, wo ich an den Regalen entlangging und mir die saubersten Scheine aussuchte …

Ich beschloss, Geld zu stehlen. Nicht ein bisschen Geld, sondern viel Geld, weil ich ja wusste, dass es ein einmaliges Unternehmen sein würde. Ich musste gleich beim ersten Versuch richtig zuschlagen. Und plötzlich hatte mein Leben einen Sinn.

Ich glaube, sie waren die glücklichste Zeit meines Lebens, diese Adventswochen, in denen ich meinen Coup vorbereitete. Mein Plan sah aus wie folgt: Ich wollte mich als Mann verkleiden und kein Wort sagen, ich wollte nur einen Zettel mit der Aufschrift «Her mit dem Geld, und zwar sofort!» vorzeigen. Ich wollte Tarnkleidung und eine Strumpfmaske tragen, und das alles schaffte ich mir an, indem ich meine Miete nicht bezahlte. Eine Waffe hatte ich, und normale Menschen wissen ja nicht, dass es sehr schwer ist, mit einer .22er-Pistole einen Menschen umzubringen. Wichtig war, dass meine echt war. Ich entschied mich für eine kleine Bankfiliale, am letzten Freitag im Advent, wenn sie bestimmt jede Menge Kohle gebunkert hatten, weil die Leute ihren Weihnachtsbraten kaufen wollten. Eine große Bank kann schnell unübersichtlich werden, mit Wachen in Zivil und Alarmsystemen und anderen Gemeinheiten. Und ich hielt eine Filiale mitten in der Innenstadt für sinnvoller, denn danach könnte ich mich unter die Leute auf der Straße mischen und brauchte mich nicht auf den Fluchtwagen zu verlassen, den ich gar nicht besaß. Sicher, ich weiß, dass sie Alarmknöpfe und so was haben, aber auch daran hatte ich gedacht: Ich wollte eine Geisel nehmen und drohen, sie zu erschießen. Und dann würden die Finger doch einen Bogen um diese blöden Knöpfe machen. Ihr begreift jetzt vielleicht, wie verzweifelt ich war, wo ich sogar eine Geisel nehmen wollte. Aber Geld kann wirklich zur Besessenheit werden, wenn man es nicht hat. Wenn man sieht, wie das Leben vorüberzieht und man selbst nicht mitmachen kann. Wenn die Mädels beim Job Stapel von verwackelten Urlaubsbildern vom Mittelmeer zeigen und auf dunkle Mannsbilder tippen und kichern und rot werden. Herrgott! Und die Klamotten! Ich freute mich darauf, mir Klamotten zu kaufen. Und einen Computer, damit wollte ich dann umgehen lernen und mir eine neue Stelle suchen. Denn ich wollte nicht plötzlich reich auftreten und mich dadurch entlarven. Nichts da. Langsam, aber sicher wollte ich mein Leben neu aufbauen. Mit Geld in der Schublade und dem Job in der Wäscherei. Ich bin ja schließlich auch nicht ganz blöd.

Und dann war der große Tag gekommen. Ich muss zugeben,

dass ich ziemlich fertig war. Beim Job hatte ich mich krankgemeldet. Ich ließ das Schminken ausfallen, machte mir einen Pferdeschwanz, färbte meine Augenbrauen, damit sie männlich aussahen, zog die Tarnkleidung an, steckte Zettel, Pistole und Strumpfmaske in die Tasche und ging. Es war erst zehn Uhr, ich konnte die Vorstellung von zu vielen Leuten in der Bank nicht ertragen. Es schneite. An der Eingangstür war mit Klebeband ein riesiger Weihnachtsmann befestigt. Ich blieb ein wenig vor der Tür stehen und lugte hinein, ich zerknüllte die Kappe in meiner linken Faust und versuchte zu atmen, ganz tief bis ins Zwerchfell, ohne beim Ausatmen zu zittern. Das hatte ich im Schützenverein gelernt. Atmen und Gleichgewicht finden, Blut ins Gehirn. Jetzt würde ich bald auf Film gebrannt werden, denn in solchen Lokalitäten wimmelt es ja nur so von Kameras. Ich packte meine Strumpfmaske und ärgerte mich sofort darüber, wie teuer sie gewesen war. Aber bei der Vorstellung, wie ich die Hunderter zwischen meinen Fingern rascheln hören würde, wurde ich dann wieder ruhig genug, um die Maske überzustreifen, mit der rechten Hand die Pistole zu packen (ungeladen, ich wollte doch niemanden verletzen) und in die Bank zu stürmen.

Ich konnte aber nicht richtig sehen. Der Stoff der Mütze verrutschte ein wenig, was ich sah, kam mir vor wie ein Film mit schwarzen Balken oben und unten. Und ich bekam keine Luft, denn ich hatte eine Kappe ohne Mundöffnung gekauft, aus Angst, man könnte sonst sehen, dass ich mich nicht jeden Tag rasieren musste. Der Wollstoff war schon feucht, noch ehe ich vor der Kasse stand, und zu allem Überfluss schmolzen und tropften nun auch noch die Schneeflocken, die auf meinen Kopf gefallen waren.

Zwei Frauenzimmer fuhren herum und heulten los. Herrgott, was machten die für ein Geschrei. Als wäre ich total lebensgefährlich. Auf der anderen Seite wusste ich so, dass meine Kiste klappte. Und ich wusste, dass jetzt alles schnell gehen müsste. Es gab Knöpfe, auf die gedrückt werden könnte, und deshalb winkte ich die Frauenzimmer beiseite, und sie warfen sich kreischend auf ein Sofa. Die dritte Person in der Schalterhalle war ein Mann. Ich registrierte eine grüne Hose und Militärstiefel und hatte plötzlich Angst, er könne beim Anblick meiner .22er einen Lachanfall bekommen, aber das passierte nicht. Seine Augen schienen ihm aus dem Kopf quellen zu wollen, nie im Leben hatte mir ein Mann dermaßen totale Aufmerksamkeit geschenkt.

Ich hätte gern losgebrüllt und alle durch die Gegend gescheucht, aber ich atmete meinen eigenen feuchten Atem ein und spürte, wie mir der Schweiß über den Rücken lief. Das hier war kein Spaß, es war sogar ziemlich widerlich. Ich packte den Mann am linken Arm und zielte auf ihn, ich zog ihn zum Schalter, und er kam willenlos mit, wie in Trance, und dann schob ich den Zettel über die Schalterplatte und bohrte dem Typen die Pistole in den Bauch. Und die Frauenzimmer hinter mir schrien und schluchzten hemmungslos.

Die Schalterfrau war auch nicht gerade in Spitzenform, sie sah überaus bleich aus. Sie fing an, Geld in meinen Sack zu stopfen. Mir ging das nicht schnell genug, ich schlug mit der flachen Hand auf die Schalterplatte, um sie zur Eile anzutreiben. Ich schaffte es, kein Wort zu sagen, obwohl mein ganzer Körper wehtat, so gern hätte ich die Klageweiber auf dem Sofa mit «Fresse halten» angeschrien. Aber es ging wirklich alles gut.

Der Typ weinte jetzt lautlos, er stand einfach kerzengerade da und ließ die Arme hängen. Bestimmt hatte er jede Menge Action-Filme gesehen und weinte jetzt, weil er sich nicht traute, etwas zu unternehmen, jetzt, wo endlich mal was passierte. Es ist nämlich unglaublich, wie unser Mut verfliegt, wenn uns eine echte Waffe in den Bauch gebohrt wird. Dann war der Sack voll. Wenn ich mehr Zeit gehabt hätte, hätte ich sie aufgefordert, den Tresor zu leeren; ich konnte hinter einer Trennwand den Eingang ahnen, das Tor zum Ziel meiner Träume. Aber zugleich hatte ich die fetten Geldbündel zwischen ihren Fingern gesehen und fühlte bei diesem Anblick das Blut in meinen Ohren pochen. Ich ging rückwärts, schwenkte die Pistole und tastete hinter meinem Rücken mit meiner linken Hand nach der Tür.

Doch dann hörte ich ein Geräusch. Eine kleine Kinderstimme, die sagte: «Mama, guck mal! Eine Pistooooole!»

Ich fuhr herum und starrte in ein strahlendes, von einer Fellkante umgebenes Kindergesicht. Die Augen leuchteten vor Glück, und eine teilweise von klebrigen Brötchenkrümeln bedeckte Hand streckte sich nach der Pistole aus. Ich richtete den Lauf auf die Decke und schaute mich verzweifelt um. Das Kind saß in einem Wagen. Der Wagen versperrte mir den Ausgang. Hinter dem Wagen stand eine Mutter. Die Mutter fing an zu schreien. Das Kind lächelte und zeigte auf die Pistole. Und an dieser Stelle ging die ganze Sache in die Hose. Denn ich bin doch kein Mann, verdammt nochmal, auch wenn ich meinen Körper in noch so maskuline Klamotten stecke. Ein Mann hätte nämlich den Wagen fortgeschleudert, mit Kind und Kegel sozusagen, das wäre ihm doch scheißegal gewesen. Aber was tat ich? Na, ich schob den Wagen vorsichtig zur Seite, quetschte mich daran vorbei und sagte: «Verzeihung, Verzeihung.» Das sagte ich. Und auch wenn ich keine Dozentin an der Polizeihochschule bin, so wusste ich doch, dass jeder halbwegs fähige Ermittler großes Gewicht auf diese mit Frauenstimme ausgesprochenen zwei Wörter legen würde. Das ging mir auf, sowie ich die Straße erreicht hatte. Es war ein grauenhafter Augenblick. Denn ich hatte ja keine Sekunde lang vorgehabt, aus dem Land zu fliehen oder mich nach Südamerika abzusetzen. So viel Geld hatte ich nun auch wieder nicht erbeutet.

Ich riss mir die Strumpfmaske vom Kopf und rannte los. Dachte an Spuren. Sprintete in eine Seitenstraße, hinter einige Abfallcontainer und fing an nachzudenken. Was mir aber nicht so ganz gelang. Was ich am Leib trug, musste weg, das war klar. Und die Waffe? Die musste weggeworfen werden, niemand durfte sie finden, sonst könnte sie zu mir zurückverfolgt werden. Ich streifte die Jacke ab, wickelte meine feine kleine Pistole hinein, kletterte in den Container, stopfte alles in den erstbesten Müllsack und klappte den Containerdeckel wieder zu. Ich leerte eine Plastiktüte, die Abfall enthalten hatte, steckte das Geld hinein und ging zurück auf die Straße, ging langsam und gelassen nach Hause und tröstete mich damit, dass ich mir eine neue Pistole kaufen könnte, das Geld hatte ich jetzt ja.

Erst als ich in meiner Wohnung stand, brach ich zusammen. Ich fing wirklich an zu heulen, allerlei Spannungen in meinem Körper brauchten Auslauf. Ich hatte Angst. Hatte eine Sterbensangst. Aber nach und nach beruhigte ich mich ein wenig, duschte, holte mir eine Flasche Bier und kam endlich zu mir. Es würde schon gut gehen. Das Geld verstaute ich im Schlafzimmerschrank. Am nächsten Tag machte ich mit der Hose und den Stiefeln, die ich getragen hatte, einen Spaziergang zum Fluss, und ich nahm auch die berühmte Strumpfmaske mit. Ich fand es ziemlich theatralisch, den ganzen Kram beschwert mit Steinen in den Fluss zu feuern, und deshalb stopfte ich die Sachen in einen weiteren Container. Der Einzige, der mich eines Blickes würdigte, war ein zufällig vorüber kommender Labrador.

Aber es dauerte nicht einmal bis Heiligabend, bis sie kamen, das Leben ist schon seltsam. Die Polizei hatte sich natürlich eine Liste der Waffenbesitzerinnen in unserer Stadt besorgt. Und folgendes Gespräch fand statt, gegen acht Uhr, am dritten Abend, am letzten Montag im Advent:

«Guten Abend, wir kommen von der Polizei!» (Er wedelte mit dem Dienstausweis.)

«Ja, worum geht es?»

«Das ist nur eine Routineuntersuchung, aber wir möchten Sie bitten, uns Ihre Waffe zu zeigen, wir wissen, dass Sie als Besitzerin einer .22er Unique-Pistole registriert sind.»

Das war's also. Ich hätte die Pistole nicht wegwerfen dürfen. Ich hätte sie im Haus haben, sie mit stolzer Besitzerinnenmiene vorführen müssen. Nie im Leben hätten sie dann auch nur das Geringste beweisen können. Sie hätten doch nicht einmal genug für eine Hausdurchsuchung gehabt. Und der Mann, der das Wort führte, wirkte müde und genervt, er wäre sicher zum Christbaumschmücken nach Hause gegangen, wenn ich die Pistole geholt hätte. Hätte genickt und sich verzogen.

«Nein, leider», sagte ich. «Die habe ich nicht mehr.»

Sie erwachten.

«Sie wissen doch, dass es verboten ist, Waffen zu verleihen? Oder zu verkaufen?»

«Sicher, das hab ich auch nicht getan. Ich habe … ich habe … sie verloren.»

«VERLOREN?»

Jetzt waren sie hellwach. Und ließen nicht mehr locker. Sie wollten wissen, wo und wann und wie, und ich meine, wenn ich eine solche Situation in den Griff bekommen könnte, dann würde ich ja wohl nicht in einer Wäscherei malochen? Ich wusste alles über Atmung und Gleichgewicht, aber das hier nicht. Den Zettel hatten sie auch, mit Fingerabdrücken. Ich hatte ihn ohne Handschuhe geschrieben, aber ich will hier nicht zu tief in die peinlichen Details gehen. Ich möchte nur klarstellen, dass es nicht so einfach war, mir knisternde Geldscheine zu krallen, wie ich geglaubt hatte.

Aber ich will mich nicht beklagen. Eigentlich geht es mir hier ja gut. Brauch nicht zum Scheißjob, brauch nicht sauer zu sein, weil ich nie auf die Piste komme. Die anderen hier tun das ja auch nicht. Wir sitzen allesamt im selben Boot, und das beruhigt mich ein wenig. Aber niemals werde ich das Gesicht dieses Kindes vergessen. Ich sollte mir vielleicht doch bald eins anschaffen. Kindergeld und weniger Steuern. Mutterschaftsurlaub bei vollem Gehalt. Und ich könnte lernen, mit einer Wasserpistole zu schießen. Das Einzige, was mir jetzt noch fehlt, ist also ein Mann. Und ich merke schon, dass ich so nach und nach weniger anspruchsvoll werde.

Ingvar Ambjørnsen

Teufels Geburtstag

I

Mit Vater war etwas passiert. Ich war sechs Jahre alt, und mir wurde die Sache so erklärt: Eine dünne Saite sei gerissen. Eine Art Angelschnur, stellte ich mir vor. Damit kannte ich mich aus. Verfaulte Angelschnüre, die rissen, wenn etwas Großes anbiss; wenn der Fisch es sich plötzlich in den Kopf setzte, nicht zum Sterben an die Oberfläche zu kommen, sondern weiter unten in der Tiefe zu bleiben. Dann kam es manchmal vor, dass die Schnur riss. Deshalb stellte ich mir in Vaters Kopf einen großen Fisch vor, einen Kabeljau mit einem Haken und einem Schnurende im Maul.

Vater kam mir so enttäuscht vor. Die Schnur war irgendwann im Spätsommer gerissen, und den ganzen Herbst und bis in den Winter hinein saß er da und sagte nichts. Kein einziges Wort, obwohl sein Mund offen stand. Ab und zu lief ein Speichelfaden aus dem rechten Mundwinkel in seinen Hemdkragen, aber Vater sagte nichts. Saß nur still da, mit schräg gelegtem Kopf, als ob er lauschte. Auf etwas wartete. Ich wartete auch. Nicht darauf, dass Vater etwas sagte, ich war froh, dass er damit aufgehört hatte. Ich wartete darauf, dass eines Tages der Kabeljau den Kopf aus seinem Mund stecken würde. Oder sonst etwas Phantastisches passierte.

Und ich lauschte. Ich hörte die Geräusche der Autos, die unten auf der Straße vorüberfuhren. Mutters Schritte auf dem Küchenboden. Das Ticken der großen Wanduhr im Wohnzimmer.

Und dann kam Weihnachten.

Ich war alt genug, um zu wissen, dass man daran nicht viel ändern konnte. Der Winter wurde zum Frühling und der Frühling zum Sommer. Und einmal im Jahr kam der Heilige Abend, des Teufels Geburtstag. Aber ich dachte, dass Weihnachten in diesem Jahr doch bestimmt irgendwie anders werden müsste, und bei diesem Gedanken war ich außer mir vor Angst.

Ich fing an, nachts ins Bett zu pinkeln.

Es regnete. Jeden Tag stand ich am Wohnzimmerfenster und schaute hinaus auf die Straße. Die Welt draußen war ganz verschwommen, denn der Wind vom Fjord riss die Regenschauer in Fetzen und Stücke und peitschte das Wasser gegen die Fensterscheibe. Richtig deutlich war nur mein eigenes Spiegelbild. Hinter diesem Spiegelbild befand sich die Welt in Auflösung.

Als wir eines Tages beim Essen saßen, hörten wir aus dem Wohnzimmer ein Kratzen. Ich sah, wie der Blick meines Vaters zur Seite glitt, fort von dem meiner Mutter. Mutter legte den Löffel mit zerquetschten Kartoffeln und Soße beiseite und verließ die Küche. Ich betrachtete Vater, der mit Soße um den Mund und dem blau karierten Geschirrtuch um den Hals dasaß.

Ich schob meinen Stuhl vom Tisch zurück und lief hinter Mutter her.

Sie stand am Fenster.

Auf der anderen Seite der Glasscheibe war ein Mann in einem grauen Overall damit beschäftigt, an einem Haken in der Mauer einen Stahldraht zu befestigen. Der Mann stand auf einer Leiter.

Den Haken kannte ich gut. Es war mein Haken. Er gehörte mir. Jeden Tag stand ich an diesem Fenster und schaute hinaus, und jeden Tag betrachtete ich den in der Mauer angebrachten Haken. Der bei jedem Wetter dort war, sommers wie winters, Jahr um Jahr. Er war da und war nutzlos, bis dann Weihnachten näher rückte und die mit Tannenzweigen umwundenen Drähte quer über die Straße gespannt wurden, bis hinauf zum Marktplatz. Mit leuchtenden Glühbirnen und großen weißen Glocken aus Styropor. Verdammte Glocken, Scheißbirnen!

Jetzt sagte Vater nichts, und Mutter lachte.

In dieser Nacht konnte ich nicht schlafen. Ich wollte nicht schlafen. Ich horchte in mich hinein. Ob ich vielleicht aufs Klo musste. Wenn ich mich im Bett umdrehte, knisterte die Plastikmatte, die Mutter unter das Laken gelegt hatte.

Ich musste. Und musste nicht.

Und die ganze Zeit hörte ich eine fast vergessene Melodie. Den Wind, der auf der Stahlsaite spielte, die auf unserer Straßenseite an unserem Haus befestigt war und auf der anderen an der Mauer der Trikotagenfabrik. Es war ein leises Summen, ein wenig wie das Geräusch, das man unter den Hochspannungsmasten auf den Wiesen am Fluss hören konnte. Die Dunkelheit im Zimmer schien zu vibrieren.

Ich stand auf. Das Linoleum war eiskalt unter meinen nackten Füßen. Ich blieb ganz lange ganz still stehen und spürte, wie kalt es war. Es war eine schöne Kälte, sie brannte unter meinen Fußsohlen fast wie Hitze.

Nebenan im Wohnzimmer brannte Licht. Im Wohnzimmer brannte immer Licht. Auch wenn alle Lampen ausgeknipst worden waren, war im Wohnzimmer noch Licht. Ein blaues Licht, das die Laternen draußen durch die Fensterscheiben fallen ließen.

Vater lag auf dem Sofa hinten beim Bücherregal. Die weiße Decke erinnerte mich an eine Wolke, die auf unerklärliche Weise ins Zimmer gekommen war. Unter dieser Wolke ruhte jetzt mein Vater, ich konnte am Wolkenrand seine schwarzen Haare sehen.

Ich ging aufs Klo.

Es kam aber nichts.

Ich tat, was Mutter mir geraten hatte, ich setzte mich. Jetzt konnte ich zwei Tropfen aus mir herauspressen.

Danach ging ich wieder ins Wohnzimmer und setzte mich in den Schaukelstuhl. Horchte auf den Wind, der draußen auf der Straße den Stahldraht summen ließ. Der die Vibrationen durch die dicke Mauer und weiter ins Zimmer schickte. Ab und zu knackte der Koksofen in der Ecke. Ansonsten war alles still.

Ich dachte: Jetzt gehört das alles mir. Das Zimmer und das blaue Licht.

Draußen schneite es. Große weiße Flocken, die der Wind vor der Fensterscheibe tanzen ließ. Begleitet von diesem tiefen Summen, Tanz und Musik.

Die Straße war menschenleer. Aber einmal, vor nicht allzu langer Zeit, vielleicht, während ich auf dem Klo gesessen hatte, war jemand an der Mauer der Trikotagenfabrik entlanggegangen. Tiefe Fußspuren im Schnee.

Mitten auf der Fensterscheibe war ein Fleck. Er hatte Ähnlichkeit mit einem Mund. Ich ließ den Zeigefinger über diesen Mund gleiten, er fühlte sich fettig an. Der Wind ließ die großen Styroporglocken hoch oben über der Straße hin und her pendeln.

Und die ganze Zeit wusste ich, dass er nicht schlief. Dass Vater jetzt ganz still dalag und mich ansah. Ich konnte seinen Blick tief unten im Rückgrat spüren. Als leises Prickeln. Wenn ich gewollt hätte, hätte ich etwas zu ihm sagen können, obwohl es doch mitten in der Nacht war. Aber ich wollte nichts zu ihm sagen. Ich darf nie wieder mit Vater sprechen, dachte ich. Denn dann steht er auf und wird wieder so, wie er war.

Meine Mutter lag mit dem Gesicht im Kissen auf ihrer Seite des großen Doppelbettes. Auf der Seite meines Vaters war die Matratze leer. In diesem Zimmer, im Schlafzimmer meiner Eltern, das auf den Hinterhof schaute, war die Melodie des Windes nicht zu hören.

Amundsen war stark. Er trug Vater jeden Morgen und jeden Abend zum Klo. Amundsen wohnte auf der anderen Seite des Hofes in einem möblierten Zimmer. Schräg über diesen Hof zog sich jetzt ein festgetrampelter Pfad durch den Schnee.

Er nannte Vater einen Drecksack. Einen Sack voller Dreck. Amundsen trug Vater aufs Klo, und später saß er dann in der Küche und trank Kaffee aus der Untertasse, während er sich mit Mutter unterhielt. Jeden Morgen trug Mutter Vaters Decke ins Schlafzimmer, und das braune Sofa sah wieder so aus, wie es immer ausgesehen hatte.

Beide trugen sie.

Amundsen saß in der Küche und unterhielt sich mit Mutter, während Vater im Wohnzimmer im Rollstuhl saß und der Speichel aus seinem Mundwinkel lief.

«Natürlich braucht ihr einen Weihnachtsbaum», sagte Amundsen.

Mutter schüttelte den Kopf. «Das würde ihm gar nicht gefallen.»

«Würde dir das gar nicht gefallen, Brüderchen?»

So nannte er mich, dieser Amundsen. Brüderchen.

Ich schüttelte den Kopf.

«Ich meine den, der da hinten sitzt», sagte meine Mutter leise und nickte zum Wohnzimmer hinüber. «Frank.»

Amundsen stellte die Untertasse mit dem Kaffee auf den Tisch und drehte sich mit dem Tabak aus der gelben Packung, die immer in seiner rechten Hemdtasche steckte, eine Zigarette.

«Was für ein Quatsch!», sagte er und zündete sich die Zigarette an. Er zog so fest daran, dass ich die Glut im Tabak zischen hören konnte. Dann quoll eine blauweiße Rauchwolke aus seinen Nasenlöchern. Ich sah in dieser Wolke Fabeltiere und grausame Hexen.

«Du hast doch wohl nichts gegen ein nettes Tännchen in der Stube?», brüllte Amundsen in Richtung Wohnzimmer. Legte den Kopf schräg. «Nein. Hat er nicht.»

Und zu mir: «Rein in die Stiefel, Knabe!»

Wir gingen an den Schneehaufen am Straßenrand vorbei. In der Nacht hatte es heftig geschneit, und die Bürgersteige waren noch nicht geräumt worden. Wir gingen über die Straße. Amundsen vorweg und ich hinterher. Ich versuchte, meine Füße in seine Spuren zu setzen, geriet aber immer wieder aus dem Takt.

Dabei war es wichtig, nicht aus dem Takt zu geraten. Wer aus dem Takt gerät, muss sterben, dachte ich.

Hinter dem Zeitungskiosk war ein Wald gewachsen, seit ich zuletzt hier gewesen war. Ich war auf der Welt nicht mehr vorhanden, und mitten in der Stadt standen in dem pappigen Schnee die Tannen dicht an dicht. Es war schön. Amundsen grüßte nach rechts und links und führte mich dabei leise fluchend immer tiefer in den duftenden Wald. Die Leute wichen aus.

Als der Wald hinter uns lag, ging er in die Hocke und legte mir die Hand unters Kinn.

«Wir gehen jetzt wieder nach Hause, Brüderchen», sagte Amundsen.

Ich fing an zu weinen.

«Das hier ist nichts für uns», sagte er und richtete sich auf. «Das sind Bäume für Waschlappen und Motten.»

Ich weinte, bis Amundsen mich auf den Vordersitz seines alten Lastwagens hob. Ich hatte keine Ahnung von Waschlappen und Motten, und außerdem war ich doch tot. Weil ich es die ganze Zeit nicht geschafft hatte, in seinen Fußspuren zu bleiben. Nicht auf dem Weg zum Markt, und auch nicht auf dem Heimweg. Ohne Weihnachtsbaum.

Wir fuhren durch das Tal. Amundsen die ganze Zeit mit der rechten Hand auf der Gangschaltung. Einer großen roten Hand, die über der schwarzen Kugel lag. Die Hand, mit der er Vater den Hintern abwischt, dachte ich. Denn Vaters Hände hingen schlaff nach unten und taugten nicht mal mehr für eine Ohrfeige.

Auf der rechten Seite lag der Fluss, der jetzt kein Fluss mehr war, sondern eine breite weiße Fläche zwischen zwei Reihen kahler Laubbäume. Hier und dort hatte der Wind den Schnee beiseite gefegt, und das blanke Eis funkelte im Sonnenschein.

Und dann musste ich wieder weinen.

Amundsen sagte nichts.

Er war anders als die anderen, die ich kannte.

Ganz hinten im Tal bog Amundsen in einen Waldweg ein. Nach einer Weile erreichten wir einen Wendeplatz, an dessen

Rand zwei Baracken standen. An der Wand der einen lehnte eine halb mit Schnee bedeckte alte, rostige Kreissäge. Aus einem Schornstein kam Rauch. Eine graue Rauchsäule kräuselte sich träge in den blauen Himmel, dann löste sie sich auf.

Amundsen ließ sich in den Sitz zurücksinken und schloss die Augen. Ich wusste, dass er darauf wartete, dass ich mit dem Weinen aufhörte.

Später stiegen wir aus dem Auto.

Ich blieb ganz still stehen, während Amundsen hinten auf der Ladefläche unter einer Plane herumsuchte.

«Nimm die hier», sagte er.

Es war eine Axt. Eine Sportaxt, aber das wusste ich damals noch nicht. Ich wusste nur, dass es eine Axt war und dass sie meinen Arm zu Boden zog.

Wir stiegen einen steilen Hang hoch. Das Gehen fiel hier nicht schwer, denn die großen Forstmaschinen hatten den Schnee fest und glatt gepresst. An einigen Stellen war der bloße Boden zu sehen. Gefrorene Erde und Steine. Lange Riemen aus Birkenrinde, die überall verstreut lagen, verströmten einen würzigen Geruch. Der Tabakrauch, der die ganze Zeit über Amundsens Schultern strömte, roch süßlich. Amundsen ging vorweg. Ich lief hinterher.

Ich versuchte nicht mehr, meine Füße in seine Fußspuren zu setzen.

Vater saß im Rollstuhl und starrte den Baum an. Ich zerschnitt die Zeitung in lange Papierstreifen und versuchte, seine Gedanken zu erraten. Ich nahm an, dass er an den Teufel dachte. Daran, dass der Teufel heute Geburtstag hatte.

Amundsen hatte im Wald den größten Baum ausgesucht. Der Baum war so hoch, dass Amundsen mit seinem Fahrtenmesser ein kleines Loch in die Decke bohren musste, damit der Baum ins Zimmer passte. Man konnte sich leicht vorstellen, dass der Weihnachtsbaum durch den Boden der alten Frau Erlandsen im vierten Stock wuchs. Aus der Küche konnte ich Mutter hören, die ein Lied summte, dessen Namen ich nicht kannte. Es duftete nach Schweinerippe und Kümmelkohl, aber trotzdem war es ein anderes Weihnachten, denn zusätzlich zum Geruch des Teufels gab es im Wohnzimmer jetzt noch einen anderen Geruch. Den würzigen Duft einer Tanne. Der Tannennadeln und des Waldes. Als Amundsen dem Baum den ersten Axthieb versetzt hatte, hatte ein großer Vogel seine Flügel ausgebreitet und war schreiend davongeflogen. Ein Auerhahn. Der größte Vogel, den ich je gesehen hatte.

Ich zerschnitt die Zeitung in lange Streifen. Fing ganz am Rand jeder Seite an und arbeitete mich dann zur Mitte vor. Manchmal hatte ich Glück und die ganze Seite wurde zu einem einzigen langen Streifen.

Ich konnte nicht lesen.

Die langen Papierstreifen waren einfach schwarz-weiß, weiß-schwarz. Wie die Spuren, die ich in der Nacht zuvor auf dem Bürgersteig gesehen hatte.

An diesem Abend ließ ich Würstchen Würstchen sein und aß stattdessen Schweinerippe. Und Kümmelkohl, der mir auch nicht schmeckte. Ich konnte noch nicht mit dem Messer umgehen, aber Mutter ließ mich gewähren. Sie sagte nichts. Zuerst schnitt ich die knusprige Schwarte ab und schob sie in den Mund. Dann starrte ich den grauweißen Fettrand an, der darunter zum Vorschein gekommen war. Ich aß das fette Schweinefleisch und zerquetschte Kartoffeln in der Soße. Auf der anderen Seite des Tisches saß Mutter und schnitt das Fleisch ebenfalls in winzige Stücke. Dann wollte sie Vater mit dem Löffel füttern, aber er spuckte das Essen über die weiße Tischdecke.

«Ich glaube, er will lieber Würstchen», sagte ich. Denn ich dachte: Heute Abend wird alles auf den Kopf gestellt, heute Abend muss alles ganz anders sein als letztes Jahr zu Weihnachten. Sonst wird alles ganz schrecklich schief gehen.

Vater starrte mich an. Seine Arme hingen an den Seiten des Rollstuhls schlaff nach unten.

«Du bist jetzt fast schon ein großer Junge», sagte Mutter, aber sie sah weder mich noch Vater an. Das verwirrte mich ein wenig. Ich hatte das Gefühl, dass sie keinen von uns gemeint hatte.

Vater und ich hatten jeder eine Flasche Orangenlimonade bekommen.

Mutter selbst trank Bier.

Alles war so anders. Es war halb dunkel im Wohnzimmer. Es gab nur die brennenden Kerzen auf dem Tisch und das blaue Licht von der Straße.

Und nur eine einzige Flasche Bier.

Vater wollte auch keine Würstchen. Und keine Limonade. Er spuckte alles aus, und sein Blick wanderte hin und her.

Dann saß er einfach nur da und sah den Weihnachtsbaum an,

den Mutter und ich mit den langen Papierstreifen geschmückt hatten, die ich aus der Zeitung ausgeschnitten hatte.

Es war ein schöner Weihnachtsbaum. Der einzige, den wir je gehabt hatten.

Er wimmelte von grauenhaften Insekten und Ungeziefer, die sich durch den Teppich und die Tapete fraßen.

Vaters Gesicht lief rot an. Fast blau in diesem seltsamen Licht.

«Jetzt musst du Amundsen holen», sagte Mutter.

Amundsen öffnete sofort. Ich dachte, dass er mich sicher vom Fenster aus gesehen hatte. Dass er gesehen hatte, wie ich über den Hof gegangen war. Hinter seinen breiten Schultern sah ich den Fernseher, der in der Dunkelheit flackerte.

«Schon unterwegs», sagte er und verschwand wieder in seinem Zimmer. Ich stand in der Türöffnung und bemerkte den Geruch von Zigaretten und Schnaps, der mir aus der Wohnung entgegenschlug. Alles war wie immer, und doch war irgendetwas anders als sonst: Ich hatte keine Angst.

Nein. Ich hatte keine Angst.

Als er zurückkam, hatte Amundsen ein schwarzes Sakko mit etwas zu kurzen Ärmeln angezogen. Während er die Tür hinter sich schloss, dachte ich, dass auch ich mir später einmal ein Sakko mit etwas zu kurzen Ärmeln kaufen wollte. Damit meine blauen und grünen Tätowierungen zu sehen wären, sogar in einem dunklen Treppenhaus.

Wir gingen zurück über den Hof.

Und diesmal ging ich vorweg.

Als Amundsen Vater aufs Klo getragen hatte, lief er rauchend im Wohnzimmer hin und her.

«Da hast du gute Arbeit geleistet, Brüderchen», sagte er und nickte zum Weihnachtsbaum hinüber.

Ich nickte. Ich wusste, dass ich gute Arbeit geleistet hatte.

Ich war ganz sicher, dass ich gute Arbeit geleistet hatte.

«Jetzt setz dich endlich, Amundsen», sagte Mutter. «Dann gibt's etwas zu essen.»

Essen wollte er nicht, aber er setzte sich trotzdem, und als Mutter ihm einen Teller brachte, aß er dann doch. Rasch. Gierig. Ich hatte Hunde auf diese Weise fressen sehen. Als der Teller halb leer war, fing Vater auf dem Klo an zu brüllen, aber Amundsen achtete nicht weiter darauf. Er schmatzte und leckte Fett vom Knochen.

Mutter brachte den Nachtisch. Den Obstsalat, den sie und ich am Vormittag vorbereitet hatten. Mit roten Beeren.

«So muss es im Himmel sein», sagte Amundsen, hielt sich die Hand vor den Mund und rülpste. «Mit Frau und Kind und einer Kuh im Stall.»

Mutter machte einen Gesichtsausdruck wie damals, wenn Vater sie geschlagen hatte.

Ich stieß mein Glas um.

Amundsen schob seinen Teller beiseite und ging zum Klo.

Die gelbe Limonade versickerte in der Tischdecke.

«Das macht nichts», sagte Mutter.

Dann blieben wir ganz still sitzen, während Vater brüllte und Amundsen etwas murmelte, das wir nicht verstehen konnten. Bald darauf brachte er Vater und setzte ihn vorsichtig wieder in den Rollstuhl. Erst jetzt fiel es mir auf. Dass der Rollstuhl viel niedriger war als die anderen Stühle am Tisch. Dass Mutter und ich höher saßen als Vater.

Amundsen spuckte auf seinen Kamm und zog Vater einen Mittelscheitel.

Ich hatte Vater noch nie mit Mittelscheitel gesehen.

Neu. Alles war neu.

«Und jetzt wollen wir ein Schnäpschen!», sagte Amundsen. «Nicht wahr, Frank?»

Vater, Frank, schaute den Weihnachtsbaum an, und Amundsen zog den Flachmann hervor, den ich die ganze Zeit schon in seiner Jackentasche gesehen hatte.

Mutter ging in die Küche und holte drei Eierbecher. Amundsen schenkte ein. Bis an den Rand. Der durchsichtige Schnaps bildete über dem Rand der Eierbecher einen leichten Hügel. Es war mir ein Rätsel, wie Amundsen das hinbekommen hatte.

Und ohne Prost zu sagen, leerte er den Becher mit einer einzigen raschen Bewegung, und kein einziger Tropfen fiel dabei herunter.

Mutter kleckerte auf die Tischdecke.

«Lecker?»

«Lecker!», sagte Mutter.

«Und du, Frank?»

Aus Vaters Mundwinkel floss der Speichel. Sein weißes Hemd hatte schon feuchte Flecken.

«Du sagst doch nicht nein zu einem Schnäpschen am Heiligen Abend?»

Vater sagte nicht nein zu einem Schnäpschen am Heiligen Abend.

Er sagte auch nicht ja.

«Bist du ganz sicher, dass du kein Schnäpschen willst?», fragte Amundsen. «Denn dann ...»

Er leerte auch den zweiten Eierbecher.

Auch diesmal verschüttete er keinen einzigen Tropfen.

Mutter und Amundsen tanzten. Ich hatte Mutter noch nie tanzen sehen, aber jetzt tanzte sie mit Amundsen. Es sah schön aus. Ich dachte: Das hat Mutter die ganze Zeit gekonnt.

Ich dachte, dass sie ein Geheimnis gehabt hatte, von dem sie weder Vater noch mir erzählt hatte. Die schwarze Platte drehte und drehte sich auf dem Plattenspieler, und Mutter und Amundsen drehten und drehten sich im Wohnzimmer. Ab und zu stießen sie an die Möbel, und dann fielen Gläser und Kerzenhalter um, aber das machte nichts, denn Mutter legte nur den Kopf in den Nacken und lachte. Ihre Haare, die sie sonst immer hochsteckte, fielen offen auf ihre Schultern herunter. Wenn die Platte zu Ende war, lief Amundsen hinüber und drehte sie um. Wieder und wieder. Er drehte die Platte und schwenkte Mutter herum, alles drehte und drehte sich, und ich saß die ganze Zeit neben Vater und fuhr mit dem Finger über die scharfe Klinge meines Fahrtenmessers; es war das Messer, mit dem Amundsen das Loch in die Decke gebohrt hatte. Jetzt gehörte das Messer mir. Es war das schönste Weihnachtsgeschenk, das ich je bekommen hatte, und immer, wenn ich Vater vorsichtig damit in den Oberschenkel stach, jagten seine Augenbrauen nach oben. Als sei ihm plötzlich etwas eingefallen, das er schon vor langer Zeit vergessen hatte.

Ich machte nicht ins Bett. Ich lag ganz still da und lauschte auf den Wind, der draußen auf der Straße auf den Drähten Harfe spielte. Es war jetzt ein stärkerer Wind, die Töne wurden tiefer. Es regnete wieder, und der Regen ließ den Schnee schmelzen. Jedes Mal, wenn ein Auto vorüberfuhr, hörte ich ein gurgelndes Geräusch.

Dieses Geräusch steigerte den Druck auf meine Blase.

Wie in der Nacht zuvor stand ich auf und blieb auf dem kalten Linoleum stehen.

Schloss die Augen. Die Kälte brannte unter meinen Füßen. Ich zählte bis hundert, dann konnte ich es nicht mehr ertragen.

Vater hatte das Gesicht zur Wand gedreht.

Auf dem Tisch lag eine umgekippte Lampe; sie brannte noch, und der Rand des Schirms zeichnete sich an der Tapete als großer dunkler Bogen ab.

Ich ging zum Fenster. Der Wind hatte die Tannenzweige vom Stahldraht gerissen; sie lagen mit den Resten der Styroporglocken und den zerbrochenen Glühbirnen unten im Schneematsch.

Die Tür zum Schlafzimmer meiner Eltern war angelehnt.

Amundsen war eingeschlafen, seine Hose hing in einer Wulst um seine Füße, und seine Hand lag zwischen Mutters weißen Oberschenkeln.

Als ich wieder ins Wohnzimmer kam, legte ich mich ganz dicht an Vaters Rücken.

Ich musste so schrecklich dringend aufs Klo.

Ich war so müde.

Ævar Örn Josepsson

Sorge dich nicht, sterbe

«Jonni! Jonni! Jonni! Jonni! Jonni! …»

Die Stimmen trafen ihn, taktfest, pausenlos und immer lauter, wie Böen eines anschwellenden Sturms. Er saß in einem tiefen Ledersessel, einen Bierkrug in der einen, eine dicke Zigarre in der anderen Hand und schüttelte den Kopf mit aller Kraft. Nicht weil er der einstimmigen und lautstarken Forderung dieser vierzehn Menschen, die in einem unregelmäßigen Halbkreis vor ihm standen und stampften, klatschten und seinen Namen riefen, nicht nachkommen wollte; er hatte einfach zu viel getrunken und versuchte nun verzweifelt, sich selbst und sein Umfeld so weit unter Kontrolle zu bringen, dass er ohne sich zu blamieren aufstehen konnte. Er stellte den Bierkrug auf den zierlichen Beistelltisch, legte die Zigarre in den schweren Kristallaschenbecher daneben und grinste schief. Was für eine Scheißparty, dachte er, als er es endlich schaffte, auf die Beine zu kommen. Gut, dass man nicht nüchtern ist, fügte er noch im Kopf dazu, als der Chor in ein wildes Pfeifkonzert überging. Er hob beide Hände und verneigte sich nur so tief, wie er es wagte. Sie klatschten und wieherten wie die Irren.

«Aber meine Herrschaften», sagte er, als er über den Parkettboden schwankte, der frisch gebohnert im Schein eines überdimensionalen Kristallleuchters glänzte. «Meine

Herrschaft'n, jetzt werd' ich singen.» Ein allgemeines Hurra folgte dieser Ankündigung, und der Chor begann von neuem:

«Jonni! Jonni! Jonni! Jonni! ...»

Scheiße. Jetzt gab es kein Zurück.

Niemals, hatte er gedacht, als er vor fünf Stunden durch die Tür kam, *niemals* werde ich Karaoke singen, um keinen Preis der Welt. Er hatte doch gar nicht herkommen wollen. Karaoke und Squaredance mit dieser Herbalife-Meute, die noch dazu dem ganzen Dale-Carnegie-Motivationsschnickschnack huldigte. *A party from hell*, war sein erster Gedanke, als Dísa ihn daran erinnerte, was bevorstand. Sorge dich nicht, lebe, *my ass,* war der nächste. Leben, ja bitte, aber so nicht, nein danke ... Er hatte versucht, sich herauszureden, doch Dísa hatte keinen Millimeter nachgegeben. «Du weißt genau, wie das ist», sagte sie, «die andern werden alle dort sein. Was glaubst du, wie das aussieht, wenn wir diesmal nicht hingehen? Wir sitzen ja immer noch auf der ganzen letzten Sendung, und von der vorletzten ist auch noch eine Menge übrig. Wir können es uns einfach nicht leisten, Karl jetzt zu beleidigen.» Jonni gab nicht gleich auf. Es könnte schwierig werden, am zweiten Weihnachtstag einen Babysitter zu bekommen, sagte er, auch weil er diesmal auf einen Samstag fiel und alle anderen auch am Feiern waren. Aber nein, konterte sie, ihre Eltern freuten sich schon auf die Enkelkinder. Ob es denn nicht genug sei, dass sie dieses Mal hinginge, versuchte er weiter, sich herauszureden, sie könne doch einfach sagen, dass er krank sei, oder die Kinder. Es nutzte nichts. «Ich werde aber kein albernes Partyhütchen aufsetzen», warnte er sie, «und singen werde ich auch nicht. Klar?» Dagegen hatte sie nichts gesagt. Und jetzt war er hier, schwankte in Richtung Mikrophon, rot-grün kariertes Hütchen auf dem Kopf, und wollte singen. Die andern hatten alle schon gesungen, manche zweimal und Karl sogar dreimal, wie gewöhnlich, obwohl er bei weitem der schlechteste Sänger unter diesen vierzehn falsch singenden Idioten war. Oder eben dreizehn, Dísa war selbstverständlich keine Idiotin, aber sie war halt manchmal ganz gemein – und singen konnte sie schon gar nicht.

Jonni wusste, dass er selbst auch nicht singen konnte. Er hatte noch nie singen können, und das würde heute Abend auch nicht anders sein. Das war eine Sache, die weder das Mirakelpulver von Herbalife noch Dale Carnegies Selbsthilfebücher ändern konnten, wie man Karl nur allzu deutlich anhören konnte.

«Hast du schon einen Song gewählt?», fragte jemand mit heiserer Stimme. War wohl Helga, die Gastgeberin. Wenn man so etwas Gastgeberin nennen konnte, dachte Jonni und kicherte unwillkürlich. Mindestens fünfundvierzig, mit aller Mühe auf Twen getrimmt, gebleichte Haare, Wonderbra, großer Ausschnitt und figurformende Strumpfhose unter dem engen Minirock. Und lange feuerrote Nägel an den Pfoten, die überall herumgrapschten. Ekelhaft. Jonni fand sich selbst durchaus liberal, modern denkend und vorurteilslos, doch das war zu viel. Er war sicher, dass Dísa dieses Grapschen auch bemerkt hatte. Als er aber versuchte, ihr ein Zeichen zu geben, damit sie zu seiner Rettung kam, schaute sie einfach weg. Doch jetzt, wo alle zusahen, ließ Helga ihn in Ruhe, und Jonni nickte. «Stones», sagte er, «Nummer elf.» Er wusste nicht, ob es ein Fluch oder ein Segen war, aber die Auswahl der Songs bei diesem Set war immer ungewöhnlich gut. Es gab viele Songs, die ihm gefielen. Das war ein Segen. Doch der Fluch bestand darin, dass die Songs ausnahmslos so schrecklich misshandelt wurden, dass er es fast besser fand, wenn die Leute etwas sangen, was er sowieso nicht ertragen konnte.

Er hatte sich kurzfristig entschlossen, als Dísa ihn drängte zu singen. Bisher hatte er sich bei diesen Zusammenkünften immer daran vorbeigeschummelt, und wahrscheinlich hätte es dieses Mal auch keiner bemerkt, wenn sie nicht alle Aufmerksamkeit auf ihn gelenkt und die anderen dazu gebracht hätte, ihn hochzuklatschen. Hat sie wohl absichtlich getan, dachte er, als Strafe für seine Sturheit. Er lächelte schief. Er würde ihr das heimzahlen, und zwar sofort. Wyman, Taylor und Richards zupften die Saiten, Jonni warf sich in Rockpositur. «*I'm feeling so tired*», sang er und sah dabei Dísa mit einem bösen Lächeln an, «*can't understand it …*»

Auch wenn die Auswahl für das Karaokezeug gut gewesen war: Die Musik zum Squaredance war schlecht. Wirklich scheiße.Wie könnte es auch anders sein, überlegte Jonas, während die vierzehn tanzenden Idioten immer wieder kurz in seinem Gesichtsfeld auftauchten, bevor sie wieder im alkoholischen Nebel verschwammen. Dísa sandte ihm einen mörderischen Blick, während sie ihren Tanzpartnern auf beiden Seiten zulächelte. Seite, zusammen, Seite, dachte Jonni. Na, dann aber Prosit. Jeweils sieben tanzten in einer Reihe, abwechselnd Männer und Frauen. Die Frauen waren in der vordersten Reihe außen, die Männer in der hinteren. Er verstand nicht, warum Dísa so schlecht gelaunt war. Sie musste doch einsehen, dass es besser war, wenn er auf seinem Hintern sitzen blieb, als wenn er mit seinen Füßen auf den Schuhen der andern herumtrampelte. Dísa tanzte in der vorderen Reihe, zwischen Karl und Mikki. Jonni verzog das Gesicht. Mikki, der Oberguru. Der Einzige, der keine Frau mitgebracht hatte. Sieben Paare und Mikki solo. Groß, schlank, silberhaarig, chic und selbstsicher. Selbst das alberne, amerikanisierte Nikolauskostüm, das er immer noch über seinem

Anzug trug, stand ihm gut. Fuhr einen Lexus der größeren Klasse. Machte einen auf harter Typ, ein Angeber eben, war aber ein genauso langweiliger Idiot wie all die andern. Fast noch schlimmer, er deutete fortwährend auf Jonni und grinste wie ein schleimiger Affe. Jonni trank einen Schluck Bier und rauchte, während er sich das, was er von Mikki wusste, vorhielt. Mikki. Mikael. Wie der Heilige eben, der Erzengel. Jetzt wie ein anderer Heiliger verkleidet, der Nikulás, den sie im Ausland als den Weihnachtsmann betrachteten. Das ist aber alles nur Schein, dachte Jonni, ein Scheinheiliger, das war der Mikael. Der Typ, der *über* Karl und Helga in der Herbalife-Pyramide stand. Alle andern standen darunter, auch sie, er und Dísa. Karls Kinder, wie Karl sie manchmal nannte. Dann muss dieser Typ mein Opa sein, dachte Jonni, ich bin der Enkel vom heiligen Nikulás. Morgen fahre ich Schlitten mit ihm und seinen Rentieren. Er kicherte in sein Glas. Dísa sandte ihm noch einen giftigen Blick. Er tat, als sähe er nichts, und fuhr fort, die Gruppe zu studieren. Auf Karls anderer Seite war die Frau von Ragnar und Ragnar selbst daneben. Er war es, der sie ursprünglich in diese Herbalife-Gruppe reingezogen hatte. Ein Kerl um die fünfzig mit Bierbauch, Halbglatze und roter Nase. Würde vielleicht einen noch besseren Coca-Cola-Santa-Claus abgeben als der Mikki, war aber nicht gerade die beste Reklame für das, was er zu verhökern suchte. Ganz im Gegensatz dazu seine Frau, sie war fünfmal attraktiver als Helga, auch wenn sie bestimmt fünf Jahre älter war. Aber das hieß ja nicht so viel, wenn es um Helga ging, dachte Jonni. Sie war auf der anderen Seite von Ragnar, ganz rechts. Die passen ja gut zusammen, grinste Jonni und sah auf die andere Seite, die linke Seite der vorderen Reihe. Es war keineswegs unangenehm, die Frau dort zu betrachten, die neben dem Heiligen tanzte. Dem Weihnachtsmann. Sie war etwa so alt wie Jonni, vielleicht ein oder zwei Jahre älter, aber sicher noch keine dreißig.

Sportlicher Typ, dachte Jonni, aber trotzdem verdammt zugkräftig beim Weißwein, alle Achtung. Sie hieß Guðrún, wenn er sich richtig erinnernte. Oder Kristín, so etwas in der Art. Jedenfalls etwas Übliches und Göttliches. War sicher eins fünfundsiebzig, und alles da, wo es sein sollte … Täuschte er sich oder versuchte sie, ihm zuzublinkern? Gleich hinter ihr war ihr Mann, ebenfalls ein sportlicher Typ, Spieler in der Handballnationalmannschaft oder sonst was ähnlich Großartiges, auch da war er links außen, wenn er sich richtig erinnerte. Oder rechts außen? Links, rechts, ist doch egal, dachte er. Seite, zusammen, Seite. Sie blinzelte ihm zu, verdammt nochmal, war das nicht ein Blinkern? Und das – seine Augen schwammen unbewusst nach unten und nach rechts –, war diese Hand nicht woanders, als sie sein sollte? Und auch diese? Aber Nikolaus, dachte er und versuchte ohne Erfolg, aus dem Sessel hochzukommen. Der Weihnachtsmann grapschte auf den Hintern von Frauen anderer Männer herum … Das war lustig, oder? Oder?

«Dísa», murmelte er, bevor er endgültig den Fokus verlor und die ganze Szenerie in ein bewegtes, rauschendes Durcheinander vor seinen Augen zerrann und er im Sessel zusammensank. Das Bier rann zwischen seine Beine und hinunter auf den Lederbezug, ohne dass er es verhindern konnte. «Dísa, was isch los?»

Im Zimmer war es fast dunkel, als er wieder die Augen öffnete. Vertraute Geräusche waren vom Sofa an der Westwand zu hören und hämmerten wie Herzschläge durch sein vernebeltes Gehirn. Er versuchte, auf die Beine zu kommen, doch nach dem vierten Versuch gab er auf. Starrte ins Dunkel hinein. Die Frau war dunkelhaarig, schien ihm, und hatte einen verdammt schönen Körper, war es das Sportmädchen? Der Mann war im trüben Schein des Straßenlichts, der durch die halb geöffneten Gardinen drang, sowohl an seiner Silbermähne als auch am roten Kostüm leicht zu erkennen.

«Aber Nikolaus, schäm dich», lallte Jonni in seine feuchte Hemdenbrust. Sie erstarrten mitten im Schwung und schauten kurz zu ihm hin. Einen Augenblick – oder zwei – wurden die Gesichter deutlich im Licht von draußen. Dann fuhren sie einfach fort, als sei nichts geschehen.

«Hey», rief er, «hey, was ist denn los?» Er bekam keine Antwort, es war, als wenn sie ihn überhaupt nicht hörten. Er rief noch einmal, lauter, doch sie taten immer noch, als sei nichts gewesen, machten nur weiter, weiter und immer weiter …

Stefán hob die Baseballmütze an, als er in die Seitenstraße einbog. Die schäbige, immer gleich giftgrüne Mütze hätte alle anderen lächerlich aussehen lassen, doch auf Stefáns Kopf thronte sie wie der Punkt auf einem riesigen I und machte allen klar, dass man es hier mit einer Übermacht zu tun hatte. Diejenigen, die auf diese Mütze hinuntergesehen hatten, konnte man an den Fingern einer Hand aufzählen, da sie normalerweise in fast zwei Metern Höhe thronte.

Der wolkenschwere Himmel war pechschwarz, aber die Häuser und die dünne, glitzernde Schneedecke über dem Asphalt waren im Schein Abertausender bunter Lichterketten hell beleuchtet. Die Radspuren zweier Autos waren im Schnee erkennbar. Das Polizeiauto und der Krankenwagen, dachte Stefán, sonst war hier niemand vorbeigekommen, seit es um drei Uhr geschneit hatte. Er nahm sein Handy und rief den Leiter der technischen Abteilung an, einen launischen Dauerhippie, dem man den Spitznamen «der Hund» gegeben hatte. Stefán wusste aus alter, bitterer Erfahrung, dass die einzige Möglichkeit, vor ihm an den Tatort zu kommen, darin bestand, ihn nicht anzurufen, bevor man selbst an Ort und Stelle war. Und manchmal wollte er sich halt den Tatort selbst einmal in Ruhe ansehen, bevor der Hund und seine ganze Meute alles mit Geräten, Werkzeugen und sich selbst überfüllten. Autolichter erschienen im Rückspiegel, als er hinter dem Krankenwagen anhielt. Katrín war angekommen und parkte ihr Auto hinter seinem. Alles schien ruhig, warmes Licht leuchtete aus dem Küchenfenster, Schnee und Eiszapfen markierten den Dachrand, und keine Katze war unterwegs. Stefán stieg aus dem Auto und sah sich um. Nur das Knirschen des Schnees unter seinen Füßen unterbrach das Schweigen. In den nächsten Häusern schliefen alle, die Fenster waren entweder völlig dunkel oder mit festlich-freundlichen Lichterketten verziert.

«Stille Nacht», murmelte er vor sich hin. Außer dem Polizeiauto und dem Krankenwagen, die beide ohne Licht und unauffällig vor ihm am Gehsteig standen, unterschied diese Straße nichts von all den anderen Vorortstraßen vor dem Morgengrauen zur Weihnachtszeit. Trotz seiner dreißigjährigen Dienstzeit bei der Polizei kam so etwas für Stefán immer unerwartet. Er fand, bei solchen Häusern sollten Chaos, Lärm und Aufruhr herrschen, blinkende Lichter, herumirrende Menschen und ein schreckliches Durcheinander, eingetretene Türen und zertrümmerte Fensterscheiben. Nicht diese völlige Ruhe, Küchengardinen mit Blumenmuster und ein freundliches Licht über der Eingangstür. Doch dies war eher die Regel als die Ausnahme. Das Vorspiel konnte ziemlich laut und schrecklich sein, doch es war, als ob der Tod alles und alle auslöschte, sobald er jemanden zu sich riss. Wie wenn Mutter plötzlich mitten in die Party platzt und die Anlage ausmacht, dachte Stefán, als Katrín, seine Assistentin und größte Hilfe der letzten fünf Jahre, ihre Autotür zuschlug und sich an seine Seite stellte.

«Frohe Weihnachten», sagte sie, «sollen wir hineingehen?» Eifrig und hellwach. Er nickte und gähnte.

Leises Murmeln war zu hören, als sie sich der Küche näherten, es verstummte aber gleich, als sie im Türrahmen erschienen. Die beiden Uniformen und einer der Sanitäter lehnten an den Küchenschränken, zwischen ihnen ein stählerner Herd. Drei Männer und drei Frauen saßen um den großen Küchentisch, eine vierte Frau, groß, vollbusig und mit groben Gesichtszügen, stand am anderen Ende. Sie hatte eine halb volle Kaffeekanne in der Hand und starrte sie fragend an, mit geröteten Augen. Wahrscheinlich die Gastgeberin, dachte Stefán und lächelte ihr aufmunternd zu.

«Helga», sagte sie leise, ohne sein Lächeln zu erwidern. Ihr Gesicht kam ihm halbwegs bekannt vor, woher, wusste er nicht.

«Kennen wir uns? …», fragte er zögernd.

«Nicht dass ich wüsste», antwortete sie. Sie hörte sich ein wenig nervös an, aber das war wohl unter diesen Umständen nicht anders zu erwarten, dachte Stefán.

«Du hebst mir vielleicht ein Tröpfchen auf», sagte er ruhig, bevor er sich an seine uniformierten Kollegen wandte. Einer richtete sich auf und stellte seine Kaffeetasse auf den Tisch.

«Kommt nach hinten», flüsterte er und ging vor ihm her, durch einen langen marmorbelegten Gang.

«Habt ihr schon —», fing Stefán an zu flüstern, begann dann aber gleich noch einmal in normaler Lautstärke. «Habt ihr Geir schon angerufen?» Die Uniform nickte. «Er ist schon unterwegs», antwortete der Kollege, immer noch leise, aber doch etwas lauter als vorher. «Gut», sagte Stefán, erstaunt und zufrieden zugleich. Geir war der Gerichtsmediziner, der unter diesen Umständen immer gerufen wurde, doch Stefán war angenehm überrascht, dass er bereit war, am Sonntag um fünf Uhr morgens zu kommen. Meist lag er zu dieser Zeit im Vollrausch zu Hause oder bei der einen oder anderen ebenso einsamen Frau. Besonders an den Wochenenden und an Weihnachten würde er die Einsamkeit wohl noch unerträglicher finden, dachte Stefán. Doch wenn Geir kommen wollte, bedeutete es, dass er nüchtern war.

Der andere Sanitäter wartete am Ende des Ganges auf sie. Er lehnte an einem verzierten Türbogen und schüttelte den Kopf, als sie erschienen.

«So was hab ich noch nie gesehen», murmelte er, während er durch die offene Tür nach innen deutete. «Hab natürlich gleich gesehen, dass er tot ist, habe das aber an der Halsschlagader – auf der andern Seite – überprüft, um sicherzugehen, bevor ich euch anrief. Sonst hab ich nichts angerührt.»

Stefán und Katrín schauten hinein. So was hatten auch sie noch nie gesehen. Ein halb nackter Nikolaus saß in gebeugter Haltung auf einer rosa Toilette. Die rote Jacke war offen, die ebenso rote Hose am Boden um seine Unterschenkel gewickelt. Sein rechter Arm hing schlaff herab, der linke Arm hingegen lag mit dem Ellbogen auf seinem nackten Schenkel und stützte den Kopf mit der geballten Faust. Der schwarze Schaft eines großen Messers stand rechts aus dem Hals heraus, zwischen dem Ohr und dem falschen weißen Bart, der locker um seinen Hals hing. Die Messerspitze ragte links neben dem großen Kehlkopf hervor. Tiefrote, glänzende Blutrinnsale ergossen sich über Achseln, Brust und Schenkel und mündeten in zwei großen Pfützen auf dem gefliesten Boden. Blutspritzer waren bis zur Mitte der Wände und auch auf dem rosafarbenen Handtuch am Waschtisch zu finden.

«Wer ist das?», flüsterte Stefán. Dann räusperte er sich. «Wer ist der Mann?», wiederholte er laut und deutlich. Zu laut, zu deutlich, dachte er, während die Worte im leblosen Gang nachhallten. «Wissen wir das schon?» Dieses Mal klang es einigermaßen normal, glaubte er. Die Uniform nickte.

«Mikael Kristinsson», zitierte er aus einem kleinen Heft, das er aus der Brusttasche zog, «Direktor.»

«Direktor bei?», fragte Katrín, weder zu leise noch zu laut. Die Uniform antwortete mit einem Achselzucken.

«Keine Ahnung.»

«Hast du die Jungs erreicht?», fragte Stefán, als sie wieder nach vorne gingen. «Árni wird gleich hier sein», antwortete Katrín. «Guðni war – nicht zu erreichen.» Stefán brummte. Er wunderte sich mehr darüber, dass Árni und Geir zu dieser Zeit einsatzbereit waren, als dass Guðni es nicht war. «Gut, dann nichts wie los. Fangen wir beim Gastgeber an, der hat ja die Leiche entdeckt, oder?» Katrín nickte.

«Ja. Er wollte auf die Toilette.» Sie schüttelte den Kopf. «Ein Glück, dass es im Haus zwei Toiletten gibt», fügte sie hinzu und begann, im Kopf eine Frageliste zusammenzustellen. Die erste Frage stellte sich fast von selbst, und die Antwort war wenigstens teilweise auch schon vorhanden. Da sie aber wusste, dass die Statistik keine genaue Wissenschaft war, fügte sie noch etliche Fragen hinzu.

Der Fotograf hatte seine Arbeit getan, und der Hund war fast fertig, als Árni den Gang entlangkam. Er schaffte es gerade noch, die Leiche auf ihrem Podest zu sehen, bevor Geir sie mit Hilfe des Sanitäters von ihrem rosafarbenen Sitz herunterwälzte und ihr den scharfen Wärmemesser tief in den Bauch stieß.

Rodins Denker hatte Árni zwar immer an einen Mann

beim Geschäftemachen auf dem Klo erinnert, doch dies war eindeutig zu viel, jetzt musste er sich einfach von der Statue trennen, die sein Bruder ihm geschenkt hatte, als er das – vorzeitig abgebrochene – Philosophiestudium aufnahm. Er wartete geduldig, während Geir seine Arbeit beendete. Hörte nur zu deutlich, wie er dem Kerl den Wärmemesser mit einem leisen Zischen wieder aus dem Bauch zog und mit ein paar Blättern Klopapier abtrocknete, bevor er ihn wieder in seine Tasche steckte.

«Und?», fragte er, als Geir nach vorn kam.

«Wenn sich die Raumtemperatur unverändert gehalten hat, dann reden wir von einer Stunde, vielleicht eineinhalb», sagte Geir leise und hob seine hängenden Schultern.

«Warum ist er denn nicht auf den Boden gefallen?»

Geir stöhnte. «Willst du, dass ich das im Detail erkläre?»

Árni schüttelte den Kopf. «Nein, es genügt, wenn du mir erklärst, ob es möglich ist oder nicht, dass er hier so ohne weitere Manipulation oder Stütze von anderen sitzen konnte.»

Geir hob die Achseln.

«Das ist gut möglich. Sehr wahrscheinlich sogar. Er hat nichts Böses erwartet, so viel scheint sicher. Hat sich gar nicht gewehrt, nicht mal aufgesehen.»

«Doch man könnte ihn so aufgestellt haben?»

«Ist schon auch möglich. Aber unwahrscheinlich.»

«Warum?»

«Weil Rigor noch nicht richtig eingesetzt hat. Die Todesstarre. Um ihn im Nachhinein in diese Stellung zu bringen und sie anhalten zu lassen, müsste ihn jemand möglichst so lange halten, bis sie einträte.»

«Wir brauchen die Namen und Adressen aller, die heute Nacht hier waren», sagte Stefán, während er Karl anwies, mit ihnen am Wohnzimmertisch Platz zu nehmen, wo Katrín schon ihren Kuli bereithielt. Wieder hatte er das Gefühl, dass er diesen Menschen, der vor ihm stand, kennen sollte, aber wieder wusste er nicht, woher, und der Mann konnte – oder wollte – ihm nicht weiterhelfen. «Aber wir fangen bei denen an, die noch hier sind», fuhr er fort, als er sich hinsetzte. «Wer ist das?», fragte er und deutete mit dem giftgrün gekrönten Kopf auf den schlafenden Mann in einem der Sessel am anderen Ende des Wohnzimmers.

«Jonni», sagte Karl, «Jónas, eigentlich, aber wir nennen ihn immer Jonni.» Er versuchte vergeblich, das Zucken in seinem Gesicht zu verbergen. «Jonni war bis vor kurzem einer unserer besten Verkäufer.» Stefán hob die Augenbrauen.

«Aber jetzt nicht mehr, oder wie?» Karl schüttelte den Kopf.

«Nein, ich weiß auch nicht, warum, aber Jonni und Dísa haben in letzter Zeit fast nichts mehr verkauft. Keine neuen Kunden geworben, und viele der alten haben aufgehört», sagte er achselzuckend. «Ist das wichtig?» Er war grau im Gesicht und sah überhaupt ziemlich schlecht aus, offensichtlich immer noch halb unter Schock.

«Wahrscheinlich nicht», sagte Stefán nüchtern. «Dísa ist seine Frau?»

«Ja», sagte Karl, «Ásdís. Sie ist in der Küche bei den anderen. Hat im Gästezimmer hier im Erdgeschoss geschlafen.»

«Und die anderen?» Karl strich über sein schlecht rasiertes Kinn. Sein linkes Auge und die Mundwinkel machten ihm zeitweise noch Schwierigkeiten, doch nicht mehr so stark wie vorher.

«Mikki – der Mikael also –», seine Augen deuteten in die Richtung der Sofas in der Ecke, wo Jonni noch in seinem Sessel an der anderen Wand schlief. Ein Schlafsack, eine rotweiße Mütze und ein Haufen Kleider lagen auf dem Sofa, das gleich neben ein anderes geschoben worden war. «Mikael hat sich in letzter Minute entschlossen, auch hier zu übernachten», sagte er halbwegs zu Tränen gerührt. «Ich konnte ihm nichts anderes als das Sofa anbieten. Wenn ich das früher gewusst hätte, hätte ich natürlich …» Er schüttelte den Kopf. «Doch er war damit zufrieden. Sagte, das wäre ganz in Ordnung. Ragnar und Rakel waren in einem der Kinderzimmer oben», erklärte er wie betäubt. «Und Guðrún und Marinó in dem anderen. Sie waren schon schlafen gegangen, als Mikael sich entschloss, hier zu übernachten.» Er blickte Stefán und Katrín entschuldigend an. Stefán brummte.

«Okay. Und das war, was sagtest du, eine klassische Weihnachts-Pepp-Party?», fragte er. Karl nickte eifrig. «Was bedeutet das?» Karl rieb sich die Hände und wurde ganz lebendig.

«Ihr kennt doch den Ausdruck Gruppendynamik, nicht wahr?», fragte er. «Team spirit?» Stefán stöhnte unhörbar, und Katrín lächelte ein unsichtbares Lächeln. «Seht mal», sagte Karl eifrig, «wir, Helga und ich, machen das immer zu Weihnachten, am Wochenende zwischen den Feiertagen, wenn es geht, wir finden, dass diese Jahreszeit irgendwie immer das Beste aus jedem herauslockt, dass es deshalb eine gute Zeit ist zum –» Stefán bremste ihn ab mit seiner riesigen Faust.

«Ich kenn das schon, ist gut. Ist das so üblich? Dass die Leute bei euch übernachten in Fortsetzung von dieser –» Stefán kratzte sich hinterm Ohr mit seinem Kuli, fand dort aber nichts und schnitt eine Grimasse. «Nach diesen weihnachtlichen Pepp-Partys?»

«Nein», sagte Karl, «und das war ja dieses Mal auch nicht vorgesehen. Doch weil der Jonni so betrunken war, dass wir ihn nicht wecken konnten, boten wir Dísa das Gästezimmer an. Und weil die Kinder sowieso nicht zu Hause waren, dachten wir, die andern, die am weitesten weg wohnen, könnten einfach auch hier bleiben. Wir schließen diese Treffen meistens mit einem Brunch am Sonntag ab, verstehst du? Ist am bequemsten für sie, hier zu übernachten. Und billiger auch natürlich. Ist ja sauteuer, mit dem Taxi.» Stefán nickte zustimmend.

«Aber es waren also noch mehr Leute hier, gestern Abend?»

«Ja, ja, wir waren vierzehn, wie gewöhnlich. Und dann – und wie gesagt, der Mikael.»

«Sind es immer dieselben Leute bei diesen –», wieder kratzte Stefán sich hinterm Ohr mit seinem Stift, und wieder musste er aufgeben. Ein besseres Wort wollte halt nicht kommen. «Diesen *Pepp-Partys*?» Der Gastgeber nickte. «Also haben sich alle gekannt?»

«Außer vielleicht Mikael, ja.»

«Gut gekannt?», fragte Katrín. Karl antwortete mit Achselzucken.

«Soso. Wir haben diese Partys die letzten vier Jahre veranstaltet, dies war das fünfte in Folge. Zweimal haben wir sie auch zum Grillen eingeladen, im Sommer. Ich glaube nicht, dass sie sonst viel miteinander zu tun haben.» Katrín schrieb das alles gewissenhaft auf.

«Aber dieser Mikael», fragte sie dann. «Wieso ist er diesmal gekommen? Er war wohl kein regelmäßiger Gast bei diesen – Zusammenkünften, keiner deiner Untertanen, oder?»

Karl sah sie an, gekränkt, aber auch verzeihend.

«Wir reden nicht von Unter- oder Übergeordneten in unserer Branche», erklärte er geduldig. «Wir sind alle gleich, wenn man das so sieht. Nur nicht alle gleich weit vorangekommen. Und Mikael ist – war gestern Abend der Ehrengast. Meine Frau und ich haben ihm alles zu verdanken.» Karls Stimme klang gerührt, sie schien kurz vor dem Versagen, doch er konnte sich gerade noch retten, indem er schniefte und sich heftig räusperte. «Und all die anderen auch. *Alles* zu verdanken», wiederholte er. «Wir, Helga und ich, dachten, es wäre einfach schön, wenn sie ihn besser kennen lernen würden. Er ist – er war so lebendig, halt, so, so spontan und, und einfallsreich. Das Kostüm, zum Beispiel, das war seine Idee. Er hat sogar Geschenke mitgebracht, wie ein richtiger Weihnachtsmann. Und ich verstehe es einfach nicht, kann es überhaupt nicht fassen, wer so etwas – und warum …» Wieder versagte seine Stimme, und diesmal konnte kein Räuspern mehr helfen. Er bedeckte sein Gesicht mit seinen Händen. «Entschuldigung», sagte er nach einer Weile, halb atemlos. «Entschuldigt, aber das ist alles so – so …»

Stefán seufzte wieder, dieses Mal deutlich hörbar, doch Karl schien es nicht zu bemerken. So unglaublich, fuhr Stefán in seinen Gedanken fort, so unwirklich, so verdammt unwahrscheinlich und absurd. Und dennoch ist es passiert. Er sah zu Katrín hinüber, die keine Miene verzog.

«Du hast das Messer gesehen, nicht wahr?», fragte er vorsichtig. Karl murmelte etwas, das er als Bestätigung nahm. «Und? Kennst du das Ding?»

«Es ist eines unserer Küchenmesser», murmelte Karl. «Das größte aus dem Sortiment, das auf dem Küchentisch steht.»

Árni erschien in der Wohnzimmertür und blickte sich erstaunt um. Stefán deutete ihm, sich zu setzen.

«Das ist Árni», erklärte er dem nervösen und übernächtigten Gastgeber, «er ist auch bei der Kriminalpolizei, und er überlegt gerade, warum der Weihnachtsbaum und dieser Tisch so nah an der Wand stehen, die Sofas und Sessel alle drüben in einer Ecke und warum dazwischen alles leer ist. Hat mich auch gewundert, muss ich zugeben. Sag einmal,

Karl, wie sind denn solche Pepp-Partys? Oder richtiger ausgedrückt, wie ist *diese* Party abgelaufen? War irgendetwas anders als gewöhnlich? Gab es Streitigkeiten zwischen Mikael und jemand anderem?» Karl zögerte, bevor er den Kopf schüttelte, nicht lange, doch alle drei bemerkten es. «Oder vielleicht genau das Gegenteil», fuhr Stefán fort, «zu viele Flirts und Liebeleien, was vielleicht erklären könnte, warum er halb nackt auf der Toilette war?» Und warum er tot war, dachte er weiter, dort auf der rosa Toilette. Mit diesem Riesendolch im Hals. Nun war es ganz deutlich, dass Karl innerlich kämpfte, obwohl es auch diesmal nicht lange währte.

«Ich —», begann er und verstummte gleich wieder. Stefán nickte ihm aufmunternd zu, sagte aber nichts. «Mikael ist – war ein wunderbarer Mensch», sagte Karl schließlich. «Ein richtiger Gentleman. Doch er war zuletzt, um ehrlich zu sein, ein wenig betrunken. Wie wir alle», beeilte er sich hinzuzufügen, als wollte er die Anschuldigung, die man aus seinen Worten lesen könnte, mildern. «So wie wir alle», wiederholte er. Er schnäuzte sich und nahm sich reichlich Zeit, seine Nase zu reinigen, bevor er weitermachte. «Und wie so viele andere konnte er sich in einem solchen Zustand manchmal ein wenig zu grob äußern und vielleicht auch ein bisschen zu frech herumgrapschen ab und zu. Aber das ist wohl heutzutage keine Todsünde mehr, oder?»

«Nein», gab Stefán zu, «das ist keine Todsünde. Wenigstens sollte es keine sein. Aber du könntest uns das vielleicht trotzdem ein bisschen näher erklären? Fang einfach gleich von Anfang an und erzähle, was geschah – so genau, wie du nur kannst, bitte schön.»

Karaoke und Squaredance, dachte Árni, Herbalife und Gruppendynamik.

«Was ist?», fragte Stefán. Árni begriff, dass seine Miene nur allzu deutlich gezeigt hatte, was er dachte.

«Ich hab nur gedacht, dass ich selbst auch nach so einer Party jemanden umbringen könnte», sagte er, «nur hätte ich denjenigen getötet, der für diesen ganzen Schwachsinn verantwortlich ist.» Stefán und Katrín lächelten. Sie hatten schon mit allen im Haus gesprochen, bis auf den Volltrunkenen im Sessel. Der war, trotz wiederholter Versuche, nicht zu wecken. Die andern waren immer noch ziemlich verwirrt und mehr oder weniger zu betrunken dazu, trotz des Kaffees, den sie literweise in der Küche tranken, unter den musternden Blicken der beiden Uniformen, und alle schienen sehr betroffen, wenn sie die Fragen der Dreiergruppe der Kriminalpolizei beantworteten. Keiner erschien nervöser oder weniger nervös als ein anderer, und keiner tat ihnen den Gefallen, in blutigen Kleidern zu erscheinen oder zusammenzubrechen und ein Geständnis abzulegen. Und sie stimmten darin überein, dass diese Party fast genau wie alle andern Partys gewesen sei. Beim Essen hätten sie über ihre geschäftliche Lage gesprochen, hätten Informationen über die neuesten Produkte und Erfahrungen ausgetauscht, sich gegenseitig ermuntert, Geschenke ausgepackt und gemeinsam das Wohnzimmer vorbereitet und die Karaokegeräte aufgestellt, damit sie mit dem Singen anfangen konnten. Danach kam der Squaredance und dann ein wenig Unterhaltung vor dem Zubettgehen, nachdem die andern sich verabschiedet hatten. Bis auf vier Kleinigkeiten war alles wie gewohnt: Der Mikael war da, Jonni hatte gesungen, Jonni hatte sich bis zur Bewusstlosigkeit besoffen, und sie blieben über Nacht. Das war noch nie vorher geschehen.

«Jonni hat gesungen», echote Stefan seine eigenen Gedanken. «Jonni hat gesungen. Die Stones. *Bitch.* Scheint wenigstens Geschmack zu haben.» Árni nickte seine Zustimmung und blätterte in seinem Notizbuch, bis er fand, was er suchte. Karl hatte getan, worum er gebeten worden war, und die Party bis in alle Einzelheiten beschrieben.

«Hier steht es. Zwei Abba-Songs, zwei von U2 und je eins mit diesem und jenem, hauptsächlich Weihnachtslieder, aber viermal Stones.» Er sah Stefán an. «Und Mikael hat eines davon gesungen. *Sympathy for the devil.*» Stefán zog mit Daumen und Mittelfinger an seiner Unterlippe.

«Lass mich das eben mal sehen», sagte er und reckte sich nach dem Notizbuch.

«Die stammen ja alle von *Beggars Banquet*», sagte er und sah Árni an. «Nur die *Bitch* nicht.»

«Genau, Mikael ist als Erster dran mit *Sympathy*, dann kommt – wie heißt er nochmal? Der Handballer?»

«Marinó», sagte Stefán, «richtig, mit *Street fighting man*, dann Karl mit *No expectations* und zuletzt Jonni mit *Bitch*.» Ihre Blicke trafen sich, und sie nickten nachdenklich. Katrín sah sie an, und es war deutlich, dass sie nichts verstand.

«Und was heißt das?»

«Du bist wohl kein Stones-Fan, oder?», fragte Stefán ernst.

«Nein», gab Katrín zu. «Das bin ich nicht.» Stefán schüttelte den Kopf.

«Dein einziger Fehler», sagte er, «oder jedenfalls der einzige, der wirklich zählt.» In seinen braunen Augen erschien ein kleines Lächeln. «*Der Meister und Margarita*, hast du das gelesen?» Sie nickte schweigend mit dem Kopf. Sie wusste nicht, was er mit diesem Gespräch bezweckte oder weshalb sie über Musik und Bücher redeten, wenn es doch geboten war, den Mörder sofort zum Verhör auf die Wache zu bringen, bevor der erste Schock über die vollbrachte Tat überwunden war und die Schuld nicht mehr eingestanden, sondern geleugnet wurde. Sie war sicher, dass sie jetzt schon genügend Beweismaterial zur Verfügung hatten, sie brauchten nicht einmal darauf zu vertrauen, dass der Hund und seine Meute deutliche Fingerabdrücke vom Messer abnehmen konnten – und das war auch gut so, denn den neuesten Informationen zufolge gab es nur wenige davon auf dem schwarzen Schaft, und die waren auch ziemlich verschmiert. Deshalb war es umso wichtiger, so schnell wie möglich ein Geständnis zu sichern, und wenn es nach ihr ginge, würde das ganz bestimmt geschehen, bevor es Tag wurde, wann immer es so weit sein mochte, an diesem trüben, wolkenverhangenen Morgen.

«Bulgakow», sagte Stefán, «Michael Bulgakow.»

«Ich weiß, wer das Buch geschrieben hat», warf sie ungeduldig ein, doch Stefán ließ sich von ihr nicht stören.

«Ich glaube kaum, dass es Zufall war, dass er diesen Song gewählt hat. Der Mikael. *Sympathy for the devil* ist nichts anderes als eine Variation zu *Meister und Margarita*, verstehst du. Also haben wir da einen dreifachen Michael, den Bulgakow, den Jagger und den Direktor.»

«Vierfach», warf Árni dazwischen. «Mick Taylor war ja noch da, als sie *Sticky Fingers* machten.»

«Ganz richtig», sagte Stefán zufrieden, «das hatte ich vergessen. Der ist aber nicht dabei auf *Beggars Banquet*, wo *Sympathy* drauf ist. Auf alle Fälle –» Katrín rollte ihre grünen Augen und hätte ihn am liebsten laut angeschrien, er solle aufhören, so einen Blödsinn zu reden, und etwas Vernünftiges tun, doch er war nun einmal ihr Chef, und sie zwang sich, geduldig zu sein. Stefán ignorierte ihre schlecht verborgene Rastlosigkeit und machte munter weiter. «Auf alle Fälle, der Erzähler im Song, in *Sympathy* also, ist der Teufel, der die

Welt besiegt hat, der alle umgebracht hat, die umgebracht werden müssen – mit der eifrigen Hilfe der Allgemeinheit, nota bene –, derjenige, der Pontius Pilatus dazu bringt, sich vom Mord an Christus reinzuwaschen. Der Songtext beginnt fast mit denselben Worten wie Bulgakows Roman: *Darf ich mich vorstellen, ich bin ein reicher Mann mit gutem Geschmack* – doch dann stellt er sich eben nicht richtig vor, sondern bittet die Leute, seinen Namen zu erraten. Und er weiß genau, dass diejenigen, die er anspricht, fieberhaft herumrätseln, was zum Teufel er eigentlich von ihnen will. Der Teufel also», erklärte er. Sicherheitshalber.

«Das hab ich alles mitbekommen», sagte Katrín, kurz angebunden, «aber ich versteh trotzdem nicht, was das alles –» Stefán hob seine rechte Hand.

«Warte, warte doch. Nach all dem, was wir von diesem Mikael gehört haben, bin ich mir sicher, dass solche Gedanken bei seiner Wahl mit im Spiel waren. Er war die Hauptperson, der Ehrengast, er war der Reichste, derjenige, dem sie alles zu verdanken hatten, wie Karl gesagt hat, und das wusste er nur allzu gut. Und hat ihnen das mit diesem Song unter die Nase gerieben.» Árni nickte zustimmend.

«Genau», sagte er, «und mindestens zwei haben das begriffen und darauf geantwortet.» Katrín sah ihn fragend an.

«Karl und Marinó», erklärte Stefan geduldig. «Marinó mit *Street fighting man* und Karl mit *No expectations*. Obwohl er das natürlich nicht besonders betont hat.»

«Eine andere Jahreszeit, eine andere Stadt», fuhr Árni fort, «doch das ist Nebensache. Der Straßenschläger stellt sich mit seinem Namen vor, im Gegensatz zum Erzähler bei *Sympathy*. *Hey! Said my name is called disturbance …*», summte er, und Stefán fiel in der nächsten Zeile mit ein: «*I'll shout and scream, I'll kill the king …*» Katrín legte einen Finger auf ihre Lippen, und sie verstummten, ein wenig verlegen. Stefán räusperte sich. «Ja, und dann kam Karl als Nächster an die Reihe. Mit dem Song eines Mannes, der einmal reich gewesen und jetzt arm geworden ist.»

«Und der eine Frau liebt, die ihn mit einem Schwein betrogen hat. Wegen eines Mannes, den er für ein Schwein hält, also, und der auf alle Fälle unter ihrer Würde ist.»

«Das ist ja alles sehr aufschlussreich», sagte Katrín in einem Tonfall, der ihre Worte Lügen strafte. «Und der da?» Sie deutete mit dem Kopf auf Jonni, der immer noch zusammengesunken im Sessel schnarchte. «Worüber hat er sich geäußert?»

«Das Lied heißt *Bitch*», sagte Árni zögernd. Etwas in Katríns Stimme warnte ihn und mahnte zur Vorsicht. «Es handelt eigentlich davon, wie heiß er die Frau liebt, von der er singt, auch wenn der Titel etwas anderes andeutet. Es ist halt die Liebe selbst, die eine Hure ist …» Unter dem strengen Blick von Katrín war er knallrot geworden, auch Stefán schien etwas verlegen, folgte aber stur der Stones-Spur bis zur letzten Haltestelle.

«Ich glaube, dass in seinem Fall der Titel die Hauptsache war», sagte er. «Es scheint, als habe er es immer vermeiden können, bei diesen Zusammenkünften zu singen, bis gestern Abend eben, und da war es seine Frau, die dafür sorgte, dass er sich diesmal nicht vor dem Singen drücken konnte. Außerdem –» Er räusperte sich. «Außerdem hatte Mikael sich an sie herangemacht. An seine Frau, meine ich.» Katrín nickte.

«Ich habe gehört, was Karl darüber gesagt hat», sagte sie trocken, «genau wie ihr beiden. Und auch, was sie selbst gesagt hat. Sie wollte ja nichts mit ihm zu tun haben, hab ich gehört. Ihr nicht?»

«Doch», gab Stefán zu. «Und Kristín hat genau dasselbe gesagt wie Sie. Marinós Frau, also, von der Karl sagte, dass sie wohl auch ihren Teil an Mikaels Aufmerksamkeit erhalten habe. Doch das heißt nicht unbedingt –»

«– dass er die beiden nicht angemacht hat», schloss Katrín. «Nein.»

«Und wir wissen ja, dass er bei *einer* geschlafen hat», fügte Árni noch hinzu. Katrín und Stefán nickten zustimmend. Obwohl Geir ohne weitere Untersuchungen nichts behaupten wollte, sagte er, er sei ziemlich sicher, dass der Mann einen Samenerguss kurz vor seinem Tod gehabt hätte. Und der Hund hatte vorher schon klargestellt, welcher Art der größte Fleck im Schlafsack war.

«Es ist natürlich möglich, dass er, dass er halt selbst –» Árni gab auf. Er konnte vor Katrín so etwas einfach nicht aussprechen. Komisch, dachte er. Idiotisch, korrigierte er. Kindisch sogar. Er schüttelte den Kopf. Doch das machte nichts, die beiden verstanden schon, was er sagen wollte.

«Schon möglich», sagte Katrin, «aber unwahrscheinlich. Es sind vier Frauen im Haus. Ich gehe davon aus, dass er eine Zeit lang eine von ihnen bei sich auf dem Sofa gehabt hat. Der da könnte uns vielleicht sagen, wer das war, sollte er irgendwann mal aufwachen.» Alle blickten auf Jonni, doch ihm war nicht anzusehen, dass er bald den Lazarus für sie spielen würde. «Egal. Wir werden es sicher so oder so herausfinden, früher oder später. Obwohl», fügte sie hinzu, «es vielleicht nicht allzu wichtig ist. Wir wissen ja schon, wer ihn umgebracht hat, und das ist ja das Wichtigste, nicht wahr?» Sie starrte ungläubig ihre beiden Kollegen an, die sie unsicher und fast ausweichend anschauten. «Na hört mal», sagte sie entrüstet. «Was ist denn los? Das ist doch verdammt offensichtlich, zum Teufel, Stefán?»

«Äh, ja», brummte der grünköpfige Riese verwirrt, «ja natürlich, man kann natürlich sagen, dass, dass es sich eigentlich um den Marinó handeln muss, nicht wahr?» Árni nickte zustimmend.

«Ja doch», sagte er, «Karl hat uns doch gesagt, dass Mikael sich an diesem Abend danebenbenommen hatte, und der Marinó hat das ja auch selbst bestätigt. Für ihn und diesen Halbtoten dort im Sessel. Mikael hat sie immer wieder beleidigt und sich gleichzeitig mit ihren Frauen amüsiert. Man braucht schon Kraft, um so ein Messer so tief hineinzuhauen. Ist dieser Marinó nicht irgendein Handballheld? Und stark wie ein Stier?» Stefán wurde ganz lebhaft.

«Ja doch», sagte er eifrig und sah Katrín anerkennend an. «Und zwar nicht nur irgendein Handballheld», erklärte er dem Antisportler Árni. «Er hat auch ein heißes Temperament, der Junge.» Er sah wieder zu Katrín hinüber und lächelte. «Und seht nicht auf die Stones hinunter, der Marinó ist launisch, er *ist* eben ein Aufrührer und eine Art *Street fighting man*, jawohl, der auch gern mal Unruhe stiftet und das sogar genießt. Und dann ist er auch noch Rechtsaußen.» Katrin nickte bedächtig.

«Das bedeutet?», fragte Árni.

«Das bedeutet, dass er Linkshänder ist», sagte Stefán. «Das ist natürlich nicht immer der Fall, doch Marinó ist es.» Jetzt schien Árni ein Licht aufzugehen.

«Und wer es auch getan hat, er muss seine Linke benutzt haben, denn er kommt nicht hinter den Kerl, der auf der Toilette sitzt. Bingo!»

Sie lächelten Katrín an und warteten auf ihr wohlverdientes Schulterklopfen, doch das ließ auf sich warten. Sie sah die beiden nur an und schüttelte den Kopf.

«Marinó ist ein temperamentvolles Kraftpaket und ein Linkshänder», sagte sie, «das stimmt. Und deswegen auch ein idealer Sündenbock für jemanden, der ihn einigermaßen kennt. Doch er hat heute Abend hier niemanden umgebracht.»

«Wie kannst du das so einfach behaupten?», fragte Árni zweifelnd.

«Weil er dazu nicht fähig war», sagte Katrin. «Geir ist ganz sicher, es war ein einziger, kräftiger Stich. Kein Zögern, kein Bohren – nur ein ganz kräftiger Stich.»

«Ja und?»

Katrín hob die Hände.

«Allmächtiger, Jungs, was ist denn hier los? Stones und Bulgakow und der Kuckuck weiß, was noch, man sollte glauben, dass ihr in letzter Zeit nur Agatha Christie gelesen habt. Jedenfalls habt ihr in letzter Zeit nicht die Sportseiten gelesen. Marinó ist beim letzten Spiel gestürzt. Er hat sich das Schlüsselbein gebrochen», erklärte sie, «auf der linken Seite.»

«Aber», sagte Árni, und sein Gesicht war ein Fragezeichen, «er trägt keinen Gips?» Stefán brummte.

«Einen Gips kann man bei einem Bruch des Schlüsselbeins gar nicht anbringen», knurrte er Árni an, wütend auf sich selbst. «Ich hab das schon neulich gelesen», murmelte er, «habe ich aber gleich wieder vergessen.» Katrín nickte.

«Jawohl. Und da ist noch etwas, was du vergessen hast. Man könnte fast meinen, du hättest schon Alzheimer, du Armer!» Stefan wollte protestieren, hielt sich aber zurück. Er hatte seine Dienstleute immer aufgefordert, ihn wie einen Gleichgestellten zu behandeln, und konnte Katrín schlecht dafür rügen, wenn sie dieser Aufforderung endlich einmal nachkam.

«Okay, okay», sagte er und hob die Hände, «streu jetzt Salz in die Wunden des Alten. Was habe ich denn jetzt wieder vergessen?» Katrín schloss einen Augenblick die Augen und holte tief Atem.

«Zuerst einmal all das, was du mir bisher in diesen fünf bis sechs Jahren beigebracht hast, während ich mit dir gearbeitet habe», sagte sie dann, leise und gefasst. «Und damit meine ich hauptsächlich das, was du uns seit jeher über die Wichtigkeit des Offensichtlichen eingeimpft hast. Details und Spekulationen, vor allem die wilden Spekulationen, sind für später, erinnerst du dich noch? Immer damit anfangen, was gleich deutlich ist. Diese Stones-Geschichte ist ja sehr lehrreich und lustig, und vielleicht haben die Kerle sich auch mit diesen Liedern irgendwelche Botschaften übermittelt, ich weiß es nicht. Ich hab auch keine Ahnung, wie es in dem Ehebett dieser Leute zuging in letzter Zeit, und ebenso wenig, was Mikael verbrochen hat, um solch einen Tod zu verdienen. Das wird sich sicherlich noch herausstellen. Vielleicht hat die Frau sogar mit ihm geschlafen, vielleicht auch nicht. Doch ich weiß, wer sie ist, und ich weiß auch, wer ihr Mann ist, und dass sie vor einigen Jahren sehr gutes Geld verdient haben. Das war zwar vor ziemlich vielen Jahren, noch bevor sie heirateten, aber du solltest dich trotzdem noch daran erinnern», sagte sie und sah Stefán anklagend an. «Marinó ist ja nicht der einzige Handballheld hier im Haus.» Stefán sah sie einen endlosen Augenblick entsetzt an, bevor er sein Gesicht verdeckte.

«Natürlich», murmelte er, «selbstverständlich, ich wusste doch, dass ich die beiden kannte, wie konnte mir das entgehen?» Katrín stand auf und zog ihren Mantel an. Árni sah die beiden fassungslos an.

«Und was jetzt?», fragte er verwirrt, «kann mir vielleicht jemand sagen, von wem ihr da redet? Und was so klar und deutlich ist und wir übersehen haben?» Katrín sah ihn mitleidig an.

«Wir reden von einem ehemaligen Berufshandballer, den sogar du kennen solltest. Und dann rede ich davon, dass ein Gast alkoholtot hier im Wohnzimmer liegt mit Bier und Erbrochenem auf und um sich herum, aber sonst *nichts,* und wir haben mit den anderen gesprochen, und kein Einziger hatte Blutspuren an den Kleidern», sagte sie eifrig, «und ich rede davon, dass das Badezimmer voll Blut war und alle Wände mit Blut bespritzt waren. Ich würde sagen, das sollte reichen.» Sie verstummte und sah Stefán an, der schwerfällig aufstand, seine Mütze abnahm und sich tief verneigte.

«Schon gut», sagte er, «schöne Arbeit. Jetzt kannst du gehen und den Mörder mitnehmen. Wir Idioten bleiben und machen hier alles fertig.» Er setzte die Mütze wieder an ihren Platz und lächelte milde. «Du musst aber zugeben, dass diese Stones-Theorie verdammt gut war. Nutzlos», beeilte er sich hinzuzufügen, als er ihre Miene sah, «aber doch gar nicht schlecht, will ich meinen.» Katrín gab auf.

«Wenn du das sagst», murmelte sie, machte kehrt und ging aus dem Zimmer. Stefán sah Árni an, der immer noch die Hände im Schoß hielt und überhaupt nichts verstand.

«Überleg mal», sagte er dann, ungewöhnlich verständnisvoll, während er sich wieder in den Stuhl fallen ließ mit allem dazugehörigen Krachen und Stöhnen. «Vergiss den Handball einen Augenblick, ich weiß, dass das nicht dein Spezialgebiet ist, aber denk mal, was sie sonst noch gesagt hat.» Árni überlegte. Sah den halb nackten Weihnachtsdenker auf der rosa Toilette vor sich und überlegte, was geschehen sein könnte. Der hatte wohl nichts Schlimmes erwartet, hatte Geir gesagt. Und überall war Blut. Doch nicht auf der Kleidung derer, die sie vernommen hatten. Zum Kuckuck, dachte er. Natürlich.

«Es gibt nur zwei Personen im Haus, die ihre Kleider wechseln können», sagte er. «Nur zwei Personen. Die anderen kannten Mikael kaum und hatten ja außerdem gar nicht geplant, hier zu übernachten.» Stefán nickte.

«Wie sie gesagt hat. Klarer Fall.» Er schüttelte den Kopf. «Ich hätte das schon früher sehen sollen, noch bevor ich zur Tür hereinkam, und auch alles andere. Der Herr des Hauses, der Gastgeber, ist Karl Bergsveinsson, besser als Kalli Begg bekannt. Wurde manchmal Kalli der Zweihänder genannt. Er war ja gleich stark mit beiden Armen. Er war Schütze, spielte viele Jahre in Deutschland. War immer kurz davor, in die Nationalmannschaft aufgenommen zu werden, hat es aber nie so richtig geschafft. Kein Wunder, dass er mir so bekannt vorkam.» Stefán schlug seine Baseballmütze tiefer und schüttelte den Kopf, staunend und ärgerlich auf sich selbst.

«Dir ist hoffentlich klar, dass sie dein nächster Vorgesetzter wird?», fragte er. «Die Katrín?»

«Wie meinst du das, willst du denn bald aufhören?» Árni war fast erschrocken. Stefán schüttelte den Kopf.

«Nein.» Er stand auf und rückte seine Mütze zurecht. «Nein, ich höre noch nicht auf. Leider. Sage dem Hund, er soll nach blutiger Kleidung suchen. Wenn er dir an den Kragen will, sagst du, dass diese unnötige Botschaft von mir stammt. Ich will mich hinlegen, ich glaube, ich habe Fieber. Oder ich habe in den letzten Tagen vielleicht zu viel gefressen. Oder sonst was. Du fährst hinunter auf die Wache und hilfst Katrín, diese verdammte Sache zu Ende zu bringen. Wenn sie Hilfe braucht, meine ich. Oder will.» Árni nickte.

«Kalli Begg», murmelte er, «Karl Bergsveinsson.» Er schüttelte den Kopf und sah Stefán nochmal fragend an. «Kenne ich doch gar nicht. Warum hat Katrín denn gesagt, dass sogar ich mich an ihn erinnern sollte?»

«Davon hat sie doch nichts gesagt», sagte Stefán und grinste müde.

«Doch, bestimmt hat sie das gesagt», insistierte Árni, «sie hat das gesagt, gerade bevor sie —»

«Kalli Begg ist ein netter Typ», brummte Stefán. «Ein wirklich netter Kerl halt. Und genau das ist wahrscheinlich der Hauptgrund, warum er nie in die Nationalmannschaft gerückt ist. Er war nie aggressiv und bissig genug, um es ganz nach oben zu schaffen. Und heute ist seine Linke unbrauchbar. Und die Rechte kaum besser, auch wenn sie nicht so schlecht ist wie die Linke. Welche Handballspieler kennst du denn, Árni? Zähle mal auf.» Árni zog die Stirn in Falten und suchte die Namen, denen in den letzten paar Jahren nicht zu entkommen gewesen war, auch als uninteressierter Antisportler nicht. Zählte sie auf, gewissenhaft, alle drei. Stefán nickte.

«Und dann ist da noch einer», sagte er, «du weißt noch einen Namen. Es liegt noch weiter zurück, aber vergiss die Sportseiten.» Árni schloss die Augen. Massierte seine Schläfen. Kratzte sich am Kopf, bis er plötzlich hochfuhr, Augen und Mund weit offen.

«Aber, aber das kann doch nicht wahr sein», stammelte er, «da stimmt doch was nicht? Was ist denn mit den Kindern, ihr habt doch vorher von Kindern gesprochen, oder?» Stefán nickte noch einmal, er sah noch müder aus als vorher.

«Das ist ja die zweite Ehe der beiden, erinnerst du dich?»

«Helgi Hersteinsson», sagte Árni. «Der verflixte Helgi Hersteinsson.» Stefán versuchte noch einmal zu lächeln.

«Rechtsaußen», sagte er, «also Linkshänder, wie Marinó. Bis er sich vor neun Jahren operieren ließ und zu Helga wurde.» Er gab den Versuch zu lächeln wieder auf. «Und seinen früheren Mannschaftskapitän zwei Jahre später heiratete. Gottes Wege und die der Liebe ...» Er schüttelte den Kopf. «Also. Ich erwarte von euch einen Bericht auf meinem Schreibtisch, wenn ich am Nachmittag komme. Frohe Weihnachten noch.»

«Hast du das gewusst?», fragte Árni, als Stefán gegangen war. Doch Jonni antwortete nicht.

«Jonni! Jonni! Jonni!»

«Ja, ja, ja, was ist denn los, ich werde schon singen», murmelte Jonni, «ich werd verdammt nochmal singen ...»

«Jonni, wach doch endlich auf, Mensch, du machst mich wahnsinnig!» Vorsichtig, ganz vorsichtig öffnete Jonni die Augen. Dísa beugte sich über ihn, und er konnte keinen Ärger in ihrem Gesicht erkennen. Nur Sorge, fast sogar Furcht. Jónas lächelte schwach. *Love is a bitch*, dachte er.

«Hallo, Dísa, schön, dich zu sehen», sagte er dann.

«Jonni, steh auf, bitte bitte, wir müssen nach Hause. Jetzt sofort.» Er sah sich betäubt um. Das große Wohnzimmer war öd und leer, der Weihnachtsbaum und der prunkvolle Kristallleuchter strahlten nicht mehr, und vor den Fenstern herrschte noch Dunkelheit.

«Gibt's denn keinen Brunch?», fragte er verwirrt.

«Keinen Brunch», sagte Dísa ungeduldig und zog ihn am Arm. «Dieses Mal nicht. Komm, Jonni, steh auf, bitte, wir müssen jetzt nach Hause gehen.»

«Okay», sagte er und gähnte herzhaft. Dann schaute er kurz zur Seite. Ein verlassener Schlafsack und ein Kleiderhaufen mit roter Mütze oben darauf lockten ein Lächeln auf seinem verquollenen Trinkergesicht hervor.

«Weißt du, was ich heute Nacht gesehen habe?», fragte er konspirativ.

«Komm endlich», sagte Dísa ungeduldig und zog ihn noch einmal, bis er endlich mit Mühe auf die Beine kam. Sie half ihm, nach vorn durch den Gang zu kommen.

«Der Großmogul», flüsterte er, «der Silberfuchs, der Erzengel. Der Mikael. Er war auf dem Sofa. Gleich neben mir.

Hat bestimmt geglaubt, ich sei tot. Und er war nicht alleine, unser Nikolaus, und es war kein Rentier, das er geritten hat. Mensch, Dísa, stell dir vor, ich hab den Nikolaus beim Bumsen erwischt! Ich schwöre es dir, das war unglaublich. Und weißt du, mit wem? Eh? Ich sag es dir, es war die –»

«Schh», zischte Dísa.

«Verdammt, mir ist scheißkalt», sagte Jonni, als sie aus der Einfahrt des Hauses schwankten. «Nanu, was ist denn hier los? Warum ist denn die Polizei hier? Hab ich was verpasst?»

Quellenverzeichnis

Arne Dahl: Das dritte Auge
Aus dem Schwedischen von Gabriele Haefs. Copyright © Arne Dahl. Copyright © der deutschen Übersetzung: Rowohlt Verlag GmbH, Reinbek bei Hamburg 2004.

Anna Jansson: Single zu Weihnachten
Aus dem Schwedischen von Gabriele Haefs. Copyright © Anna Jansson. Copyright © der deutschen Übersetzung: Rowohlt Verlag GmbH, Reinbek bei Hamburg 2004.

Åke Edwardson: Eiszeit
Aus dem Schwedischen von Susanne Dahmann. Copyright © Åke Edwardson. Copyright © der deutschen Übersetzung: Ullstein Buchverlage GmbH, Berlin 2004.

Jørn Riel: Die Weihnachtsgans
Aus dem Dänischen von Gabriele Haefs. Copyright © Lindhardt & Ringhof, Kopenhagen. Copyright © der deutschen Übersetzung: Rowohlt Verlag GmbH, Reinbek bei Hamburg 2004.

Leif Davidsen: Eine Weihnachtskarte aus der Vergangenheit
Aus dem Dänischen von Gabriele Haefs. Copyright © Leif Davidsen. Copyright © der deutschen Übersetzung: Rowohlt Verlag GmbH, Reinbek bei Hamburg 2004.

Leena Lehtolainen: Der weiße Prinz
Aus dem Finnischen von Angela Plöger. Copyright © Leena Lehtolainen. Copyright © der deutschen Übersetzung: Rowohlt Verlag GmbH, Reinbek bei Hamburg 2004.